读客经典文库

100 个书单丰富你的灵魂

The Works of Shakespeare
莎士比亚戏剧集
喜剧Ⅲ
[英]莎士比亚 著
(1564—1616)
朱生豪 译
读客经典文库
100个书单丰富你的灵魂
江苏凤凰文艺出版社
JIANGSU PHOENIX LITERATURE AND ART PUBLISHING, LTD

威廉·莎士比亚
William Shakespeare

《一报还一报》

## 克劳狄奥

你为什么要这样羞辱我？
你以为温柔的慰藉，可以坚定我的决心吗？
假如我必须死，我会把黑暗当作新娘，把它拥抱在我的怀里。

# 目　录

# 温莎的风流娘儿们

*The Merry Wives of Windsor*

# 剧中人物

约翰·福斯塔夫爵士

范顿　**少年绅士**

夏禄　**乡村法官**

斯兰德　**夏禄的侄儿**

福德
培琪　**温莎的两个绅士之一**

威廉·培琪　**培琪的幼子**

休·爱文斯　**威尔士籍牧师**

卡厄斯医生　**法国籍医生**

嘉德饭店的店主

巴道夫　**福斯塔夫的从仆**

毕斯托尔　**福斯塔夫的从仆**

尼姆　**福斯塔夫的从仆**

罗宾　**福斯塔夫的从仆**

辛普儿　**斯兰德的仆人**

勒格比　**卡厄斯医生的仆人**

福德大娘

培琪大娘

安·培琪　**培琪的女儿，与范顿相恋**

快嘴桂嫂　**卡厄斯医生的女仆**

培琪、福德两家的仆人及其他

## 地 点

温莎及其附近

# 第一幕

## 第一场

**温莎。培琪家门前**

夏禄、斯兰德及爱文斯上。

| | |
|---|---|
| **夏禄** | 休·爱文斯牧师，别劝我，我一定要告到御前法庭里去；就算他是二十个约翰·福斯塔夫爵士，他也不能欺侮夏禄老爷。 |
| **斯兰德** | 夏禄老爷是葛罗斯特郡的治安法官，哪个不知，谁人不晓？牧师先生，我告诉您吧，他出身就是个绅士，签起名字来，总是要加上"大人"两个字，无论什么公文、笔据、账单、契约，写起来总是"夏禄大人"。 |
| **夏禄** | 对了，这三百年来，一直都是这样。 |
| **斯兰德** | 他的祖宗在他以前就是这样了，他的子孙在他以后也可以这样；他们家里那件绣着十二条白梭子鱼的外套可以作为证明。 |
| **夏禄** | 那是一件古老的外套。 |

**爱文斯** 一件古老的外套上有着十二条白虱子，那真是相得益彰了；白虱是人类的老朋友，也是亲爱的象征。可是闲话少说，要是福斯塔夫爵士有什么地方得罪了您，我是个出家人，方便为怀，很愿意尽力替你们两位和解和解。

**夏禄** 我要把这事情向枢密院提出，这简直是暴动。

**爱文斯** 不要把暴动的事情告诉枢密院，暴动是不敬上帝的行为。枢密院希望听见人民个个敬畏上帝，不喜欢听见有什么暴动；您还是考虑考虑吧。

**夏禄** 嘿！他妈的！要是我再年轻点儿，一定用刀子跟他解决。

**爱文斯** 冤家宜解不宜结，还是大家和和气气的好。我脑子里还有一个计划，要是能够成功，倒是一件美事。培琪大爷有一位女儿叫安，她是一个标致的姑娘。

**斯兰德** 安小姐吗？她有一头棕色的头发，说起话来细声细气，像个娘儿们似的。

**爱文斯** 正是这位小姐，全世界找不出第二个来了。她的爷爷在临死的时候——上帝接引他上天堂享福！——给她七百镑钱，还有金子银子，等她满了十七岁，这笔财产就可以到她手里。我们现在还是把那些吵吵闹闹的事情搁在一旁，想法子替斯兰德少爷和安·培琪小姐做个媒吧。

**夏禄** 她的爷爷传给她七百镑钱吗？

**爱文斯** 是的，还有她父亲给她的钱。

**夏禄** 这姑娘我也认识，她的人品倒不错。

**爱文斯** 七百镑钱还有其他的嫁奁，那还会错吗？

**夏禄** 好，让我们去瞧瞧培琪大爷吧。福斯塔夫也在里边吗？

**爱文斯** 我要对您说谎吗？我顶讨厌的就是说谎的人，正像我讨厌说假话的人或是不老实的人一样。约翰爵士是在里边，请您看在大家朋友分上，耐着点儿吧。让我去打门。（敲门）喂！有人吗？上帝祝福你们这一家！

**培琪** （在内）谁呀？

**爱文斯** 上帝祝福你们，是您的朋友，还有夏禄法官和斯兰德少爷，我们要跟您谈些事情，也许您听了会高兴的。

培琪上。

**培琪** 我很高兴看见你们各位的气色都这样好。夏禄老爷，我还要谢谢您的鹿肉呢！

**夏禄** 培琪大爷，我很高兴看见您，您心肠好，福气一定也好！鹿肉弄得实在不成样子，您别见笑。嫂夫人好吗？——我从心坎里谢谢您！

**培琪** 我才要谢谢您哪。

**夏禄** 我才要谢谢您；干脆一句话，我谢谢您。

**培琪** 斯兰德少爷，我很高兴看见您。

**斯兰德** 培琪大叔，您那头黄毛的猎狗怎么样啦？听说它在最近的赛狗会上跑不上人家，有这回事吗？

**培琪**　那可不能这么说。

**斯兰德**　您还不肯承认，您还不肯承认。

**夏禄**　他当然不肯承认的；这是你的不好，这是你的不好。那是一头好狗哩。

**培琪**　是头不中用的畜生。

**夏禄**　不，它是头好狗，很漂亮的狗；那还用说吗？它又好又漂亮。福斯塔夫爵士在里边吗？

**培琪**　他是在里边；我很愿意给你们两位彼此消消气。

**爱文斯**　真是一个好基督徒说的话。

**夏禄**　培琪大爷，他侮辱了我。

**培琪**　是的，他自己也有几分认错。

**夏禄**　认了错不是就算完了事呀，培琪大爷，您说是不是？他侮辱了我；真的，他侮辱了我；一句话，他侮辱了我；你们听着，夏禄老爷说，他给人家侮辱了。

**培琪**　约翰爵士来啦。

福斯塔夫、巴道夫、尼姆、毕斯托尔上。

**福斯塔夫**　喂，夏禄老爷，您要到王上面前去告我吗？

**夏禄**　爵士，你打了我的用人，杀了我的鹿，闯进我的屋子里。

**福斯塔夫**　可是没有香过你家看门人女儿的脸吧？

**夏禄**　他妈的，什么话！我一定要跟你算账。

**福斯塔夫** 明人不作暗事，这一切事都是我干的。现在我回答了你啦。

**夏禄** 我要告到枢密院里去。

**福斯塔夫** 你要是不怕人家笑话你，你就告去吧。斯兰德，我要捶碎你的头；你也想跟我算账吗？

**斯兰德** 呃，爵士，我也想跟您还有您那几位流氓跟班，巴道夫、尼姆和毕斯托尔，算一算账呢。他们带我到酒店里去，把我灌了个醉，偷了我的皮夹子去。

**巴道夫** 你这又酸又臭的干酪！

**斯兰德** 好，随你说吧。

**毕斯托尔** 喂，枯骨鬼！

**斯兰德** 好，随你说吧。

**尼姆** 喂，风干肉片！这别号我给你取得好不好？

**斯兰德** 我的跟班辛普儿呢？叔叔，您知道吗？

**爱文斯** 请你们大家别闹，让我们来看：关于这一场争执，已经有了三位公证人，第一位是培琪大爷，第二位是我自己，第三位也就是最后一位，是嘉德饭店的老板。

**培琪** 咱们三个人要听一听两方面的曲直，替他们调停出一个结果来。

**爱文斯** 很好，让我先在笔记簿上把要点记录下来，然后我们可以仔细研究一个方案出来。

**福斯塔夫** 毕斯托尔！

**毕斯托尔** 他用耳朵听见了。

爱文斯　　见他妈的鬼！这算什么话，“他用耳朵听见了”？嘿，这简直是矫揉造作。

福斯塔夫　　毕斯托尔，你有没有偷过斯兰德少爷的钱袋？

斯兰德　　凭着我这双手套起誓，他偷了我七个六便士的锯边银币，还有两个爱德华时代的银币，我用每个两先令两便士的价钱去换来的。倘然我冤枉了他，我就不叫斯兰德。

福斯塔夫　　毕斯托尔，这是真的吗？

毕斯托尔　　主人，我用这柄剑向他挑战。赶快给我说你认错了人！你这不中用的人渣，你在说谎！

斯兰德　　那么我赌咒一定是他。

尼姆　　说话留点儿神吧，朋友，大家客客气气。你要是想在太岁头上动土，咱老子可也不是好惹的。

斯兰德　　凭着这顶帽子起誓，那么一定是那个红脸的家伙偷的。我虽然不记得我给你们灌醉以后做了些什么事，可是我还不是一头十足的驴子哩。

福斯塔夫　　你怎么说，红脸孔？

巴道夫　　我说，这位先生一定是喝酒喝昏了头啦。

斯兰德　　好，随你们怎么说吧，我以后再不喝醉了；我要是喝酒，一定跟规规矩矩敬重上帝的人在一起喝，决不再跟这种坏东西在一起喝了。

爱文斯　　好一句有志气的话！

福斯塔夫　　各位先生，你们已经听见什么都否认了，你们都已经听见了。

安·培琪持酒具，及福德大娘、培琪大娘同上。

**培琪** 不，女儿，你把酒拿进去，我们就在里面喝酒。（安·培琪下）

**斯兰德** 天啊！这就是安小姐。

**培琪** 您好，福德嫂子！

**福斯塔夫** 福德大娘，我今天能够碰见您，真是三生有幸；恕我冒昧，好嫂子。（吻福德大娘）

**培琪** 娘子，请你招待招待各位客人。来，我们今天烧好一盘滚热的鹿肉馒头，要请诸位尝尝新。来，各位朋友，我希望大家一杯在手，旧怨全忘。（除夏禄、斯兰德、爱文斯外皆下）

**斯兰德** 要是现在有人给我四十个先令，我宁愿有一本诗集在手里。

辛普儿上。

**斯兰德** 啊，辛普儿，你到哪儿去了？难道我必须自己服侍自己吗？你有没有把那本猜谜的书带来？

**辛普儿** 猜谜的书！怎么，您不是在上一次万圣节时候，米迦勒节的前两个星期，把它借给矮饽饽艾丽丝了吗？

**夏禄** 来，侄儿；来，侄儿，咱们等着你呢。侄儿，我有句话要对你说，是这样的，侄儿，刚才休·爱文斯牧师曾经提起过这么一个意思；你懂得我的意思吗？

**斯兰德** 喂，叔叔，我是个好说话的人；只要是合理的事，我总是愿意的。

**夏禄** 不，你听我说。

**斯兰德** 我在听着您哪，叔叔。

**爱文斯** 斯兰德少爷，听清他的意思；您要是愿意的话，我可以把这件事情向您解释。

**斯兰德** 不，我的夏禄叔叔叫我怎么做，我就怎么做。请您原谅，他是个治安法官，谁人不知，哪个不晓？

**爱文斯** 不是这个意思，我们现在所要谈的，是关于您的婚姻问题。

**夏禄** 对了，就是这一回事。

**爱文斯** 就是这一回事，我们要给您跟培琪小姐做个媒。

**斯兰德** 噢，原来是这么一回事，只要条件合理，我是总可以答应娶她的。

**爱文斯** 可是您能不能喜欢这一位姑娘呢？我们必须从您自己嘴里知道您的意思，所以请您明明白白地回答我们，您能不能对这位姑娘发生好感呢？

**夏禄** 斯兰德贤侄，你能够爱她吗？

**斯兰德** 叔叔，我希望我总是照着道理去做。

**爱文斯** 嗳哟，天上的爷爷奶奶们！您一定要讲得明白点儿，您想不想要她？

**夏禄** 你一定要明明白白地讲。要是她有很丰盛的嫁奁，你愿意娶她吗？

**斯兰德** 叔叔，您叫我做的事，只要是合理的，比这更重大的事我也会答应下来。

**夏禄** 不，你得明白我的意思，好侄儿；我所做的事，完全是为了你的幸福。你能够爱这姑娘吗？

**斯兰德** 叔叔，您叫我娶她，我就娶她；也许在起头的时候彼此之间没有多大的爱情，可是结过了婚以后，大家慢慢儿地互相熟悉起来，日久生厌，也许爱情会自然而然地一天不如一天。可是只要您说一声“跟她结婚”，我就跟她结婚，这是我的不可动摇的决心。

**爱文斯** 这是一个很明理的回答，虽然措辞有点不妥，他的意思是很好的。

**夏禄** 嗯，我的侄儿的意思是很好的。

**斯兰德** 要不然的话，我就是个该死的畜生了！

**夏禄** 安小姐来了。

安·培琪重上。

**夏禄** 安小姐，为了您的缘故，我但愿自己再年轻起来。

**安** 酒菜已经预备好了，家父叫我来请各位进去。

**夏禄** 我愿意奉陪，好安小姐。

**爱文斯** 嗳哟！念起餐前祈祷来，我可不能缺席哩。（夏禄、爱文斯下）

**安** 斯兰德世兄，您也请进吧。

**斯兰德** 不，谢谢您，真的，托福托福。

安　　大家都在等着您哪。

斯兰德　　我不饿，我真的谢谢您。喂，你虽然是我的跟班，还是进去侍候我的夏禄叔叔吧。（辛普儿下）一个治安法官一定得有个跟班，才不失体面。现在家母还没有死，我随身只有三个跟班一个童儿，可是这算得上什么呢？我的生活还是过得一点也不舒服。

安　　您要是不进去，那么我也不能进去了；他们都要等您到了才坐下来呢。

斯兰德　　真的，我不要吃什么东西；可是我多谢您的好意。

安　　世兄，请您进去吧。

斯兰德　　我还是在这儿走走的好，我谢谢您。我前天跟一个击剑教师比赛刀剑，三个回合赌一碟蒸熟的梅子，结果把我的胫骨也弄伤了；不瞒您说，从此以后，我闻到烧热的肉味道就受不住。你家的狗为什么叫得这样厉害？城里有熊吗？

安　　我想是有的，我听见人家说过。

斯兰德　　您要是看见关在笼子里的熊逃了出来，您怕不怕？

安　　我怕。

斯兰德　　我现在可把它当作家常便饭一样，没有什么稀罕了。我曾经看见巴黎花园里那头著名的萨克逊大熊逃出来二十次，我还亲手拉住它的链条。可是我告诉您吧，那些女人们一看见了，就哭呀叫呀地闹得天翻地覆；实在说起来，也无怪她们受不住，那些畜生都是又难看又粗暴的家伙。

培琪重上。

**培琪** 来，斯兰德少爷，来吧，我们等着您呢。

**斯兰德** 我不要吃什么东西，我谢谢您。

**培琪** 这怎么可以呢？您不吃也得吃，来，来。

**斯兰德** 那么您先请吧。

**培琪** 您先请。

**斯兰德** 安小姐，还是您先请。

**安** 不，您别客气了。

**斯兰德** 真的，我不能走在你们前面；真的，那不是太无礼了吗？

**安** 您何必这样客气呢？

**斯兰德** 既然这样，与其让你们讨厌，还是失礼的好。你们可不能怪我放肆呀。（同下）

## 第二场

**同前**

爱文斯及辛普儿上。

**爱文斯** 你去打听打听，有一个卡厄斯大夫住在哪儿；他的家里有一个叫做快嘴桂嫂的，是他的看护，或者是他的保姆，或者是他的厨娘，或者是帮他洗洗衣服的女人。

**辛普儿** 好的，师父。

**爱文斯** 慢着，还有更要紧的话哩。你把这封信交给她，因为她跟培琪家小姐是很熟悉的，这封信里的意思，就是要请她代你的主人向培琪家小姐传达他的爱慕之忱。请你快点儿去吧，我饭也没有吃完，还有一道苹果跟干酪在后头呢。（各下）

## 第三场

### 嘉德饭店中一室

福斯塔夫、店主、巴道夫、尼姆、毕斯托尔及罗宾上。

**福斯塔夫** 店主东！

**店主** 怎么说，我的老狐狸？

**福斯塔夫** 不瞒你说，我要辞掉一两个跟班啦。

**店主** 好，叫他们滚蛋，骨落落！骨落落！

**福斯塔夫** 净是坐着吃饭，我一个星期也要花上十镑钱。

**店主** 当然啰，你就像个皇帝，像个恺撒。我可以把巴道夫收留下来，让他做个酒保，你看好不好？

**福斯塔夫** 老板，那好极啦。

**店主** 那么就这么办，叫他跟我来吧。（下）

**福斯塔夫** 巴道夫，跟他去。酒保也是一种很好的行业。旧外套可以改做新褂子；一个不中用的跟班，也可以变成一个出色的酒保。去吧，再见。

**巴道夫**　这种生活我正是求之不得，我一定会从此交运。

**毕斯托尔**　哼，没出息的东西！你要去开酒桶吗？

（巴道夫下）

**福斯塔夫**　我很高兴把这火种这样打发走了；他的偷窃太公开啦，他在偷偷摸摸的时候，就像一个不会唱歌的人一样，一点不懂得轻重快慢。

**尼姆**　做贼的唯一妙诀，是看准下手的时刻。

**毕斯托尔**　聪明的人把它叫做“不告而取”。“做贼”！啐！好难听的话儿！

**福斯塔夫**　孩儿们，我快要穷得鞋子都没有后跟啦。

**毕斯托尔**　好，那么就让你的脚跟上长起老大的冻疮来吧。

**福斯塔夫**　没有法子，我必须想个办法，捞一些钱来。

**毕斯托尔**　小乌鸦们不吃东西也是不行的呀。

**福斯塔夫**　你们有谁知道本地有一个叫福德的家伙？

**毕斯托尔**　我知道那家伙，他很有几个钱。

**福斯塔夫**　我的好孩儿们，现在我要把我的计划告诉你们。我想去吊福德老婆的膀子。我觉得她对我很有几分意思；她跟我讲话的那种口气，她向我卖弄风情的那种姿势，还有她那一瞟一瞟的脉脉含情的眼光，都好像在说，“我的心是福斯塔夫爵士的。”

**毕斯托尔**　你果然把她的心理研究得非常透彻，居然把它一个字一个字翻译出来啦。

**福斯塔夫**　听说她丈夫的钱都是她一手经管的；他有数不清的钱藏在家里。

**毕斯托尔**　财多招鬼忌，咱们应该去给他消消灾；我说，向她进攻吧！

**福斯塔夫**　我已经写下一封信在这儿预备寄给她；这儿还有一封，是写给培琪老婆的，她刚才也向我眉目传情，她那双水汪汪的眼睛一霎不霎地望着我身上的各部分，一会儿瞧瞧我的脚，一会儿瞧瞧我的大肚子。

**毕斯托尔**　正好比太阳照在粪堆上。

**尼姆**　这个譬喻打得好极了！

**福斯塔夫**　啊！她用贪馋的神气把我从上身望到下身，她的眼睛里简直要喷出火来炙我。这一封信是给她的。她也经管着钱财，她就像是一座取之不竭的金矿。我要去接管她们两人的全部富源，她们两人便是我的两个国库；她们一个是东印度，一个是西印度，我就在这两地之间开辟我的生财大道。你给我去把这信送给培琪大娘；你给我去把这信送给福德大娘。孩儿们，咱们从此可以有舒服日子过啦！

**毕斯托尔**　你要我给你拉皮条吗？鬼才干这种事！

**尼姆**　这种龌龌龊龊的事情我也不干；把这封宝贝信儿拿回去吧。我的名誉要紧。

**福斯塔夫**　（向罗宾）来，小鬼，你给我把这两封信送去，小心别丢了。你就像我的一艘快船一样，赶快开到这两座金山的脚下去吧。（罗宾下）你们这两个混蛋，一起给我滚吧！再不要让我看见你们的影子！像狗一样爬得远远的，我这里容不得你们。滚！这年头儿大家都要讲究个紧缩，福斯塔夫也要学学法国人的算计，留着一个随身的童儿，也就够了。（下）

**毕斯托尔** 让饿老鹰把你的心肝五脏一起抓了去！你用假骰子到处诈骗人家，看你作孽到几时！等你有一天穷得袋里一个子儿都没有的时候，再瞧瞧老子是不是一定要靠着你才得活命，这万恶不赦的老贼！

**尼姆** 我心里正在转着一个念头，我要复仇。

**毕斯托尔** 你要复仇吗？

**尼姆** 天日在上，此仇非报不可！

**毕斯托尔** 用计策还是用武力？

**尼姆** 两样都要用；我先去向培琪报告，有人正在勾搭他的老婆。

**毕斯托尔** 我就去叫福德加倍留神，
说福斯塔夫，那混账东西，
想把他的财产一口侵吞，
还要占夺他的美貌娇妻。

**尼姆** 我的脾气是想到就做，我要去煽动培琪，让他心里充满了醋意，叫他用毒药毒死这家伙。谁要是对我不起，让他知道咱老子也不是好惹的。

**毕斯托尔** 你就是个天煞星，我愿意跟你合作，走吧。

（同下）

## 第四场

**卡厄斯医生家中一室**

快嘴桂嫂及辛普儿上。

**桂嫂** 喂，勒格比！

勒格比上。

**桂嫂** 请你到窗口去瞧瞧看，咱们这位东家来了没有；要是他来了，看见屋子里有人，一定又要给他昏天黑地一顿骂。

**勒格比** 好，我去看看。

**桂嫂** 去吧，今天晚上等我们烘罢了火，我请你喝杯酒。（勒格比下）他是一个老实的听话的和善的家伙，你找不到第二个像他这样的仆人；他又不会说长道短，他的唯一的缺点，就是太喜欢祷告了，他祷告起来，简直像个呆子，可是谁都有几分错处，那也不用说它了。你说你的名字叫辛普儿吗？

**辛普儿**　是，人家就这样叫我。

**桂嫂**　斯兰德少爷就是你的主人吗？

**辛普儿**　正是。

**桂嫂**　他不是留着一大把胡须的吗？

**辛普儿**　不，他只有一张小小的、白白的脸孔，略微有几根黄胡子。

**桂嫂**　他是一个很文弱的人，是不是？

**辛普儿**　是的，可是真要比起力气来，他也不怕人家；他曾经跟看守猎苑的人打过架呢。

**桂嫂**　你怎么说？——啊，我记起来啦！他不是走起路来大摇大摆，把头抬得高高的吗？

**辛普儿**　对了，一点不错，他正是这样子。

**桂嫂**　好，天老爷保佑培琪小姐嫁到这样一位好郎君吧！你回去对休牧师先生说，我一定愿意尽力帮你家少爷的忙。安是个好孩子，我但愿——

勒格比重上。

**勒格比**　不好了，快出去，我们老爷来啦！

**桂嫂**　咱们大家都要挨一顿臭骂了。这儿来，好兄弟，赶快钻到这个壁橱里去。（将辛普儿关在壁橱内）他一会儿就要出去的。喂，勒格比！喂，你在哪里？勒格比，你去瞧瞧老爷去，他现在还不回来，不知道人好不好。（勒格比下，桂嫂唱歌）得儿郎当，得儿郎当……

卡厄斯上。

**卡厄斯** 你在唱些什么？我讨厌这种玩意儿。请你快给我到壁橱里去，把一只匣子，一只绿的匣子，找来给我；听好我的话吗？一只绿的匣子。

**桂嫂** 好，好，我就去给您找来。（旁白）谢天谢地他没有自己去找，要是给他看见了壁橱里有一个小伙子，他一定要暴跳如雷了。

**卡厄斯** 快点，快点！我有要紧的事，就要出去。

**桂嫂** 是这一个吗，老爷？

**卡厄斯** 对了，给我放在口袋里，快点。勒格比那个混蛋呢？

**桂嫂** 喂，勒格比！勒格比！

勒格比重上。

**勒格比** 有，老爷。

**卡厄斯** 勒格比，把剑拿来，跟我到宫廷里去。

**勒格比** 剑已经放在门口了，老爷。

**卡厄斯** 我已经耽搁得太久了。——该死！我又忘了！壁橱里还有点儿药草，一定要带去。

**桂嫂** （旁白）糟了！他看见了那个小子，一定要发疯啦。

**卡厄斯** 见鬼！见鬼！什么东西在我的壁橱里？——混蛋！狗贼！（将辛普儿拖出）勒格比，把我的剑拿来！

**桂嫂** 好老爷，请您息怒吧！

**卡厄斯** 我为什么要息怒？嘿！

**桂嫂** 这个年轻人是个好人。

**卡厄斯** 是好人躲在我的壁橱里干什么？躲在我的壁橱里，就不是好人。

**桂嫂** 请您别发这么大的脾气。老实告诉您吧，他是休牧师叫他来的。

**卡厄斯** 好。

**辛普儿** 正是，休牧师叫我来请这位大娘——

**桂嫂** 你不要说话。

**卡厄斯** 闭住你的嘴！——你说。

**辛普儿** 请这位大娘替我家少爷去向培琪家小姐说亲。

**桂嫂** 真的，就只有这么一回事。可是我才不愿多管这种闲事，把手指头伸到火里去呢；又不是跟我有什么相干。

**卡厄斯** 是休牧师叫你来的吗？——勒格比，拿张纸来。你再等一会儿。（写信）

**桂嫂** 我很高兴他今天这么安静，要是他真的动起怒来，那才会吵得日月无光呢。可是别管他，我一定尽力帮你家少爷的忙；不瞒你说，这个法国医生，我的主人——我可以叫他做我的主人，因为你瞧，我替他管屋子，还给他洗衣服、酿酒、烘面包、扫地抹桌、烧肉烹茶、铺床叠被，什么都是我一个人做的——

**辛普儿** 一个人做这么多事，真太辛苦啦。

**桂嫂** 可不是吗？真把人都累死了，天一亮就起身，老晚才睡觉；可是这些话也不用说了，让我悄悄地告诉你，你可不许对人家说起，我那个东家他自己也爱着培琪家小姐；可是安的心思我是知道的，她的心既不在这儿也不在那儿。

**卡厄斯** 猴儿崽子，你去把这封信交给休牧师，这是一封挑战书，我要割断他的喉咙；我要教训教训这个猴儿崽子的牧师，问他以后再多管不管闲事。你去吧，你留在这儿没有好处。哼，我要是不把他的两颗睾丸一起割下来，我就不是个人。（辛普儿下）

**桂嫂** 唉！他也不过帮他朋友说句话儿罢了。

**卡厄斯** 我可不管；你不是对我说安·培琪一定会嫁给我的吗？哼，我要是不把那个狗牧师杀掉，我就不是个人；我要叫嘉德饭店的老板替我们做公证人。哼，我要是不娶安·培琪为妻，我就不是个人。

**桂嫂** 老爷，那姑娘喜欢您哩，包您万事如意。人家高兴嚼嘴嚼舌，就让他们去嚼吧。真是哩！

**卡厄斯** 勒格比，跟我到宫廷去。哼，要是我娶不到安·培琪为妻，我不把你赶出门，我就不是个

人。跟我来，勒格比。（卡厄斯、勒格比下）

**桂嫂** 呸！做你的梦！安的心思我是知道的；在温莎地方，谁也没有像我一样明白安的心思了；谢天谢地，她也只肯听我的话，别人的话她才不理呢。

**范顿** （在内）里面有人吗？喂！

**桂嫂** 谁呀？进来吧。

范顿上。

**范顿** 啊，大娘，你好哇？

**桂嫂** 多承大爷问起，托福托福。

**范顿** 有什么消息？安小姐近来好吗？

**桂嫂** 凭良心说，大爷，她真是一位又标致、又端庄、又温柔的好姑娘；范顿大爷，我告诉您吧，她很佩服您哩，谢天谢地。

**范顿** 你看起来我有几分希望吗？我的求婚不会失败吗？

**桂嫂** 真的，大爷，什么事情都是天老爷注定了的；可是，范顿大爷，我可以发誓她是爱您的。您的眼皮上不是长着一颗小疙瘩吗？

**范顿** 是有颗疙瘩，那便怎样呢？

**桂嫂** 哦，这上面就有一段话儿呢。真的，我们这位小安就像换了个人似的，我们讲那颗疙瘩足足讲了一点钟。人家讲的笑话一点不好笑，那姑娘讲的笑话才叫人打心窝儿里笑出来。可是我可以跟无论什么人打赌，她是个顶规矩的姑娘。她近来也实在太喜欢一个人发呆了，老像在想着什么心事似的。至于讲到您——那您尽管放心吧。

**范顿** 好，我今天要去看她。这几个钱请你收下，多多拜托你帮我说句好话。要是你比我先看见她，请你替我向她致意。

**桂嫂** 那还用说吗？下次要是有机会，我还要给您讲起那个疙瘩哩；我也可以告诉您还有些什么人在转她的念头。

**范顿** 好，回头见；我现在还有要事，不多谈了。

**桂嫂** 回头见，范顿大爷。（范顿下）这人是个规规矩矩的绅士，可是安并不爱他，谁也不及我更明白安的心思了。该死！我又忘了什么啦？（下）

# 第二幕

# 第一场

**培琪家门前**

培琪大娘持书信上。

**培琪大娘** 什么！我在年轻貌美的时候，都不曾收到过什么情书，现在倒有人写起情书来给我了吗？让我来看：

“不要问我为什么我爱你；因为爱情虽然会用理智来作疗治相思的药饵，它却是从来不听理智的劝告的。你并不年轻，我也是一样；好吧，咱们同病相怜。你爱好风流，我也是一样；哈哈，那尤其是同病相怜。你喜欢喝酒，我也是一样；咱们俩岂不是天生的一对？要是一个军人的爱可以使你满足，那么培琪大娘，请你相信我是爱你的。我不愿意说，可怜我吧，因为那不是一个军人所应该说的话；可是我说，爱我吧。愿意为你赴汤蹈火的，你的忠心的武士，约翰·福斯塔夫上。”

嗳哟，万恶的万恶的世界！一个快要老死了的家伙，还要自命风流！真是见鬼！这个酒鬼究竟从我的谈话里抓到了什么出言不检的地方，才敢用这种话儿来试探我？我还没有见过他三次面呢！我应该怎样对他说呢？那个时候，上帝饶恕我！我的确是说说笑笑得太高兴了点儿。哼，我要到议会里去上一个条陈，请他们把天下男人一概格杀不论。我应该怎样报复他呢？这一口气是非出不可的。

福德大娘上。

**福德大娘**　培琪嫂子！我正要到您府上来呢。

**培琪大娘**　我也正要到您家里去呢。您脸色可不大好看呀。

**福德大娘**　那我可不信，我应该满面红光才是呢。啊，培琪嫂子！您给我出个主意吧。

**培琪大娘**　什么事，大姊？

**福德大娘**　啊，大姊，我倘不是因为觉得这种事情太不好意思，我就可以贵起来啦！

**培琪大娘**　大姊，管他什么好意思不好意思，贵起来不好吗？是怎么一回事？是怎么一回事？

**福德大娘**　我只要高兴下地狱走一趟，我就可以封爵啦。

**培琪大娘**　什么？你在胡说。爱丽·福德爵士！现在这种爵士满街都是，你还是不用改变你的头衔吧。

**福德大娘** 废话少说，你读一读这封信；你瞧了以后，就可以知道我怎么可以封起爵来。从此以后，只要我长着眼睛，我要永远瞧不起那些胖子。是哪一阵暴风把这条肚子里装了许多吨油的鲸鱼吹到了温莎的海岸上来？我应该怎样报复他呢？我想最好的办法，是假意敷衍他，却永远不让他达到目的，直等罪恶的孽火把他熔化在他自己的脂油里。你有没有听见过这样的事情？

**培琪大娘** 你有一封信，我也有一封信，就是换了个名字！你瞧吧，这是你那封信的孪生兄弟。我敢说他有一千封这样的信写好着，只要在空白的地方填下了姓名，就可以寄给人家；也许还不止一千封，咱们的已经是再版的了。他一定会把这种信刻成板子印起来的，因为他会把咱们两人的名字都放上去，可见他无论刻下了些什么乱七八糟的东西，都会一样不在乎。我要是跟他在一起睡觉，还是让一座山把我压死了吧。嘿，你可以找到二十头贪淫的乌龟，却不容易找到一个规规矩矩的男人。

**福德大娘** 嗳哟，这两封信简直是一个印版里印出来的，同样的笔迹，同样的字句。他到底把我们看做什么人啦？

**培琪大娘** 那我可不知道；我看见了这样的信，真有点自己不相信自己起来了。以后我一定得留心察看自己的行动，因为他要是不在我身上看出了一点我自已也没有知道的不大规矩的地方，一定不会毫无忌惮到这个样子。

**福德大娘**　　哼，我一定要叫他知道个厉害。

**培琪大娘**　　我们一定要向他报复。让我们约他一个日子相会，把他哄骗得心花怒放，然后我们采取长期诱敌的计策，只让他闻到鱼腥气，不让他尝到鱼儿的味道，逗得他馋涎欲滴，饿火雷鸣，吃尽当光，把他的马儿都变卖给嘉德饭店的老板为止。

**福德大娘**　　好，为了作弄这个坏东西，我什么恶毒的事情都愿意干，只要对我自己的名誉没有损害。啊，要是我的男人见了这封信，那还了得！他那股醋劲儿才大呢。

**培琪大娘**　　嗳哟，你瞧，他来啦，我的那个也来啦；他是从来不吃醋的，我也从来不给他一点可以使他吃醋的理由。

**福德大娘**　　那你的运气比我好得多啦。

**培琪大娘**　　我们再商量商量怎样对付这个好色的武士吧。过来。（二人退后）

福德、毕斯托尔、培琪、尼姆同上。

**福德**　　我希望不会有这样的事。

**毕斯托尔**　　希望在有些事情上是靠不住的。福斯塔夫在转你老婆的念头哩。

**福德**　　我的妻子年纪也不小了。

**毕斯托尔** 他玩起女人来，不论贵贱贫富老少，在他都是一样。福德，你可留点儿神吧。

**福德** 爱上我的妻子！

**毕斯托尔** 他心里火一样的热呢。你要是不赶快防备，只怕将来你的头衔不雅。

**福德** 什么头衔？

**毕斯托尔** 王八哪。再见。偷儿总是乘着黑夜行事的，千万留心门户。走吧，尼姆伍长！培琪，他说的都是真话，你不可不信。（下）

**福德** （旁白）我必须忍耐一下，把这事情调查明白。

**尼姆** （向培琪）这是真的，我不喜欢撒谎。他在许多地方对不起我。他本来叫我把那鬼信送给她，可是我就是真没有饭吃，也可以靠我的剑过日子。总而言之一句话，他爱你的老婆。我的名字叫做尼姆伍长，我说的话全是真的；我的名字叫尼姆，福斯塔夫爱你的老婆。再见。（下）

**培琪** （旁白）这家伙缠七夹八的，不知在讲些什么东西！

**福德** 我要去找那福斯塔夫。

**培琪** 我从来没有听见过这样一个啰里啰唆、莫名其妙的家伙。

**福德** 要是给我发觉了出来，好。

**培琪** 我就不相信这种狗东西的话。

**福德** 他的话说得倒很有理，好。

**培琪** 啊，娘子！

**培琪大娘**　官人，你到哪儿去？——我对你说。

**福德大娘**　嗳哟，我的爷！你有了什么心事啦？

**福德**　我有什么心事！我有什么心事？你回家去吧，去吧。

**福德大娘**　真的，你一定又在转着些什么古怪的念头。培琪嫂子，咱们去吧。

**培琪大娘**　好，你先请。官人，你今天回来吃饭吗。（向福德大娘旁白）瞧，那边来的是什么人？咱们可以叫她去带信给那个下流的武士。

**福德大娘**　我刚才还想起过她，叫她去是再好没有了。

快嘴桂嫂上。

**培琪大娘**　你是来瞧我的女儿安的吗？

**桂嫂**　正是呀，请问我们那位好安小姐好吗？

**培琪大娘**　你跟我们一块儿进去瞧瞧她吧；我们还有很多话要跟你讲哩。（培琪大娘、福德大娘及桂嫂同下）

**培琪**　福德大爷，您怎么啦？

**福德**　你听不听见那家伙告诉我的话？

**培琪**　我听见；你听不听见还有那个家伙告诉我的话？

**福德**　你想他们说的话靠得住靠不住？

**培琪**　理他呢，这些狗东西！那个武士固然不是好人，可是这两个说他意图勾诱你我妻子的人，都是他的革退的跟班，现在没有事做了，什么坏话都会说得出来的。

**福德** 他们都是他的跟班吗？

**培琪** 是的。

**福德** 那倒很好。他是住在嘉德饭店里的吗？

**培琪** 正是。他要是真想勾搭我的妻子，我可以假作痴聋，给他一个下手的机会，看他除了一顿臭骂之外，还会从她身上得到什么好处。

**福德** 我并不疑心我的妻子，可是我也不放心让她跟别个男人在一起。一个男人太相信他的妻子，也是危险的。我不愿戴头巾，这事情倒不能就这样一笑置之。

**培琪** 瞧，咱们那位爱吵闹的嘉德饭店的老板来了。他瞧上去这样高兴，倘不是喝醉了酒，定是袋里有了几个钱——

*店主及夏禄上。*

**培琪** 老板，您好？

**店主** 啊，老狐狸！你是个好人。喂，法官先生！

**夏禄** 我在这儿，老板，我在这儿。晚安，培琪大爷！培琪大爷，您跟我们一块儿去好吗？我们有新鲜的玩意儿看呢。

**店主** 告诉他，法官先生；告诉他，老狐狸。

**夏禄** 那个威尔士牧师休·爱文斯跟那个法国医生卡厄斯要有一场决斗。

**福德**　老板，我跟您讲句话儿。

**店主**　你怎么说，我的老狐狸？（二人退立一旁）

**夏禄**　（向培琪）您愿意跟我们一块儿瞧瞧去吗？我们这位淘气的店主已经替他们把剑较量过了，而且我相信已经跟他们约好了两个不同的地方，因为我听人家说那个牧师是个非常认真的家伙。来，我告诉您，我们将要有怎样一场玩意儿。（二人退立一旁）

**店主**　客人先生，你不是跟我的武士有点儿过不去吗？

**福德**　不，绝对没有。我愿意送给您一瓶烧酒，请您让我去见见他，对他说我的名字是白罗克，那不过是跟他开开玩笑而已。

**店主**　很好，我的好汉；你可以自由出入，你说好不好？你的名字就叫白罗克。他是个淘气的武士哩。诸位，咱们走吧。

**夏禄**　好，老板，请你带路。

**培琪**　我听人家说，这个法国人的剑术很不错。

**夏禄**　这算得什么！我在年轻时候，也着实来得一手呢。从前这种讲究剑法的，一个站在这边，一个站在那边，你这么一刺，我这么一挥，还有各式各样的名目，我记也记不清楚；可是培琪大爷，顶要紧的毕竟还要看自己有没有勇气。不瞒您说，我从前凭着一支长剑，就可以叫四个高大的汉子抱头鼠窜哩。

**店主**　喂，孩儿们，来！咱们该走了！

**培琪** 好，你先请吧。我倒不喜欢看他们真的打起来，宁愿听他们吵一场嘴。（店主、夏禄、培琪同下）

**福德** 培琪是个胆大的傻瓜，他以为他的老婆一定不会背着他偷汉子，可是我却不能把事情看得这样大意。我的女人在培琪家的时候，他也在那儿，他们两人捣过什么鬼我也不知道。好，我还要仔细调查一下；我要先假扮了去试探试探福斯塔夫。要是侦察的结果，她并没有做过不规矩的事情，那我也可以放下心来；不然的话，也可以不至于给他们蒙在鼓里。（下）

## 第二场

**嘉德饭店中一室**

福斯塔夫及毕斯托尔上。

**福斯塔夫** 我一个子儿也不借给你。

**毕斯托尔** 那么我要凭着我的宝剑，去打出一条生路来了。你要是答应借给我，我将来一定如数奉还，决不拖欠。

**福斯塔夫** 一个子儿也没有。我让你把我的面子丢尽，从来不曾跟你计较过；我曾经不顾人家的讨厌，替你和你那个同伙尼姆一次两次三次向人家求情说项，否则你们早已像一对大猩猩一样，给他们抓起来关在铁笼子里了。我不惜违背良心，向我的朋友们发誓说你们都是很好的军人，堂堂的男子；白律治太太丢了她的扇柄，我还用我的名誉替你辩护，说你没有把它偷走。

**毕斯托尔** 你不是也分到好处的吗？我不是给你十五便士吗？

**福斯塔夫** 混蛋，一个人总要讲理呀；我难道白白地出卖良心吗？一句话，别尽缠着我了，快给我滚回你的贼窠里去吧！你不肯替我送信，你这混蛋！你的名誉要紧！哼，你这死不要脸的东西！就说我自己吧，有时为了没有办法，也只好横一横良心，把我的名誉置之不顾，去干一些偷偷摸摸的勾当；可是像你这样一个衣衫褴褛、野猫样的脸孔，满嘴醉话，动不动赌咒骂人的家伙，却也要讲起什么名誉来了！你不肯替我送信，好，你这混蛋！

**毕斯托尔** 我现在认错了，难道还不够吗？

罗宾上。

**罗宾** 爵爷，外面有一个妇人要见您说话。

**福斯塔夫** 叫她进来。

快嘴桂嫂上。

**桂嫂** 爵爷，您好？

**福斯塔夫** 你好，大嫂。你有什么事见我？

**桂嫂** 我可以跟爵爷讲一两句话吗？

**福斯塔夫** 好大嫂，你就是跟我讲两千句话，我也愿意听着你。

**桂嫂** 爵爷，有一位福德娘子，——请您再过来点儿；

我自己是住在卡厄斯大夫家里的。

**福斯塔夫** 好，你说下去吧，你说那位福德娘子——

**桂嫂** 爵爷说得一点儿不错——请您再过来点儿。

**福斯塔夫** 你放心吧。这儿没有外人，都是自家人，都是自家人。

**桂嫂** 真的吗？上帝保佑他们，收留他们做他的仆人！

**福斯塔夫** 好，你说吧，那位福德娘子——

**桂嫂** 嗳哟，爵爷，她真是个好人儿。天哪，天哪！您爵爷是个风流的家伙！但愿天老爷饶恕您，也饶恕我们众人吧！

**福斯塔夫** 福德娘子，说呀，福德娘子——

**桂嫂** 好，干脆一句话，她一见了您，说来也叫人不相信，简直就给您迷住啦；就是女王驾幸温莎的时候，那些头儿脑儿顶儿尖儿的官儿们，也没有您这样中她的意思。不瞒您说，那些武士们、老爷子们、数一数二的绅士们，去了一辆马车来了一辆马车，一封接一封的信，一件接一件的礼物，他们的身上都用麝香熏得香喷喷的，穿着用金线绣花的绸缎衣服，满口都是文绉绉的话儿，还有顶好的酒、顶好的糖，无论哪个女人都会给他们迷醉的，可是天地良心，她向他们眼睛也不曾眨过一次。不瞒您说，今天早上人家还想塞给我二十块钱哩，可是我不要这种人家所说的不明不白的钱。说句老实话，就是叫他们中间坐第一把交椅的人来，也休想叫她陪他喝一口酒；可是尽有那些伯爵们呀，王上身边的官员们呀，一个一个在转她的念头；可是天地良心，她一点不把他们放在眼里。

**福斯塔夫** 可是她对我说些什么话？说简单一点，我的好红娘儿。

**桂嫂** 她要我对您说，您的信她接到啦，她非常感激您的好意；她叫我通知您，她的丈夫在十点到十一点钟之间不在家。

**福斯塔夫** 十点到十一点钟之间？

**桂嫂** 对啦，一点不错；她说，您可以在那个时候来瞧瞧您所知道的那幅画像，她的男人不会在家里的。唉！说起她的那位福德大爷，也真叫人气恨，一位好好的娘子，跟着他才真是倒霉；他是个妒心很重的男人，老是无缘无故跟她寻事。

**福斯塔夫** 十点到十一点钟之间。大嫂，请你替我向她致意，我一定不失约。

**桂嫂** 嗳哟，您说得真好。可是我还有一个信要带给您，培琪娘子也叫我望望您。让我悄悄儿地告诉您吧，她是位贤惠端庄的好娘子，清早晚上从来不忘记祈祷。她要我对您说，她的丈夫在家的日子多，不在家的日子少，可是她希望总会找到一个机会。我从来不曾看见过一个女人会这么喜欢一个男人；我想您一定有一点迷人的地方，真的。

**福斯塔夫** 哪儿的话，我不过略有几分才干而已，怎么会有什么迷人的地方？

**桂嫂** 您真是太客气啦。

**福斯塔夫** 可是我还要问你一句话，福德家的和培琪家的两位娘子有没有让彼此知道她们两个人都爱着我一个人？

**桂嫂** 那真是笑话了！她们怎么会这样不害羞把这种事情告诉人呢？要是真有那样的事，才笑死人哩！可是培琪娘子要请您把您那个小童儿送给她，因为她的丈夫很喜欢那个小厮；天地良心，培琪大爷是个好人。在温莎地方，谁也不及培琪大娘那样享福啦；她爱做什么，就做什么，爱说什么，就说什么，要什么有什么，不愁吃，不愁穿，高兴睡就睡，高兴起来就起来，什么都称她的心；可是天地良心，也是她自己做人好，才会有这样的好福气，在温莎地方，她是位心肠再善不过的娘子了。您千万要把您那童儿送给她，可别忘了啊。

**福斯塔夫** 好，那一定可以。

**桂嫂** 一定这样办吧，您看，他可以在你们两人之间来来去去传递消息；要是有不便明言的事情，你们可以自己商量好了一个暗号，只有你们两人自己心里明白，不必让那孩子懂得，因为小孩子们是不应该知道这些坏事情的，不比上了年纪的人，懂得世事，识得是非，那就不要紧了。

**福斯塔夫** 再见，请你替我向她们两位多多致意。这几个钱你先拿去，我以后还要重谢你哩。——孩子，跟这位大娘去吧。（桂嫂、罗宾同下）这消息倒害得我意乱如麻。

**毕斯托尔** 这雌儿是爱神手下的传书鸽，待我追上前去，拉满弓弦，把她一箭射下，岂不有趣！（下）

**福斯塔夫** 老家伙，你说竟会有这等事吗？真有你的！从此以后，我要格外喜欢你这副老皮囊了。人家真的还会看中你吗？你在花费了这许多本钱以后，现在才发起利市来了吗？好皮囊，谢谢你。人家嫌你长得太胖，只要胖得有样子，再胖些又有什么关系！

巴道夫持酒杯上。

**巴道夫** 爵爷，下面有一位白罗克大爷要见您说话，他说很想跟您交个朋友，特意送了一瓶白葡萄酒来给您解解渴。

**福斯塔夫** 他的名字是叫白罗克吗？

**巴道夫** 是，爵爷。

**福斯塔夫** 叫他进来。（巴道夫下）只要有酒喝，管他什么白罗克黑罗克，我都一样欢迎。哈哈！福德大娘，培琪大娘，你们果然给我钓上了吗？很好！很好！

巴道夫偕福德化装重上。

福德　　　　您好，爵爷！

福斯塔夫　　您好，先生！您有什么话要对我说吗？

福德　　　　素昧平生，就这样前来打搅您，实在是冒昧得很。

福斯塔夫　　不必客气。请问有何见教？——酒保，你去吧。（巴道夫下）

福德　　　　爵爷，贱名是白罗克，我是一个素来喜欢随便花钱的绅士。

福斯塔夫　　久仰久仰！白罗克大爷，我很希望咱们以后常常来往来往。

福德　　　　倘蒙爵爷不弃下交，真是三生有幸。不瞒爵爷说，我现在总算身边还有几个钱，您要是需要的话，随时问我拿好了。人家说的，有钱路路通，否则我也不敢大胆惊动您啦。

福斯塔夫　　不错，金钱是个好兵士，有了它就可以使人勇气百倍。

福德　　　　不瞒您说，我现在带着一袋钱在这儿，因为嫌它拿着太累赘了，想请您帮帮忙，不论是分一半去也好，完全拿去也好，好让我走路也轻松一点。

福斯塔夫　　白罗克大爷，我怎么可以无功受禄呢？

福德　　　　您要是不嫌烦琐，请您耐心听我说下去，就可以知道我还要多多仰仗大力哩。

福斯塔夫　　说吧，白罗克大爷，凡有可以效劳之处，我一定愿意为您出力。

福德　　　　爵爷，我一向听说您是一位博学明理的人，今天一见之下，果然名不虚传，我也不必向您多说废话了。我现在所要对您说的事，提起来很是惭愧，因为那等于宣布了我自己的弱点；可是爵爷，当您一面听着我供认我的愚蠢的时候，一面也要请您反身自省一下，那时您就可以知道一个人是怎么容易犯这种过失，也就不会过分责备我了。

**福斯塔夫**　很好，请您说下去吧。

**福德**　本地有一个良家妇女，她的丈夫名叫福德。

**福斯塔夫**　嗯。

**福德**　我已经爱得她长久了，不瞒您说，在她身上我也花过不少钱；我用一片痴心追求着她，千方百计找机会看见她一面；不但买了许多礼物送给她，并且到处花钱打听她喜欢人家送给她什么东西。总而言之，我追逐她就像爱情追逐我一样，一刻都不肯放松；可是费了这许多心思力气的结果，一点不曾得到什么报酬，偌大的代价，只换到了一段痛苦的经验，正所谓“痴人求爱，如形捕影，瞻之在前，即之已冥”。

**福斯塔夫**　她从来不曾有过什么答应您的表示吗？

**福德**　从来没有。

**福斯塔夫**　那么您的爱究竟是怎么一种爱呢？

**福德**　就像是建筑在别人地面上的一座华厦，因为看错了地位方向，使我的一场辛苦完全白费。

**福斯塔夫**　您把这些话告诉我，是什么用意呢？

**福德** 请您再听我说下去，您就可以完全明白我今天的来意了。有人说，她虽然在我面前装模作样，好像是十分规矩，可是在别的地方，她却是非常放荡，已经引起不少人的闲话了。爵爷，我的用意是这样的：我知道您是一位教养优良、谈吐风雅、交游广阔的绅士，无论在地位上人品上都是超人一等，您的武艺、您的礼貌、您的学问，尤其是谁都佩服的。

**福斯塔夫** 您太过奖啦！

**福德** 我说的是真话。我这儿有的是钱，您尽管用吧，把我的钱全用完了都可以，只要请您分出一部分时间来，去把这个福德家的女人弄上了手，尽量发挥您的风流解数，把她征服下来。这件事情请您去办，一定比谁都要便当得多。

**福斯塔夫** 您把您心爱的人让给我去享用，那不会使您心里难过吗？我觉得老兄这样的主意，未免太不近情理啦。

**福德** 啊，请您明白我的意思。她靠着她的冰清玉洁的名誉做掩护，我虽有一片痴心，却不敢妄行非礼；她的光彩过于耀目了，使我不敢向她抬头仰望。可是假如我能够抓住她的一个把柄，知道她并不是神圣不可侵犯的，我就可以放大胆子，去实现我的愿望了；什么贞操，什么名誉，什么有夫之妇以及诸如此类的她的一千种振振有词的借口，到了那个时候便可以完全推翻了。爵爷，您看怎么样?

**福斯塔夫** 白罗克大爷，第一，我要老实不客气收下您的钱；第二，让我握您的手；第三，我要用我自己的身份向您担保，只要您立定决心，不怕福德的老婆不到您的手里。

**福德** 嗳哟，您真是太好了!

**福斯塔夫** 我说她一定会到您手里的。

**福德** 不要担心没有钱用，爵爷，一切都在我身上。

**福斯塔夫** 不要担心福德大娘会拒绝您，白罗克大爷，一切都在我身上。不瞒您说，刚才她还差了个人来约我跟她相会呢；就在您进来的时候，替她送信的人刚刚出去。十点到十一点钟之间，我就要看她去，因为在那个时候，她那吃醋的混蛋男人不在家里。您今晚再来看我吧，我可以让您知道我进行得顺利不顺利。

**福德** 能够跟您结识，真是幸运万分。您认不认识福德?

**福斯塔夫** 哼，这个死乌龟！谁跟这种东西认识？人家说这个爱吃醋的王八倒很有钱，所以我才高兴去勾搭他的老婆；我可以用她做钥匙，去打开这个王八的钱箱，这才是我的真正的目的。

**福德** 我很希望您认识那个福德，因为您要是认识他，看见他的时候也可以躲避躲避。

**福斯塔夫** 哼，这种不中用的蠢东西！我只要向他瞪一瞪眼，就会把他吓坏了。白罗克大爷，您放心吧，这种家伙不在我的眼里，您一定可以跟他的老婆睡觉。天一晚您就来。福德是个混蛋，可是白罗克大爷，您瞧着我吧，我会给他加上一重头衔，混蛋而兼王八，他就是个混账王八蛋了。今夜您早点来吧。（下）

**福德** 好一个万恶不赦的淫贼！我的肚子都几乎给他气破了。谁说这是我的瞎疑心？我的老婆已经寄信给他，约好钟点和他相会了。谁想得到会有这种事情？娶了一个不贞的妻子，真是倒霉！我的床要给他们弄龌龊了，我的钱要给他们偷了，还要让别人在背后讥笑我；这样害苦我不算，还要听那奸夫当着我的面辱骂我！骂我别的名字倒也罢了，魔鬼夜叉，都没有什么关系，偏偏口口声声的乌龟王八！乌龟！王八！这种名字就是魔鬼听了也要摇头的。培琪是个呆子，是个粗心的呆子，他居然会相信他的妻子，他不吃醋！哼，我可以相信猫儿不会偷荤，我可以相信我们那位威尔士牧师休师父不爱吃干酪，我可以把我的烧酒瓶交给一个爱尔兰人，我可以让一个小偷把我的马儿拖走，可是我不能放心让我的妻子一个人住在家里；让她一个人在家里，她就会千方百计地出起花样来，她们一想到要做什么事，简直可以什么都不顾，非把它做到了决不罢休。感谢上帝赐给我这一副爱吃醋的脾气！他们约定在十一点钟会面，我要去打破他们的好事，侦察我的妻子的行动，向福斯塔夫出出我胸头这一口冤气，还要把培琪取笑一番。我马上就去，宁可早三点钟，不可迟一分钟。哼！哼！乌龟！王八！（下）

## 第三场

**温莎附近的野地**

卡厄斯及勒格比上。

**卡厄斯** 勒格比！

**勒格比** 有，老爷。

**卡厄斯** 勒格比，现在几点钟了？

**勒格比** 老爷，休师父约好的时间已经过去了。

**卡厄斯** 哼，他不来，便宜了他的狗命；他在念《圣经》做祷告，所以他不来。哼，勒格比，他要是来了，早已一命呜呼了。

**勒格比** 老爷，这是他的聪明，他知道他要是来了，一定会给您杀死的。

**卡厄斯** 哼，我要是不把他杀死，我就不是个人。勒格比，拔出你的剑来，我要告诉你我怎样杀死他。

**勒格比** 嗳哟，老爷！我可不会使剑呢。

**卡厄斯** 狗才，拔出你的剑来。

勒格比　　慢慢，有人来啦。

店主、夏禄、斯兰德及培琪上。

店主　　你好，老头儿！

夏禄　　卡厄斯大夫，您好！

培琪　　您好，大夫！

斯兰德　　早安，大夫！

卡厄斯　　你们一个、两个、三个、四个，来干什么？

店主　　瞧你斗剑，瞧你招架，瞧你回手；瞧你这边一跳，瞧你那边一闪；瞧你仰冲俯刺，旁敲侧击，进攻退守。他死了吗，我的黑金刚？他死了吗？哈，好家伙！你怎么说，我的好医生？

卡厄斯　　哼，他是个没有种的狗牧师；他不敢到这儿来露脸。

店主　　你是粪缸里的元帅，好家伙！

卡厄斯　　你们大家给我证明，我已经等了他六七个钟头、两个钟头、三个钟头，他还是没有来。

夏禄　　大夫，这是他的有见识之处；他给人家医治灵魂，您给人家医治肉体，要是你们打起架来，那不是违反了你们平日的宗旨了吗？培琪大爷，您说我这话对不对？

培琪　　夏禄老爷，您现在喜欢替人家排难解纷，从前却也是一名打架的好手哩。

夏禄　　可不是吗？培琪大爷，我现在虽然老了，人也变得好说话了，可是看见人家拔出刀剑来，我的手指还是觉得痒痒的。培琪大爷，我们虽然做了法官，做了医生，做了教士，总还有几分年轻人的血气；我们都是女人生下来的呢，培琪大爷。

**培琪** 正是正是，夏禄老爷。

**夏禄** 培琪大爷，您看吧，我的话是不会错的。卡厄斯大夫，我想来送您回家去。我是一向主张什么事情都可以和平解决的。您是一个明白道理的好医生，休师父是一个明白道理很有涵养的好教士，大家何必伤了和气。卡厄斯大夫，您还是跟我一起回去吧。

**店主** 对不起，法官先生。（向夏禄等旁白）你跟培琪大爷和斯兰德少爷从大路走，先到弗劳莫去。

**培琪** 休师父就在那边吗？

**店主** 是的，你们去看看他在那里发些什么牢骚，我再领着这个医生从小路也到那里。你们看这样好不好？

**夏禄** 很好。

**培、夏、斯** 卡厄斯大夫，我们先走一步，回头见。（下）

**卡厄斯** 哼，我要是不杀死这个牧师，我就不是个人；谁叫他多事，替一个猴儿崽子向安·培琪说亲。

**店主** 这种人让他死了也好。来，把你的怒气平一平，跟我在田野里走走，我带你到弗劳莫去，安·培琪小姐正在那边一家乡下人家吃酒，你可以当面向她求婚。你说我这主意好不好？

**卡厄斯** 谢谢你，谢谢你，你是我的好朋友。我一定要介绍许多主顾给你，那些阔佬大官，我都看过他们的病。

**店主** 你这样帮我忙，我一定帮助你娶到安·培琪。我说得好不好？

**卡厄斯** 很好很好，好得很。

**店主** 那么咱们走吧。

**卡厄斯** 跟我来，勒格比。（同下）

# 第三幕

# 第一场

**弗劳莫附近的野地**

爱文斯及辛普儿上。

**爱文斯** 斯兰德少爷的尊价，辛普儿我的朋友，我叫你去望望那个自称为医生的卡厄斯大夫究竟来不来，请问你是在哪一条路上望他的？

**辛普儿** 师父，我每一条路上都去望过了，就是那条通到城里去的路没有望。

**爱文斯** 千万请你再到那一条路上去望一望。

**辛普儿** 好的，师父。（下）

**爱文斯** 祝福我的灵魂！我气得心里在发抖。我倒希望他欺骗我。真的气死我也！我恨不得把他的便壶摔在他那狗头上。祝福我的灵魂！

（唱）众鸟嘤鸣其相和兮，
临清流之潺湲，
展蔷薇之芳茵兮，

缀百花以为环。

上帝可怜我！我真的要哭出来啦。

（唱）众鸟嘤鸣其相和兮，
余独处乎巴比伦，
缀百花以为环兮，
临清流——

辛普儿重上。

**辛普儿** 他就要来了，在这一边，休师父。

**爱文斯** 他来得正好。

（唱）临清流之潺湲——

上帝保佑好人！——他拿着什么家伙？

**辛普儿** 他没有带什么家伙，师父。我家少爷，还有夏禄老爷和另外一位大爷，也从那边一条路上来了。

**爱文斯** 请你把我的道袍给我；不，还是你给我拿在手里吧。（读书）

培琪、夏禄及斯兰德上。

**夏禄** 啊，牧师先生，您好？又在用功了吗？真的是赌鬼手里的骰子，学士手里的书本，夺也夺不下来的。

**斯兰德** （旁白）啊，可爱的安·培琪！

**培琪** 您好，休师父！

**爱文斯** 上帝祝福你们！

**夏禄** 啊，怎么，一手宝剑，一手经典！牧师先生，难道您竟然是学究天人，才兼文武吗？

**培琪** 在这样阴寒的天气，您这样短衣长袜，外套也不穿一件，精神倒着实不比年轻人坏哩！

**爱文斯** 这都是有缘故的。

**培琪** 牧师先生，我们是来给您做一件好事的。

**爱文斯** 很好，是什么事？

**培琪** 我们刚才碰见一位很有名望的绅士，大概是受了什么人的委屈，在那儿大发脾气。

**夏禄** 我活了八十多岁了，从来不曾听见过一个像他这样有地位、有学问的人，会这样忘记自己的身份。

**爱文斯** 他是谁？

**培琪** 我想您也一定认识他的，就是那位著名的法国医生卡厄斯大夫。

**爱文斯** 嗳哟，气死我也！你们向我提起他的名字，还不如向我提起一块烂浆糊。

**培琪** 为什么？

**爱文斯** 他懂得什么医经药典！他是个坏蛋，一个十足没有种的坏蛋！

**培琪** 您跟他打起架来，才知道他厉害呢。

**斯兰德** （旁白）啊，可爱的安·培琪！

**夏禄** 看样子他们真的要打起来呢。卡厄斯大夫来了，别让他们碰在一起。

店主、卡厄斯及勒格比上。

**培琪** 不，好牧师先生，把您的剑收起来吧。

**夏禄** 卡厄斯大夫，您也收起来吧。

**店主** 把他们的剑夺下来，让他们对骂一场。

**卡厄斯** 请你让我在你的耳边问你一句话，你为什么失约不来？

**爱文斯** （向卡厄斯旁白）不要生气，有话慢慢儿好讲。

**卡厄斯** 哼，你是个懦夫，你是个狗东西猴儿崽子！

**爱文斯** （向卡厄斯旁白）别人在寻我们的开心，我们不要上他们的当，伤了各人的和气。（高声）我要把你的便壶摔在你的狗头上，谁叫你约了人家自己不来！

**卡厄斯** 他妈的！勒格比——老板，我没有等他来送命吗？我不是在约定的地方等了他好久吗？

**爱文斯** 我是个相信基督耶稣的人，我不会说假话，这儿才是你约定的地方，我们这位老板可以替我证明。

**店主** 我说，你这位法国大夫，你这位威尔士牧师，一个替人医治身体，一个替人医治灵魂，你也不要吵，我也不要闹，大家算了吧！

**卡厄斯** 嗯，那倒是很好，好极了！

**店主** 我说，大家静下来，听我店主说话。你们看我的手段巧不巧？主意高不高？计策妙不妙？咱们少得了这位医生吗？少不了，他要给我开方服药。

咱们少得了这位牧师，这位休师父吗？少不了，他要给我念经讲道。来，一位在家人，一位出家人，大家跟我搀搀手。好，老实告诉你们吧，你们两个人都给我骗啦，我叫你们一个人到这儿，一个人到那儿，大家扑了个空。现在我们已经知道你们两位都是好汉子，谁的身上也不曾伤了一根毛，落得喝杯酒儿，大家讲和了吧。来，把他们的剑拿去当了。来，孩儿们，大家跟我来。

**夏禄** 真是一个疯老板！——各位，大家跟着他去吧。

**斯兰德** （旁白）啊，可爱的安·培琪！（夏禄、斯兰德、培琪及店主同下）

**卡厄斯** 嘿！有这等事！你把我们当作傻瓜了吗？嘿！嘿！

**爱文斯** 好得很，他简直拿我们开玩笑。我说，咱们还是言归于好，大家商量出个办法，来向这个欺人的坏家伙，这个嘉德饭店的老板，报复一下吧。

**卡厄斯** 很好，我完全赞成。他答应带我来看安·培琪，原来也是句骗人的话，他妈的！

**爱文斯** 好，我要打破他的头。咱们走吧。（同下）

## 第二场

**温莎街道**

培琪大娘及罗宾上。

**培琪大娘** 走慢点儿，小滑头；你一向都是跟在人家屁股后面跑的，现在倒要抢上人家前头啦。我问你，你愿意我跟着你走呢，还是愿意你跟着主人走？

**罗宾** 我愿意像一个男子汉那样在您前头走，不愿意像一个小鬼那样的跟着他走。

**培琪大娘** 啨！你倒真是个小油嘴，我看你将来很可以到宫廷里去呢。

福德上。

**福德** 培琪嫂子，咱们碰见得巧极啦。您是望哪儿去的？

**培琪大娘** 福德大爷，我正要去瞧您家嫂子去哩。她在家吗？

**福德** 在家，她因为没有伴，正闷得发慌。照我看来，要是你们两人的男人都死掉了，你们两人大可以权充一下夫妻。

**培琪大娘**　您不用担心，我们会各人再去嫁一个男人的。

**福德**　您这个可爱的小鬼头儿是哪儿来的？

**培琪大娘**　我总是记不起来把他送给我丈夫的那个人叫什么名字。喂，你说你那个武士姓甚名谁？

**罗宾**　约翰·福斯塔夫爵士。

**福德**　约翰·福斯塔夫爵士！

**培琪大娘**　对了，对了，正是他；我顶不会记人家的名字。他跟我的丈夫非常要好。您家嫂子真的在家吗？

**福德**　真的在家。

**培琪大娘**　那么，少陪了，福德大爷，我巴不得立刻就看见她呢。（培琪大娘及罗宾下）

**福德**　培琪难道没有脑子吗？他难道一点都看不出，一点不会思想吗？哼，他的眼睛跟脑子一定都睡着了，因为他就是生了它们也不会去用的。嘿，这孩子可以送一封信到二十哩外的地方去，就像炮弹从炮口里开了出去一样容易。他放纵他的妻子，让她想入非非，为所欲为；现在她要去瞧我的妻子，还带着福斯塔夫的小厮！好计策！他们已经完全布置好了；我们两家不贞的妻子，已经通同一气，一块儿去干这种不要脸的事啦。好，让我先去捉住那家伙，再去教训教训我的妻子，把这位假正经的培琪大娘的假面具揭了下来，让大家知道培琪是个冥顽不灵的王八。我干了这一番轰轰烈烈的事情，人家一定会称赞我。（钟鸣）时间已经到了，事不宜迟，我必须马上就去；我相信一定可以把福斯塔夫找到。人家都会称赞我，不会讥笑我，因为福斯塔夫一定跟我妻子在一起，就像地球是结实的一样毫无疑问。我就去。

培琪、夏禄、斯兰德、店主、爱文斯、卡厄斯及勒格比上。

**培琪、夏禄等** 福德大爷，咱们遇见得巧极啦。

**福德** 真是巧极啦。我正要请各位到舍间去喝杯酒呢。

**夏禄** 福德大爷，我有事不能奉陪，请您原谅。

**斯兰德** 福德大叔，我也要请您原谅，我们已经约好到安小姐家里吃饭，人家无论给我多少钱，也不能使我失她的约的。

**夏禄** 我们打算替培琪家小姐跟我这位斯兰德贤侄攀一门亲事，今天就可以得到回音。

**斯兰德** 培琪大叔，我希望您不会拒绝我。

**培琪** 我是一定答应的，斯兰德少爷；可是卡厄斯大夫，我的内人却中意您哩。

**卡厄斯** 嗯，是的，而且那姑娘也爱着我，我家那个快嘴桂嫂已经这样告诉我了。

**店主** 您觉得那位年轻的范顿怎样？他会跳舞，他的眼睛里闪耀着青春，他会写诗，他会说漂亮话，他的身上有春天的香味；他一定会成功的，他一定会成功的。

**培琪** 可是他要是不能得到我的允许，就不会成功。这位绅士没有家产，他常常跟那位胡闹的王子[1]混在一起，他的地位太高，他所知道的事情也太多啦。不，我的财产是不能让他染指的。要是他跟她结婚，就让他把她空身体娶了过去；我这份家私要归我自己作主，我可不能答应给他分了去。

**福德** 请你们中间无论哪几位赏我一个面子，到舍间吃便饭；除了酒菜之外，还有新鲜的玩意儿，我有一头怪物要拿出来给你们欣赏欣赏。卡厄斯大夫，您一定要去；培琪大爷，您也去；还有休师父，您也去。

**夏禄** 好，那么再见吧；你们去了，我们到培琪大爷家里求起婚来，说话也可以方便一些。（夏禄、斯兰德下）

**卡厄斯** 勒格比，你先回家去，我就来。（勒格比下）

**店主** 回头见，我的好朋友们；我要回去陪我的好武士福斯塔夫喝酒去。（下）

**福德** （旁白）对不起。我要先让他出一场丑哩——列位，请了。

**众人** 请了，我们倒要瞧瞧那个怪物去。（同下）

1 “胡闹的王子”指亨利四世的太子，后为亨利五世，为王储时不修微行，参看《亨利四世》剧本。

## 第三场

**福德家中一室**

福德大娘及培琪大娘上。

**福德大娘** 喂，约翰！喂，劳勃！

**培琪大娘** 赶快，赶快！——那个盛脏衣服的篓子呢？

**福德大娘** 已经预备好了。喂，罗宾！

二仆携篓上。

**培琪大娘** 来，来，来。

**福德大娘** 这儿，放下来。

**培琪大娘** 你吩咐他们怎样做，干干脆脆几句话就得了。

**福德大娘** 好，约翰和劳勃，我早就对你们说过了，叫你们在酿酒房的近旁等着不要走开，我一叫你们，你们就跑来，马上把这篓子扛了出去，跟着那些洗衣服的人一起到野地里去，跑得越快越好，一到那里，就把它扔在泰晤士河旁边的烂泥沟里。

**培琪大娘** 听好了没有？

**福德大娘** 我已经告诉过他们好几次了，他们不会弄错的。快去，我叫你们你们就来。（二仆下）

**培琪大娘** 小罗宾来了。

罗宾上。

**福德大娘** 啊，我的小鹰儿！你带了什么信息来了？

**罗宾** 福德奶奶，我家主人约翰爵士已经从您的后门进来了，他要跟您谈几句话儿。

**培琪大娘** 你这小鬼，你有没有在你主人面前搬嘴弄舌？

**罗宾** 我可以发誓，我的主人不知道您也在这儿；他还向我说，要是我把他到这儿来的事情告诉了您，他一定要把我撵走。

**培琪大娘** 这才是个好孩子，我一定替你做一身新衣服穿。现在我先去躲起来。

**福德大娘** 好的。你去告诉你的主人，说屋子里只有我一个人。（罗宾下）培琪嫂子，记好等我说怎么一句话你就出来。

**培琪大娘** 你放心吧，我要是这场戏演不好，你尽管喝倒彩好了。（下）

**福德大娘** 好，让我们教训教训这个腌臜的脓包，这个满肚子臭水的胖冬瓜，叫他知道鸽子和老鸦的分别。

福斯塔夫上。

**福斯塔夫** 我的天上的明珠，你果然给我捉到了吗？我已经活得很长久了，现在让我死去吧，因为我的心愿已经完全达到了。啊，这幸福的时辰！

**福德大娘** 嗳哟，好爵爷！

**福斯塔夫** 好娘子，我不会说话，那些口是心非的好听话，我一句也不会。我现在心里正在起着一个罪恶的念头，但愿你的丈夫早早死了，我一定要娶你回去，做我的夫人。

**福德大娘** 我做您的夫人！唉，爵爷！那我怎么做得像呢？

**福斯塔夫** 在整个法兰西宫廷里也找不出像你这样一位漂亮的夫人。瞧你的眼睛比金刚钻还亮；你的秀美的额角，戴上无论哪一种威尼斯流行的新式帽子，都是一样合适的。

**福德大娘** 爵爷，像我这样的村婆娘，只好用青布包包头儿，能够不给人家笑话，也就算了，哪里配得上讲什么打扮。

**福斯塔夫** 嗳哟，你说这样话，未免太侮辱了你自己啦。你要是到宫廷里去，一定可以大出风头；你那端庄的步伐，穿起圆圆的围裙来，一定走一步路都是仪态万方。命运虽然不曾照顾你，造物却给了你绝世的姿容，你就是有意把它遮掩，也是遮掩不了的。

**福德大娘** 您太过奖啦，我怎么有这样的好处呢？

**福斯塔夫**　那么我为什么爱你呢？这就可以表明在你的身上，的确有一点与众不同的地方。我不会像那些油头粉面的轻薄少年一样，说你是这样是那样，把你捧上天去；可是我爱你，我爱的只是你，你是值得我爱的。

**福德大娘**　别骗我啦，爵爷，我怕您爱着培琪嫂子哩。

**福斯塔夫**　难道我放着大门不走，偏偏要去走那黑魆魆的边门吗？

**福德大娘**　好，天知道我是怎样爱着您，您总会有一天明白我的心的。

**福斯塔夫**　希望你永远不要变心，我总不会有负于你。

**罗宾**　（在内）福德奶奶！福德奶奶！培琪奶奶在门口，她满头都是汗，气都喘不上来，慌慌张张的，一定要立刻跟您说话。

**福斯塔夫**　别让她看见我；我就躲在帐幕后面吧。

**福德大娘**　好，您快躲起来吧，她是个多嘴多舌的女人。（福斯塔夫匿幕后）

培琪大娘及罗宾重上。

**福德大娘**　什么事？怎么啦？

**培琪大娘**　嗳哟，福德嫂子！你干了什么事啦？你的脸从此丢尽，你再也不能做人啦！

**福德大娘**　什么事呀，好嫂子？

**培琪大娘**　嗳哟，福德嫂子！你嫁了这么一位好丈夫，为什么要让他对你起疑心？

**福德大娘** 对我起什么疑心？

**培琪大娘** 起什么疑心！算了，别装傻啦！总算我看错了人。

**福德大娘** 唉，到底是怎么一回事呀？

**培琪大娘** 我的好奶奶，你那汉子带了温莎城里所有的捕役，就要到这儿来啦；他说有一个男人在这屋子里，是你趁着他不在家的时候约来的，他们要来捉这奸夫哩。这回你可完啦！

**福德大娘** （旁白）说响一点——嗳哟，不会有这种事吧？

**培琪大娘** 谢天谢地，但愿你这屋子里没有男人！可是半个温莎城里的人都跟在你丈夫背后，要到这儿来搜寻这么一个人，这件事情却是千真万确的。我抢先一步来通知你，要是你没有做过亏心事，那自然最好；倘然你真的有一个朋友在这儿，那么赶快带他出去吧。别怕，镇静一点。你必须保全你的名誉，不然你的一生从此完啦。

**福德大娘** 我怎么办呢？果然有一位绅士在这儿，他是我的好朋友；我自己丢脸倒还不要紧，只怕连累了他，要是能够把他弄出这间屋子，叫我损失一千镑钱我都愿意。

**培琪大娘** 要命！你的汉子就要来啦，你还是尽说些废话！想想办法吧，这屋子里是藏不了他的。唉，我还当你是个好人！瞧，这儿有一个篓子，他要是不太高大，倒可以钻进去躲一下，再用些龌龊衣服堆在上面，让人家看见了，当做是一篓预备送出去漂洗的衣服——啊，对了，就叫你家的两个仆人把他连篓一起扛了出去，岂不一干二净？

**福德大娘** 他太胖了，恐怕钻不进去，怎么好呢？

**福斯塔夫** （自幕后出）让我看，让我看，啊，让我看！我进去，我进去。就照你朋友的话吧。我进去。

**培琪大娘** 啊，福斯塔夫爵士！原来是你吗？你给我的信上怎么说的？

**福斯塔夫** 我爱你，我只爱你一个人；帮我离开这屋子；让我钻进去。我再也不——（钻入篓内，二妇以污衣覆其上）

**培琪大娘** 孩子，你也来帮着把你的主人遮盖遮盖。福德嫂子，叫你的仆人进来吧。好一个欺人的武士！

**福德大娘** 喂，约翰！劳勃！约翰！（罗宾下）

二仆重上。

**福德大娘** 赶快把这一篓衣服扛起来。杠子在什么地方？嗳哟，瞧你们这样慢手慢脚的！把这些衣服送到洗衣服的那里去；快点！快点！

福德、培琪、卡厄斯及爱文斯同上。

**福德** 各位请过来；要是我的疑心全无根据，你们尽管把我取笑好了。啊！这是什么？你们把这篓子扛到哪儿去？

**仆人** 扛到洗衣服的那里去。

**福德大娘** 咦，他们把它扛到什么地方，跟你有什么相干？你就是爱多管闲事，人家洗衣服，也要你问长问短的。

**福德** 哼，洗衣服！我倒希望把这屋子也洗一洗干净呢，什么野畜生都可以跑进跑出的！（二仆扛篓下）各位朋友，昨天晚上我做了一个梦，让我把这个梦告诉你们听。这儿是我的钥匙，请你们跟我到房间里来搜一下，我相信我们一定会捉到那头狐狸的。让我先把这门锁上了。好，咱们捉狐狸去。

**培琪** 福德大爷，有话好讲，何必急成这个样子，让人家瞧着笑话。

**福德** 对啦，培琪大爷。各位上去吧，你们马上就有新鲜的把戏看了；大家跟我来。（下）

**爱文斯** 这种吃醋简直是无理取闹。

**卡厄斯** 我们法国就没有这种事，法国人是不兴吃醋的。

**培琪** 咱们还是跟他上去吧，瞧他搜出什么来。（培琪、卡厄斯、爱文斯同下）

**培琪大娘** 咱们这计策岂不是一举两得？

**福德大娘** 我不知道愚弄我的丈夫跟愚弄福斯塔夫，比较起来哪一件事更使我高兴。

**培琪大娘** 你的丈夫问那篓子里有什么东西的时候，他一定吓得要命。

**福德大娘**　我想他是应该洗个澡了，把他扔在水里，对于他也是有好处的。

**培琪大娘**　该死的骗人的坏蛋！我希望像他那一类的人一起受到这种报应。

**福德大娘**　我觉得我的丈夫有点知道福斯塔夫在这儿；我从来没有见过他像今天这样的一股醋劲。

**培琪大娘**　让我想个计策把他试探试探。福斯塔夫那家伙虽然已经受到一次教训，可是像他那样荒唐惯了的人，一服药吃下去未必见效，我们应当让他多知道些厉害才是。

**福德大娘**　我们要不要再叫快嘴桂嫂那个傻女人到他那儿去，对他说这次把他扔在水里，实在是一时疏忽，并非故意，请他原谅，再约他一个日期，好让我们再把他作弄一次？

**培琪大娘**　一定那么办；我们叫他明天八点钟来，替他压惊。

福德、培琪、卡厄斯及爱文斯重上。

**福德**　我找他不到；这混蛋也许只会吹牛，他自己知道这种事情是办不到的。

**培琪大娘**　（向福德大娘旁白）你听见吗？

**福德大娘**　（向培琪大娘旁白）嗯，别说话。——福德大爷，您待我真是太好了，是不是？

**福德**　是，是，是。

**福德大娘**　上帝保佑您以后再不要用这种龌龊心思猜疑人家！

福德　阿门！

培琪大娘　福德大爷，您真太对不起您自己啦。

福德　是，是，是我不好。

爱文斯　这屋子里、房间里、箱子里、壁橱里，要是找得出一个人来，那么上帝在最后审判的日子饶恕我的罪恶吧！

卡厄斯　我也找不出来，一个人也没有。

培琪　啧！啧！福德大爷！您不害羞吗？什么鬼附在您身上，叫您想起这种事情来呢？我希望您以后再不要发这种精神病了。

福德　培琪大爷，这都是我不好，自取其辱。

爱文斯　这都是您良心不好的缘故，尊夫人是一位大贤大德的娘子，五千个女人里头也找不到像她这样的一个；不，就是五万个里也找不到呢。

卡厄斯　真的，她是一个规矩的女人。

福德　好，我说过我请你们来吃饭。来，来，咱们先到公园里走走吧。请诸位多多原谅，我以后会告诉你们今天我有这一番举动的缘故。来，娘子。来，培琪嫂子。请你们原谅我，今天实在吵得太不像话了，请不要见气！

培琪　列位，咱们进去吧，可是今天一定要把他大大地取笑一番。明天早晨我请你们到舍间吃一顿早点心，吃过点心，就去打鸟去；我有一头很好的猎鹰，要请你们赏识赏识它的本领。诸位以为怎样？

福德　一定奉陪。

**爱文斯**　　要是只有一个人去，我就是第二个。

**卡厄斯**　　要是只有一个、两个人去，我就是第三个。

**福德**　　培琪大爷，请了。

**爱文斯**　　请你明天不要忘记嘉德饭店老板那个坏家伙。

**卡厄斯**　　很好，我一定不忘记。

**爱文斯**　　这坏家伙，专爱寻人家的开心！（同下）

## 第四场

**培琪家中一室**

范顿、安·培琪及快嘴桂嫂上；桂嫂立一旁。

**范顿** 我知道我得不到你父亲的欢心，所以你别再叫我去跟他说话了，亲爱的小安。

**安** 唉！那么怎么办呢？

**范顿** 你应当自己做主才是。他反对我的理由，是说我的门第太高，又说我因为家产不够挥霍，想要靠他的钱来弥补弥补；此外他又举出种种理由，说我过去的行为太放荡，说我结交的都是一班胡闹的朋友；他老实不客气地对我说，我所以爱你，不过是把你看作一注财产而已。

**安** 他说的话也许是对的。

**范顿** 不，我永远不会有这样的存心！安，我可以向你招认，我最初来向你求婚的目的，的确是你父亲的财产；可是自从我认识了你以后，我就觉得你的价值远超过一切的金银财富；我现在除了你本身的美好以外，再没有别的希求。

**安** 好范顿大爷，您还是去向我父亲说说吧。要是机会和最谦卑的恳求都不能使您达到目的，那么——您过来，我对您说。（二人在一旁谈话）

夏禄及斯兰德上。

**夏禄** 桂嫂，打断他们的谈话，让我的侄子自己去向她求婚。

**斯兰德** 成功失败，在此一试。

**夏禄** 不要慌。

**斯兰德** 不，她不会使我发慌，可是我有点胆怯。

**桂嫂** 安，斯兰德少爷要跟你讲句话哩。

**安** 我就来。（旁白）这是我父亲中意的人。唉！有了一年三百镑的收入，顶不上眼的伧夫也就变成俊汉了。

**桂嫂** 范大爷，您好？请您过来说句话儿。

**夏禄** 她来了；侄儿，你上去吧。对她说，你父亲生前是个什么人。

**斯兰德** 安小姐，我有一个父亲，我的叔父可以告诉您许多关于他的很有趣的笑话。叔父，请您把我的父亲怎样从人家篱笆里偷了两只鹅的那个笑话讲给安小姐听吧，好叔父。

**夏禄** 安小姐，我的侄儿很爱您。

| | |
|---|---|
| **斯兰德** | 对了，正像我爱葛罗斯特郡的无论哪一个女人一样。 |
| **夏禄** | 他愿意按照一份乡绅人家的体面扶养您。 |
| **斯兰德** | 对了，无论如何，乡绅人家总是乡绅人家呀。 |
| **夏禄** | 他愿意在他的财产里划出一百五十镑钱来归在您的名下。 |
| **安** | 夏禄老爷，还是让他自己说吧。 |
| **夏禄** | 啊，谢谢您，我真感谢您的好意。侄儿，她叫你哩；我让你们两个人谈谈吧。 |
| **安** | 斯兰德世兄。 |
| **斯兰德** | 是，好安小姐? |
| **安** | 您对我有什么见教? |
| **斯兰德** | 实实在在说，我自己本来一点没有这个意思，都是令尊跟家叔两个人的主张。要是我有这运气，那固然很好，不然的话，就让别人来享受这个福分吧！他们可以告诉您许多我自己不会说的话，您还是去问您的父亲吧；他来了。 |

培琪及培琪大娘上。

| | |
|---|---|
| **培琪** | 啊，斯兰德少爷！安，你爱他吧。咦，怎么！范顿大爷，您到这儿来有什么事？我早就对您说过了，我的女儿已经有了人家；您还是一趟一趟到我家里来，这不是太不成话了吗? |
| **范顿** | 啊，培琪大爷，您别生气。 |

| | |
|---|---|
| **培琪大娘** | 范顿大爷，您以后别再来看我的女儿了。 |
| **培琪** | 她是不会嫁给您的。 |
| **范顿** | 培琪大爷，请您听我说。 |
| **培琪** | 不，范顿大爷，我不要听您说话。来，夏禄老爷；来，斯兰德贤婿，咱们进去吧。范顿大爷，您实在太不讲理啦。（培琪、夏禄、斯兰德同下） |
| **桂嫂** | 向培琪大娘说去。 |
| **范顿** | 培琪大娘，我对于令嫒的一片至诚，天日可表，一切的阻碍、谴责和世俗的礼法，都不能使我灰心后退；我希望能够得到您的同意。 |
| **安** | 好妈妈，别让我跟那个傻瓜结婚。 |
| **培琪大娘** | 我是不愿让你嫁给他；我会替你找一个好一点的丈夫。 |
| **桂嫂** | 那就是我的主人卡厄斯大夫。 |
| **安** | 唉！要是叫我嫁给那个医生，我宁愿让你们把我活活埋了！ |
| **培琪大娘** | 算了，别自寻烦恼啦。范顿大爷，我不愿偏着您，也不愿跟您作梗，让我先去问问我的女儿，看她究竟对您有几分意思，慢慢儿地再说吧。现在我们失陪了，范顿大爷；她要是再不进去，她的父亲一定又要发脾气的。 |
| **范顿** | 再见，培琪大娘。再见，小安。（培琪大娘及安·培琪下） |
| **桂嫂** | 瞧，这都是我帮您的忙。我说，“您愿意把您的 |

孩子随随便便嫁给一个傻瓜，一个医生吗？瞧范顿大爷多好！”这都是我帮您的忙。

**范顿** 谢谢你；这一个戒指，请你今天晚上送给我的亲爱的小安。这几个钱是赏给你的。

**桂嫂** 天老爷赐给您好福气！（范顿下）他的心肠真好，一个女人碰见这样好心肠的人，就是为他到火里去水里去也甘心。可是我倒希望我的主人娶到了安小姐；我也希望斯兰德少爷能够娶到她；天地良心，我也希望范顿大爷娶到她。我要替他们三个人同样出力，因为我已经答应过他们，说过的话总是要作准的；可是我要替范顿大爷特别出力。啊，两位奶奶还要叫我到福斯塔夫那儿去一趟呢，该死，我怎么还在这儿拉拉扯扯的！（下）

## 第五场

### 嘉德饭店中一室

福斯塔夫及巴道夫上。

**福斯塔夫** 喂，巴道夫！

**巴道夫** 有，爵爷。

**福斯塔夫** 给我倒一碗酒来，放一块面包在里面。（巴道夫下）想不到我活到今天，却给人装在篓子里扛出去，像一车屠夫切下来的肉骨肉屑一样倒在泰晤士河里！好，要是我再上人家这样一次当，我一定把我的脑髓敲出来，涂上牛油丢给狗吃。这两个混账东西把我扔在河里，简直就像淹死一只瞎眼老母狗的一窠小狗一样，不当作一回事。你瞧我这样胖大的身体，就可以知道我沉下水里去，是比别人格外快的，即使河底深得像地狱一样，我也会一下子就沉下去，要不是水浅多沙，我早就淹死啦；我最怕的就是淹死，因为一个人淹死了尸体会发胀，像我这样的人要是发起胀来，那还成什么样子！不是要变成一堆死人山了吗？

巴道夫携酒重上。

**巴道夫** 爵爷，桂嫂要见您说话。

**福斯塔夫** 来，我一肚子都是泰晤士河里的水，冷得好像腰气痛的时候吞下了雪块一样，让我倒下些酒去把它温一温吧。叫她进来。

**巴道夫** 进来，妇人。

快嘴桂嫂上。

**桂嫂** 爵爷，您好？早安，爵爷！

**福斯塔夫** 把这些酒杯拿去了，再给我好好儿煮一壶酒来。

**巴道夫** 要不要放鸡蛋？

**福斯塔夫** 什么也别放。（巴道夫下）怎么？

**桂嫂** 呃，爵爷，福德娘子叫我来望望您。

**福斯塔夫** 别向我提起什么“福德”大娘啦！要不是她，我怎么会给人丢在河里，灌满了一肚子的水。

**桂嫂** 嗳哟！那怎么怪得她？她太相信她那两个仆人啦，谁想得到他们竟会误会了她的意思。

**福斯塔夫** 我也是太轻信啦，会去应一个傻女人的约。

**桂嫂** 爵爷，她为了这件事，心里说不出的难过呢；看见了她那种伤心的样子，谁都会心软的。她的丈夫今天一早就去打鸟去了，她请您在八点到九点之间，再到她家里去一次。我必须赶快把她的话向您交代清楚。您放心好了，这一回她一定会好好儿补报您的。

**福斯塔夫** 好，你回去对她说，我一定来；叫她想一想哪一个男人不是朝三暮四，像我这样的男人，可是不容易找到的。

**桂嫂** 我一定这样对她说。

**福斯塔夫** 你说是在九点到十点之间吗？

**桂嫂** 八点到九点之间，爵爷。

**福斯塔夫** 好，你去吧，我一定来就是了。

**桂嫂** 再会了，爵爷。（下）

**福斯塔夫** 白罗克到这时候还不来，倒有些奇怪；他寄信来叫我等在这儿不要出去的。我很欢喜他的钱。啊！他来啦。

福德上。

**福德** 您好，爵爷！

**福斯塔夫** 啊，白罗克大爷，您是来探问我到福德老婆那儿去的经过情形吗？

**福德** 我正是要来问您这件事。

**福斯塔夫** 白罗克大爷，我不愿对您掉谎，昨天我是按照她约定的时间到她家里去的。

**福德** 那么您进行得顺利不顺利呢？

福斯塔夫　不必说起，白罗克大爷。

福德　怎么？难道她又变卦了吗？

福斯塔夫　那倒不是，白罗克大爷，都是她的丈夫，那只贼头贼脑的死乌龟，一天到晚见神见鬼地疑心他的妻子；我跟她抱也抱过了，吻也吻过了，发誓也发誓过了，一本喜剧刚刚念好引子，他就疯疯癫癫地带了一大批狐群狗党，气势汹汹地说是要到家里来捉奸。

福德　啊！那时候您正在屋子里吗？

福斯塔夫　那时候我正在屋子里。

福德　他没有把您搜到吗？

福斯塔夫　您听我说下去。总算我命中有救，来了一位培琪大娘，报告我们福德就要来了的消息；福德家的女人吓得毫无主意，只好听了她的计策，把我装进一只洗衣服的篓子里去。

福德　洗衣服的篓子！

福斯塔夫　正是一只洗衣服的篓子！把我跟那些脏衬衫、臭袜子、油腻的手巾，一股脑儿塞在一起；白罗克大爷，您想想这股气味可是叫人受得了的？

福德　您在那篓子里住了多久呢？

福斯塔夫　别急，大爷，您听我说下去，就可以知道我为了您的缘故去勾引这个妇人，吃了多少的苦。她们把我这样装进了篓子以后，就叫两个混蛋仆人把我当做一篓脏衣服，扛到洗衣服的那里去；他们刚把我抬上肩走到门口，就碰见他们的主人，那个醋天醋地的家伙，问他们这里面装的是什么东西；我怕这个疯子真的要搜起篓子来，吓得浑身乱抖，可是命运注定他要做一个王八，居然他没有搜；好，于是他就到屋子里去搜查，我也就冒充着脏衣服出去啦。可是白罗克大爷，您听着，还有下文哪。我一共差不多死了三次：第一次，因为碰在这个吃醋的王八羔子手里，把我吓得死去活来；第二次，我让他们把我塞在篓里，像一柄插在鞘子里的宝剑一样，头朝地，脚朝天，再用那些油腻得恶心的衣服把我闷起来，您想，像我这样胃口的人，本来就是像牛油一样遇到了热气会溶化的，不闷死才是侥天之幸；到末了，脂油跟汗水把我煎得半熟以后，这两个混蛋仆人就把我像一个滚热的出笼包子似的，向泰晤士河里丢了下去，白罗克大爷，您想，我简直像一块给铁匠打得通红的马蹄铁，放下水里，连河水都嗞啦嗞啦地叫起来呢！

**福德** 爵爷，您为我受了这许多苦，我真是抱歉万分。这样看来，我的希望是永远达不到的了，您未必会再去一试吧？

**福斯塔夫** 白罗克大爷，别说他们把我扔在泰晤士河里，就是把我扔在火山洞里，我也不会就此把她放手的。她的男人今天早上打鸟去了，我已经又得到了她的信，约我八点到九点之间再去。

**福德** 现在八点钟已经过了，爵爷。

**福斯塔夫**　真的吗？那么我要去赴约了。您有空的时候再来吧，我一定会让您知道我进行得怎样；总而言之，她一定会到您手里的。再见，白罗克大爷，您一定可以得到她；白罗克大爷，您一定可以叫福德做一个大王八。（下）

**福德**　哼！嘿！这是一场梦景吗？我在做梦吗？我在睡觉吗？福德，醒来！醒来！你的最好的外衣上有了一个窟窿了，福德大爷！这就是娶了妻子的好处！这就是洗衣服篓子的用处！好，我要让他知道我究竟是什么人；我要现在就去把这奸夫捉住，他在我的家里，这回一定不让他逃走，他一定逃不了。也许魔鬼会帮助他躲起来，这回我一定要把无论什么稀奇古怪的地方都一起搜到，连胡椒瓶子都要倒出来看看，看他躲得到哪里去。王八虽然已经做定了，可是我不能就此甘心呀；我要叫他们看看，王八也不是好欺侮的。（下）

# 第四幕

## 第一场

**街道**

培琪大娘、快嘴桂嫂及威廉上。

**培琪大娘** 你想他现在是不是已经在福德家了？

**桂嫂** 这时候他一定已经去了，或者就要去了。可是他因为给人扔在河里，很生气哩。福德大娘请您快点过去。

**培琪大娘** 等我把这孩子送上学，我就去。瞧，他的先生来了，今天大概又是放假。

爱文斯上。

**培琪大娘** 啊，休师父！今天不上课吗？

**爱文斯** 不上课，斯兰德少爷放孩子们一天假。

**桂嫂** 真是个好人！

**爱文斯** （向培琪）你去玩吧。再见，培琪大娘。

**培琪大娘** 再见，休师父。（休师父下）孩子，你先回家去。来，我们已经耽搁得太久了。（同下）

## 第二场

**福德家中一室**

福斯塔夫及福德大娘上。

**福斯塔夫** 娘子，你的懊恼已经使我忘记了我身受的种种痛苦。你既然这样一片真心对待我，我也决不会有丝毫亏负你；我一定会加意奉承，格外讨好，管教你心满意足就是了。可是你相信你的丈夫这回一定不会再来了吗？

**福德大娘** 好爵爷，他打鸟去了，一定不会早回来的。

**培琪大娘** （在内）喂！福德嫂子！喂！

**福德大娘** 爵爷，您进去一下。（福斯塔夫下）

培琪大娘上。

**培琪大娘** 啊，心肝！你屋子里还有什么人吗？

**福德大娘** 没有，就是自己家里几个人。

**培琪大娘**　真的吗？

**福德大娘**　真的。（向培琪大娘旁白）说响一点。

**培琪大娘**　真的没有什么人，那我就放心啦。

**福德大娘**　为什么？

**培琪大娘**　为什么，我的奶奶，你那汉子的老毛病又发作啦。他正在那儿拉着我的丈夫，痛骂那些有妻子的男人，皂白不分地咒骂着天下所有的女人，还把拳头捏紧了敲着自己的额角。无论什么疯子狂人，比起他这种疯狂的样子来，都会变成顶文雅顶安静的人。那个胖武士不在这儿，真是运气！

**福德大娘**　怎么，他又说起他吗？

**培琪大娘**　不说起他还说起谁？他发誓说上次他来搜他的时候，他是给装在篓子里扛出去的；他一口咬定说他现在就在这儿，一定要叫我的丈夫和同去的那班人停止了打鸟，陪着他再来试验一次他疑心得对不对。我真高兴那武士不在这儿，这回他该明白他自己的傻气了。

**福德大娘**　培琪嫂子，他离开这儿有多远？

**培琪大娘**　只有一点点路，就在街的底头，一会儿就来了。

**福德大娘**　完了！那武士正在这儿呢。

**培琪大娘**　那么你的脸要丢尽，他的命也保不住啦。你真是个宝货！快打发他走吧！快打发他走吧！丢脸还是小事，弄出人命案子来可不是耍。

**福德大娘**　叫他到哪儿去呢？我怎样把他送出去呢？还是把他装在篓子里吗？

福斯塔夫重上。

**福斯塔夫**　不，我再也不躲在篓子里了。还是让我趁他没有来，赶快出去吧。

**培琪大娘**　唉！福德的三个弟兄手里拿着枪，把守着门口，什么人都不让出去；否则您倒可以溜了出去的。可是您干吗又要到这儿来呢？

**福斯塔夫**　那么我怎么办呢？还是让我钻到烟囱里去吧。

**福德大娘**　他们平常打鸟回来，鸟枪里剩下的弹子都是望烟囱里放的。

**培琪大娘**　还是灶洞里倒可以躲一躲。

**福斯塔夫**　在什么地方？

**福德大娘**　他一定会找到那个地方的。他已经把所有的柜啦、橱啦、板箱啦、皮箱啦、铁箱啦、井啦、地窖啦，以及诸如此类的地方，一起记在笔记簿上，只要照着目录一处处搜寻起来，总会把您搜到的。

**福斯塔夫**　那么我还是出去。

**培琪大娘**　爵爷，您要是就照您的本来面目跑出去，那您休想活命。除非化装一下——

**福德大娘**　我们把他怎样化装起来呢？

**培琪大娘**　唉！我不知道。哪里找得到一身像他那样身材的女人衣服？否则叫他戴上一顶帽子，披上一条围巾，头上罩一块布，也可以混了出去。

**福斯塔夫**　好心肝，乖心肝，替我想想法子。只要安全无事，什么丢脸的事我都愿意干。

**福德大娘**　我家女用人的姑母，就是那个住在勃伦府的胖婆子，倒有一件罩衫在这儿楼上。

**培琪大娘**　对了，那正好给他穿，她的身材是跟他一样大的；而且她的那顶粗呢帽和围巾也在这儿。爵爷，您快奔上去吧。

**福德大娘**　去，去，好爵爷；让我跟培琪嫂子再给您找一方包头的布儿。

**培琪大娘**　快点，快点！我们马上就来给您打扮，您先把那罩衫穿上再说。（福斯塔夫下）

**福德大娘**　我希望我那汉子能够瞧见他扮成这个样子；他一见这个勃伦府的老婆子就眼中出火，他说她是个妖妇，不许她走进我们家里，说是一看见她就要打她。

**培琪大娘**　但愿上天有眼，让他尝一尝你丈夫的棍棒的滋味！但愿那棍棒落在他身上的时候，有魔鬼附在你丈夫的手里！

**福德大娘**　可是我那汉子真的就要来了吗？

**培琪大娘**　真的，他还在说起那篓子呢，也不知道他哪里得来的消息。

**福德大娘**　让我们再试他一下。我仍旧去叫我的仆人把那篓子扛到门口，让他看见，就像上一次一样。

**培琪大娘**　可是他立刻就要来啦，还是先去把他装扮做那个勃伦府的巫婆吧。

**福德大娘**　我先去吩咐我的仆人，叫他们把篓子预备好了。你先上去，我马上就把他的包头布带上来。（下）

**培琪大娘**　该死的狗东西！这种人就是作弄他一千次也不算罪过。

不要看我们一味胡闹，
这蠢猪是他自取其殃；
我们要告诉世人知道，
风流的娘儿不一定轻狂。（下）

福德大娘率二仆重上。

**福德大娘**　你们再把那篓子扛出去；大爷快要到门口了，他要是叫你们放下来，你们就听他的话放下来。快点，马上就去。（下）

**仆甲**　来，来，把它扛起来。

**仆乙**　但愿这篓子里不要再装满了爵士才好。

**仆甲**　我也希望不再像前次一样；扛一篓的铅都没有那么重哩。

福德、培琪、夏禄、卡厄斯及爱文斯同上。

**福德**　不错，培琪大爷，可是要是真有这回事，您还有法子替我洗去污名吗？狗才，把这篓子放了来；又有人来拜访过我的妻子了。把年轻的男人装在篓子里进进出出！你们这两个混账的家伙也不是好东西！你们都是串通了一气来算计我的。现在这个鬼可要叫他出丑了。喂，我的太太，你出来！瞧瞧你给他们洗些什么好衣服！

**培琪** 这真太过分了！福德大爷，您要是再这样疯下去，我们真要把您铐起来了，免得闹出什么乱子来。

**爱文斯** 嗳哟，这简直是发疯！像疯狗一样的发疯！

**夏禄** 真的，福德大爷，真的有点儿不大好。

**福德** 我也是这样说哩。——

福德大娘重上。

**福德** 过来，福德大娘，咱们这位贞洁的妇人，端庄的妻子，贤德的人儿，可惜嫁给了一个爱吃醋的傻瓜！娘子，是我无缘无故瞎起疑心吗？

**福德大娘** 天日为证，你要是疑心我有什么不规矩的行为，那你的确太会多心了。

**福德** 说得好，不要脸的东西！你尽管嘴硬吧。过来，狗才！（翻出篓中衣服）

**培琪** 这真太过分了！

**福德大娘** 你好意思吗？别去翻那衣服了。

**福德** 我就会把你的秘密揭破的。

**爱文斯** 这简直是岂有此理。还不把你妻子的衣服拿起来吗？去吧，去吧。

**福德** 把这篓子倒空了！

**福德大娘**　为什么呀，傻子，为什么呀？

**福德**　培琪大爷，不瞒您说，昨天就有一个人装在这篓子里从我的家里扛出去，谁知道今天他不会仍旧在这里面？我相信他一定在我家里，我的消息是绝对可靠的，我的疑心是完全有根据的。给我把这些衣服一起拿出来。

**福德大娘**　要是你在这里面找得出一个男人来，除非他是一头虱子。

**培琪**　哪里有什么人在里面。

**夏禄**　福德大爷，这真的太不成话了，真的太不成话了。

**爱文斯**　福德大爷，您应该常常祷告，不要随着自己的心一味胡思乱想；吃醋也没有这样吃法的。

**福德**　好，他没有躲在这里面。

**培琪**　除了在您自己脑子里以外，您根本就找不到这样一个人。（二仆将篓扛下）

**福德**　帮我再把我的屋子搜这一次，要是再找不到我所要找的人，你们尽管把我嘲笑得体无完肤好了；让我永远做你们餐席上谈笑的资料，要是人家提起吃醋的男人来，就把我当做一个现成的例子，因为我会在一枚空的核桃壳里找寻妻子的情人。请你们再帮我这一次忙，跟我搜一下，好让我死了心。

**福德大娘**　喂，培琪嫂子！您陪着那位老太太下来吧；我的丈夫要上楼来了。

**福德**　老太太！哪里来的老太太？

**福德大娘**　就是我家女仆的姑妈，住在勃伦府的那个老婆子。

**福德**　哼，这妖妇，这贼老婆子！我不是不许她走进我的屋子里吗？她又是给什么人带信来的，是不是？我们都是头脑简单的人，不懂得求神问卜这些玩意儿；什么画符、念咒、起课这一类鬼把戏，我们全不懂得。快给我滚下来，你这妖妇，鬼老太婆！滚下来！

**福德大娘**　不，我的好大爷！列位大爷，别让他打这可怜的老婆子。

培琪大娘偕福斯塔夫女装重上。

**培琪大娘**　来，老婆婆；来，搀着我的手。

**福德**　（打福斯塔夫）滚出去，你这妖妇，你这贱货，你这臭猫，你这鬼老太婆！滚出去！滚出去！（福斯塔夫下）

**培琪大娘**　你羞不羞？这可怜的老妇人差不多给你打死了。

**福德大娘**　欺负一个苦老太婆，真有你的！

**福德**　该死的妖妇！

**爱文斯**　我想这妇人的确是一个妖妇；我不喜欢长出胡须的女人，我看见她的围巾下面露出几根胡须呢。

**福德**　列位，请你们跟我来好不好？看看我究竟是不是瞎起疑心。要是我完全无理取闹，请你们以后再不要相信我的话。

**培琪**　咱们就再顺顺他的意思吧。各位，大家都来。

（福德、培琪、夏禄、卡厄斯、爱文斯同下）

**培琪大娘** 他把他打得真可怜。

**福德大娘** 这一顿打才打得痛快呢。

**培琪大娘** 我想把那棒儿放在祭坛上供奉起来，它今天立下了很大的功劳。

**福德大娘** 我倒有一个意思，不知道你以为怎样？我们横竖名节无亏，问心无愧，索性一不做，二不休，再把他作弄一番好不好？

**培琪大娘** 他吃过了这两次苦头，一定把他的色胆都吓破了；除非魔鬼盘踞在他心里，大概他不会再来冒犯我们了。

**福德大娘** 我们要不要把我们怎样作弄他的情形告诉我们的丈夫知道？

**培琪大娘** 很好，这样也可以点破你那汉子的疑心。要是他们认为这个荒唐的胖武士还有应加惩处的必要，那么仍旧可以委托我们全权办理的。

**福德大娘** 我想他们一定要让他当着众人出一次丑；我们这一个笑话也一定要这样才可以告一段落。

**培琪大娘** 好，那么我们就去商量办法吧；我的脾气是想到就做，不让事情冷搁下去的。（同下）

## 第三场

### 嘉德饭店中一室

店主及巴道夫上。

**巴道夫** 老板，那几个德国人要问您借三匹马；公爵明天要上朝来了，他们要去迎接他。

**店主** 什么公爵来得这样秘密？我不曾在宫廷里听见人家说起。让我去跟那几个客人谈谈。

**巴道夫** 好，我去叫他们来。

**店主** 马是可以借给他们，可是我不能让他们白骑，世上没有这样便宜的事情。他们已经住了我的房子一个星期了，我已经为了他们回绝了多少别的客人；我可不能跟他们客气，这笔损失是一定要叫他们赔偿的。来。（同下）

## 第四场

**福德家中一室**

培琪、福德、培琪大娘、福德大娘及爱文斯上。

**爱文斯** 女人家有这样的心思，难得难得！

**培琪** 他是同时寄信给你们两个人的吗？

**培琪大娘** 我们在一刻钟内同时接到。

**福德** 娘子，请你原谅我。从此以后，我一切听任你；我宁愿疑心太阳失去了热力，不愿疑心你有不贞的行动。你已经使一个对于你的贤德缺少信心的人，变成你的一个忠实的信徒了。

**培琪** 好了，好了，别说下去了。太冒冒失失固然不好，太服服帖帖可也是不对的。我们还是来商量计策吧；让我们的妻子再跟这个胖老头子约好一个时间，到了那时候，我们就去捉住他，把他羞辱一顿。

**福德** 她们刚才说起的那个办法，再好没有了。

**培琪** 怎么？约他在半夜里到公园里去相会吗？嘿！他再也不会来的。

**爱文斯** 你们说他已经给丢在河里，还给人当做一个老婆子痛打了一顿，我想他一定吓怕了，不会再来了；他的肉体已经受到责罚，他一定不敢再起欲念了。

**培琪** 我也这样想。

**福德大娘** 你们只要商量商量等他来了怎样对付他，我们两人自会想法子叫他来的。

**培琪大娘** 有一个古老的传说，说是曾经在这儿温莎地方做过管林子的猎夫赫恩，常常在冬天的深夜里鬼魂出现，绕着一株橡树兜圈子，头上还长着又粗又大的角，手里摇着一串链子，发出怕人的声响；他一出来，树木就要枯黄，牲畜就要害病，乳牛的乳汁会变成血液。这一个传说从前代那些迷信的人们嘴里流传下来，就好像真有这回事的一样，你们各位也都听见过的。

**培琪** 是呀，有许多人不敢在深夜里经过这株赫恩的橡树呢。可是你为什么要提起它呢？

**福德大娘** 这就是我们的计策：我们要叫福斯塔夫头上装了两只大角，扮做赫恩的样子，在那橡树的旁边等着我们。

**培琪** 好，就算他听着你们这样打扮着来了，你们预备把他怎么办呢？

**培琪大娘** 那我们也已经想好了：我们先叫我的女儿安和我

的小儿子，还有三四个跟他们差不多大的孩子，大家打扮做一队精灵的样子，穿着绿色的和白色的衣服，各人头上顶着一圈蜡烛，手里拿着响铃，埋伏在树旁的土坑里；等福斯塔夫跟我们相会的时候，他们就一拥而出，嘴里唱着各色各种的歌儿；我们一看见他们出来，就假装吃惊逃走了，然后让他们把他团团围住，把这龌龊的武士你拧一把，我刺一下，还要质问他为什么在这仙人们游戏的时候，胆敢装扮做那种秽恶的形状，闯进神圣的地方来。

**福德大娘**　这些假扮的精灵们要把他拧得遍体鳞伤，还用蜡烛烫他的皮肤，直等他招认一切为止。

**培琪大娘**　等他招认以后，我们大家就一起出来，摔下他的角，把他一路取笑着回家。

**福德**　孩子们倒要叫他们练习得熟一点，否则会露出破绽来的。

**爱文斯**　我可以教这些孩儿们怎样做；我自己也要扮做一个猴儿崽子，用蜡烛去烫这武士哩。

**福德**　那好极啦。我去替他们买些面具来。

**培琪大娘**　我的小安要扮做一个仙后，穿着很漂亮的白袍子。

**培琪**　我去买缎子来给她做衣服。（旁白）到了那个时候，我可以叫斯兰德把安偷走，到伊登去跟她结婚。——你们马上就派人到福斯塔夫那里去吧。

**福德**　不，我还要用白罗克的名字去见他一次，他会把什么话都告诉我。他一定会来的。

**培琪大娘**　不怕他不来。我们这些精灵们的一切应用的东西和饰物，也该赶快预备起来了。

**爱文斯**　我们就去办起来吧；这是个很好玩的玩意儿，而且也是光明正大的恶作剧。（培琪、福德、爱文斯同下）

**培琪大娘**　福德嫂子，你就去找桂嫂，叫她到福斯塔夫那里去，探探他的意思。（福德大娘下）我现在要到卡厄斯大夫那边去，他是我中意的人，除了他谁也不能娶我的小安。那个斯兰德虽然有家私，却是一个呆子，我的丈夫偏偏喜欢他。这医生又有钱，他的朋友在宫廷里又有势力，只有他才配做她的丈夫，即使有两万个更了不得的人来向她求婚，我也不给他们。（下）

## 第五场

**嘉德饭店中一室**

店主及辛普儿上。

**店主** 你要干吗，乡下佬，蠢东西？说吧，讲吧，干干脆脆的。

**辛普儿** 呃，老板，我是斯兰德少爷叫我来跟约翰·福斯塔夫爵士说话的。

**店主** 那边就是他的房间、他的公馆、他的床铺，你瞧门上新画着浪子回家故事的就是。你去敲了敲门，喊他一声，他就会跟你胡说八道。

**辛普儿** 刚才有一个胖大的老妇人跑进他的房间里去，请您让我在这儿等她下来吧；我本来是要跟她说话的。

**店主** 哈！一个胖女人！也许是来偷东西的，让我叫他一声。喂，武士！好汉爷！你在房间里吗？使劲儿回答我，你的店主东在叫着你哪。

**福斯塔夫** （在上）什么事，老板？

**店主** 这儿有一个蛮子等着你的胖婆娘下来。叫她下来，好家伙，叫她下来；我的屋子是干干净净的，不能让你们干那些鬼鬼祟祟的勾当。哼，不要脸！

福斯塔夫上。

**福斯塔夫** 老板，刚才是有一个胖老婆子在我这儿，可是现在她已经走了。

**辛普儿** 请问一声，爵爷，她就是勃伦府那个算命的女人吗？

**福斯塔夫** 对啦，螺蛳精；你问她干吗？

**辛普儿** 爵爷，我家主人斯兰德少爷因为瞧见她在街上走过，所以叫我来问问她，他有一串链子给一个叫做尼姆的骗去了，不知道那链条还在不在那尼姆的手里。

**福斯塔夫** 我已经跟那老婆子讲起过这件事了。

**辛普儿** 请问爵爷，她怎么说呢？

**福斯塔夫** 呃，她说，那个从斯兰德手里把那链条骗去的人，就是偷他链条的人。

**辛普儿** 我希望我能够当面跟她谈谈；我家少爷还叫我问她其他的事情哩。

**福斯塔夫** 什么事情？说出来听听看。

**店主** 对了，快说。

**辛普儿**　　爵爷，我家少爷吩咐我要保守秘密呢。

**店主**　　你要是不说出来，就叫你死。

**辛普儿**　　啊，实在没有什么事情，不过是关于培琪家小姐的事情，我家少爷叫我来问问看，他命里能不能娶她做妻子。

**福斯塔夫**　　那可要看他的命运怎样了。

**辛普儿**　　您怎么说？

**福斯塔夫**　　娶得到也是他的命，娶不到也是他的命。你回去告诉主人，就说那老妇人这样对我说的。

**辛普儿**　　我可以这样告诉他吗？

**福斯塔夫**　　是的，乡下佬，你尽管这样说好了。

**辛普儿**　　多谢爵爷；我家少爷听见了这样的消息，一定会十分高兴的。（下）

**店主**　　你真聪明，爵爷，你真聪明。真的有一个算命的婆子在你房间里吗？

**福斯塔夫**　　是的，老板，她刚才还在我这儿；她教给我许多我一生从来没有学过的智慧，我不但没有花半个钱的学费，而且反而她要给我酬劳呢。

巴道夫上。

**巴道夫**　　嗳哟，老板，不好了！又是骗子，净是些骗子！

**店主**　　我的马儿呢？蠢奴才，好好儿对我说。

**巴道夫**　　都跟着那些骗子们跑掉啦；一过了伊登，他们就把我从马上推下来，把我掼在一个烂泥潭里，他们就像三个德国鬼子似的，策马加鞭，飞也似的去了。

**店主** 狗才，他们是去迎接公爵去的。别说他们逃走，德国人都是规规矩矩的。

爱文斯上。

**爱文斯** 老板在哪儿？

**店主** 师父，什么事？

**爱文斯** 留心你的客人。我有一个朋友到城里来，他告诉我有三个德国骗子，一路上骗人家的马匹金钱；里亭、梅登海、科白路，各家旅店都上了他们的当。我是一片好心来通知你，因为你是个很乖巧的人，专爱寻人家的开心，要是你也被人家骗了，那未免太笑话啦。再见。（下）

卡厄斯上。

**卡厄斯** 店主东呢？

**店主** 卡厄斯大夫，我正在这儿心乱如麻呢。

**卡厄斯** 我不懂你的意思；可是人家告诉我，你正在准备着隆重地招待一个德国的公爵，可是我不骗你，我在宫廷里就不知道有什么公爵要来。我是一片好心来通知你。再见。（下）

**店主** 狗才，快去喊拢人来捉贼！武士，帮帮我忙，我

这回可完了！快跑，捉贼！完了！完了！（店主及巴道夫下）

**福斯塔夫** 我但愿全世界的人都受骗，因为我自己也受了骗，而且还挨了打。要是宫廷里的人听见了我怎样一次次的化身，给人当衣服洗，用棍子打，他们一定会把我身上的油一滴一滴融下来，去擦渔夫的靴子；他们一定会用俏皮话儿把我挖苦得像一头干瘪的梨儿一样丧气。自从那一次赖了赌债以后，我一直交着坏运。好，要是我在临终以前还来得及念祷告，我一定要忏悔。

快嘴桂嫂上。

**福斯塔夫** 啊，又是谁叫你来的？

**桂嫂** 除了那两个人还有谁？

**福斯塔夫** 让魔鬼跟他的老娘把那两个人抓了去吧！我已经为了她们的缘故吃过多少苦，男人本来是容易变心的，谁受得了这样的欺负！

**桂嫂** 您以为她们没有吃苦吗？说来才叫人伤心哪，尤其是那位福德娘子，天可怜见的，给她的汉子打得身上一块青一块黑的，简直找不出一处白净净的地方。

**福斯塔夫** 什么一块青一块黑的，我自己给他打得五颜六色，浑身挂彩呢；我还险险乎给他们当做勃伦府的妖妇抓了去。要不是我急中生智，把一个老太婆的举动装扮得活灵活现，我早已给混蛋官差们锁上脚铐，办我一个妖言惑众的罪名了。

**桂嫂** 爵爷，让我到您房间里去跟您说话，您就会明白一切，而且包在我身上，一定会叫您满意的。这儿有一封信，您看了就知道了。天哪！把你们拉拢在一起，真麻烦死人！你们中间一定有谁得罪了天，所以才这样颠颠倒倒的。

**福斯塔夫** 那么你跟我上楼，到我的房间里来吧。（同下）

## 第六场

### 嘉德饭店中另一室

范顿及店主上。

**店主** 范顿大爷，别跟我说话，我一肚子都是闷气，我想索性这门生意也不要做了。

**范顿** 可是你听我说。我要你帮我做一件事，事成之后，我不但赔偿你的全部损失，而且还愿意送给你黄金百镑，作为酬谢。

**店主** 好，范顿大爷，您说吧。我不知道我能不能帮您的忙，可是至少我不会泄露秘密。

**范顿** 我曾经屡次告诉你我对于培琪家安小姐的深切的爱情；她对我也已经表示默许了，要是她自己做得了主，我一定可以如愿以偿的。刚才我收到了她一封信，信里所说起的事情，你要是知道了，一定会拍手称奇；因为它跟我自己的事情很有关系，所以我不能不让你知道。他们的意思，是要把那胖武士福斯塔夫捉弄一番吓吓他。你瞧。（指信）听着，我的好老板，今夜十二点钟到一点钟之间，在赫恩橡树的近旁，我的亲爱的小安要扮成仙后的样子，为什么要这样打扮，这儿写得很明白。她父亲叫她趁着大家开玩笑开得乱哄哄的时候，跟斯兰德悄悄儿溜到伊登去结婚，她已经答应他了。可是她母亲是竭力反对她嫁给斯兰德，而决意把她嫁给卡厄斯的，她也已经约好那个医生，叫他也趁着人家忙得不留心的时候，用同样的方式把她带到教长家里去，请一个牧师替他们立刻成婚；她对于她母亲的这个计策，也已经假装服从的样子，答应了那医生了。他们的计划是这样的：她的父亲要她全身穿着白的衣服，以便认识，斯兰德看准了时机，就搀着她的手，叫她跟着走，她就跟着他走；她的母亲为了让那医生容易辨认起见——因为他们大家都是戴着脸罩的——却叫她穿着宽大的浅绿色的袍子，头上系着飘扬的丝带，那医生一看有了下手的机会，便上去把她的手捏一把，这一个暗号便是叫她跟着他走的。

**店主** 她预备欺骗她的父亲呢，还是欺骗她的母亲？

**范顿** 我的好老板，她要把他们两人一起骗了，跟我一块儿溜走。所以我要请你费心去替我找一个牧师，十二点钟到一点钟之间在教堂里等着我，为我们举行正式的婚礼。

**店主** 好，您去实行您的计划吧，我一定给您找牧师去。只要把那位姑娘带来，牧师是不成问题的。

**范顿** 多谢多谢，我一定永远记住你的恩德，而且我马上就会报答你的。（同下）

# 第五幕

## 第一场

嘉德饭店中一室

福斯塔夫及快嘴桂嫂上。

**福斯塔夫** 请你别再啰里啰唆了，去吧，我一定不失约就是了。这已经是第三次啦，我希望单数是吉利的。去吧，去吧！

**桂嫂** 我去给您弄一根链条来，再去设法找一对角来。

**福斯塔夫** 好，去吧；别耽搁时间了。抬起你的头来，扭扭屁股走吧。（桂嫂下）

福德上。

**福斯塔夫** 啊，白罗克大爷！白罗克大爷，事情成功不成功，今天晚上就可以知道。请您在半夜时候，到赫恩橡树那儿去，就可以看见新鲜的事儿。

**福德** 您昨天不是对我说过，要到她那儿去赴约吗？

**福斯塔夫**　白罗克大爷，我昨天到她家里去的时候，正像您现在看见我一样，是个可怜的老头儿；可是白罗克大爷，我从她家里出来的时候，却变成一个苦命的老婆子了。白罗克大爷，她的丈夫，福德那个混蛋，简直是个吃醋鬼投胎。他欺我是个女人，把我没头没脑一顿打；可是，白罗克大爷，要是我穿着男人的衣服，别说他是个福德，就算他是个身长丈二的天神，拿着一根千斤重的梁柱向我打来，我也不怕他。我现在还有要事，请您跟我一路走吧，白罗克大爷，我可以把一切的事情完全告诉您。自从我小时候偷鹅、赖学、抽陀螺挨打以后，直到现在才重新尝到挨打的滋味。跟我来，我要告诉您关于这个叫做福德的混蛋的古怪事儿；今天晚上我就可以向他报复，我一定会把他的妻子送到您的手里。跟我来。白罗克大爷，您就有新闻看了！跟我来。（同下）

## 第二场

**温莎公园**

培琪、夏禄及斯兰德上。

**培琪**　来，来，咱们就躲在这座古堡的壕沟里，等我们那班精灵们的火光出现以后再出来。斯兰德贤婿，记着我的女儿。

**斯兰德**　好，一定记着；我已经跟她当面谈过，约好了用什么口号互相通知。我看见她穿着白衣服，就上去对她说“㖞”，她就回答我“不见得”，这样我们就不会认错啦。

**夏禄**　那也好，可是何必嚷什么“㖞”哩，什么“不见得”哩，你只要看定了穿白衣服的人就行啦。钟已经敲十点了。

**培琪**　天乌沉沉的，精灵和火光在这时候出现，再好没有了。愿上天保佑我们的游戏成功！除了魔鬼以外，谁都没有恶意；我们只要看谁的头上有角，就知道他是魔鬼。去吧，大家跟我来。（同下）

## 第三场

### 温莎街道

培琪大娘、福德大娘及卡厄斯上。

**培琪大娘** 大夫，我的女儿是穿绿的；您看见时机到了，便过去搀她的手，带她到教长家里去，赶快把事情办了。现在您一个人先到公园里去，我们两个人是要一块儿去的。

**卡厄斯** 我知道我应当怎么办。再见。

**培琪大娘** 再见，大夫。（卡厄斯下）我的丈夫把福斯塔夫羞辱过了以后，知道这医生已经跟我的女儿结婚，一定会把一场高兴，化作满腔怒火的；可是管他呢，与其害人将来心碎，宁可眼前受他一顿骂。

**福德大娘** 小安和她的一队精灵现在在什么地方？还有那个威尔士鬼子休牧师呢？

**培琪大娘**　他们都把灯遮得暗暗的，躲在赫恩橡树近旁的一个土坑里；一等到福斯塔夫跟我们会见的时候，他们就立刻在黑夜里出现。

**福德大娘**　那一定会叫他大吃一惊的。

**培琪大娘**　要是吓不倒他，我们也要把他讥笑一番；要是他果然吓倒了，我们还是要讥笑他的。

**福德大娘**　咱们这回不怕他不上圈套。

**培琪大娘**　像他这种淫棍，教训教训他也是好事。

**福德大娘**　时间快到啦，到橡树底下去，到橡树底下去！（同下）

## 第四场

**温莎公园**

爱文斯化装率扮演精灵的一群上。

**爱文斯** 跑，跑，精灵们，来；别忘了你们各人的词句。大家放大胆子，跟我跑下这土坑里，等我一发号令，就照我吩咐你们的做起来。来，来；跑，跑。（同下）

## 第五场

### 公园中的另一部分

福斯塔夫顶公鹿头扮赫恩上。

**福斯塔夫** 温莎的钟已经敲了十二点，时间快要到了。好色的天神们，照顾照顾我吧！记着，乔武大神，你曾经为了你的爱人欧罗巴的缘故，化身做一头公牛，爱情使你头上生角。强力的爱啊！它会使畜生变成人类，也会使人类变成畜生。而且，乔武大神，你为了你心爱的勒达，还化身做一只天鹅过呢。万能的爱啊！你差一点不把天神的尊容变得像一只蠢鹅！既然天神们也都是这样贪淫，我们可怜的凡人又有什么办法呢？至于讲到我，那么我是这儿温莎地方的一匹雄鹿；在这树林子里，也可以算得上顶胖的了。谁来啦？我的母鹿吗？

福德大娘及培琪大娘上。

| | |
|---|---|
| **福德大娘** | 爵爷，你在这儿吗，我的公鹿？我的亲爱的公鹿？ |
| **福斯塔夫** | 我的黑尾巴的母鹿！让天上落下马铃薯般大的雨点来吧，让它大锣大鼓般地响起雷来吧，只要让我躲在你的怀里，什么大风大雨我都不怕。（拥抱福德大娘） |
| **福德大娘** | 培琪嫂子也跟我一起来了呢，好人儿。 |
| **福斯塔夫** | 那么你们把我切开来，各人分一条大腿去，留下两块肋条肉给我自己，肩膀肉赏给那看园子的，还有这两只角，送给你们的丈夫做个纪念品吧。哈哈！你们瞧我像不像猎人赫恩？丘比特是个有良心的孩子，现在他让我尝到甜头了。我用鬼魂的名义欢迎你们！（内喧声） |
| **培琪大娘** | 嗳哟！什么声音？ |
| **福德大娘** | 天老爷饶恕我们的罪过吧！ |
| **福斯塔夫** | 又是什么事情？ |
| **福、培** | 快逃！快逃！（二人奔下） |
| **福斯塔夫** | 我想多半是魔鬼不愿意让我下地狱，因为我身上的油太多啦，恐怕在地狱里惹起一场大火来，否则他不会这样一次一次地跟我捣蛋。 |

爱文斯乔装林神萨特[1]，毕斯托尔扮小妖，安·培琪扮仙后，威廉及若干儿童各扮精灵侍从，头插

1 萨特（Satyr），希腊罗马神话中山林神祇的一族，耳尾腿均类山羊，头有小角。

小蜡烛，同上。

**安** 黑的，灰的，绿的，白的精灵们，
月光下的狂欢者，黑夜里的幽魂，
你们是没有父母的造化的儿女，
不要忘记了你们各人的职务。
传令的小妖，替我向众精灵宣告。

**毕斯托尔** 众精灵，静听召唤，不许喧吵！
蟋蟀儿，你去跳进人家的烟囱，
看他们炉里的灰屑有没有扫空；
我们的仙后最恨贪懒的婢子，
看见了就把她拧得浑身青紫。

**福斯塔夫** 他们都是些精灵，谁要是跟他们说话，就不得活命；让我闭上眼睛躲起来吧，神仙们的事情是不许凡人窥看的。（俯伏地上）

**爱文斯** 比德在哪里？你去看有谁家的姑娘，
念了三遍祈祷方才睡上眠床，
你就悄悄儿替她把妄想收束，
让她睡得像婴儿一样甜熟；
谁要是临睡前不思量自己的过处，
你要叫他们腰麻背疼，手脚酸楚。

**安** 去，去，小精灵！
把温莎古堡内外搜寻：
每一间神圣的华堂散播着幸运，
让它巍然卓立，永无毁损，

祝福它宅基巩固，门户长新，
辉煌的大厦恰称着贤德的主人！
每一张尊严的宝座用心扫洗，
洒满了祓邪垢的鲜花香水，
祝福那文棂绣瓦，画栋雕梁，
千秋万岁永远照耀着荣光！
每夜每夜你们手搀手在草地上，
拉成一个圆圈儿跳舞歌唱，
清晨的草上留下你们的足迹，
一团团葱翠新绿的颜色；
再用青紫粉白的各色鲜花，
写下了天书仙语，“清心去邪”，
像一簇簇五彩缤纷的珠玉，
草地是神仙的纸，花是神仙的符箓。
去，去，往东的向东，往西的向西！
等到钟鸣一下，可不要忘了
我们还要绕着赫恩橡树舞蹈。

**爱文斯** 大家排着队，大家手牵手，
二十个萤虫给我们点亮灯笼，
照着我们树荫下舞影憧憧。
且慢！哪里来的生人气？

**福斯塔夫** 天老爷保佑我不要给那个威尔士老怪瞧见，他会叫我变成一块干酪哩！

**毕斯托尔** 坏东西！你是个天生的孽种。

**安** 让我用三昧火把他指尖灼烫，

看他的心地是纯洁还是肮脏：
他要是心无污秽，火不能伤，
哀号呼痛的一定居心不良。

**毕斯托尔** 来，试一试！

**爱文斯** 来，看这木头怕不怕火熏。（众以烛烫福斯塔夫）

**福斯塔夫** 啊！啊！啊！

**爱文斯** 坏透，坏透，这家伙淫毒攻心！
精灵们，唱个歌儿取笑他；
围着他窜窜跳跳，拧得他遍体酸麻。
（歌）
哼，罪恶的妄想！
哼，淫欲的孽障！
淫欲是一把血火，
不洁的邪念把它点亮，
痴心扇着它的火焰，
妄想把它愈吹愈旺。
精灵们，拧着他，
不要把恶人宽放；
拧他，烧他，拖着他团团转，
直等星月烛光一齐黑暗。

精灵等一面唱歌，一面拧福斯塔夫。卡厄斯自一旁上，将一穿绿衣的精灵偷走；斯兰德自另一旁上，将一穿白衣的精灵偷走；范顿上，将安·培琪偷走。内猎人号角声，犬吠声，众精灵纷纷散去。福斯塔夫扯下鹿头起立。

培琪、福德、培琪大娘、福德大娘同上，将福斯塔夫捉住。

**培琪** 嗳，别逃呀；现在您可给我们瞧见啦；难道您只好扮扮猎人赫恩吗？

**培琪大娘** 好了好了，咱们不用尽向他开玩笑啦。好爵爷，您现在喜不喜欢温莎的娘儿们？

**福德** 爵爷，现在究竟谁是个大王八？白罗克大爷，福斯塔夫是个混蛋，是个混账王八蛋；瞧他的头上还长着角哩，白罗克大爷！白罗克大爷，他从福德那里什么好处也没有到手，只得到一只洗衣服的篓子，一顿棒儿，还有二十镑钱，那笔钱是要向他追还的，白罗克大爷；我已经把他的马扣留起来做抵押了，白罗克大爷。

**福德大娘** 爵爷，只怪我们运气不好，没有缘分，总是好事多磨。以后我再不把您当做我的情人了，可是我会永远记着您是我的公鹿。

**福斯塔夫** 我现在才明白我受了你们愚弄啦。原来这些都不是精灵吗？我曾经三四次疑心他们不是什么精灵，可是一则因为我自己做贼心虚，二则因为突如其来的怪事，把我吓昏了头，所以会把这种破绽百出的骗局当做真实，虽然荒谬得不近情理，也会使我深信不疑，可见一个人做了坏事，虽有天大的聪明，也会受人之愚的。

**爱文斯** 福斯塔夫爵士，您只要敬奉上帝，消除欲念，精灵们就不会来拧您的。

**福德** 说得有理，休大仙。

**爱文斯** 还有您的嫉妒心也要除掉了才好。

**福德** 我以后再不疑心我的妻子了。

**福斯塔夫** 难道我已经把我的脑子剜出来放在太阳里晒干了，所以连这样明显的骗局也看不出来吗？难道一只威尔士的老山羊都会捉弄我？罢了罢了！这也算是我贪欢好色的下场！

**培琪大娘** 爵爷，我们虽然愿意把那些三从四德的道理一脚踢得远远的，为了寻欢作乐，甘心死后下地狱；可是什么鬼附在您身上，叫您相信我们会喜欢您呢？

**福德** 像你这样的一只杂碎香肚？一只破叉袋？

**培琪大娘** 一个浸胖的浮尸？

**培琪** 又老、又冷、又干枯，再加上一肚子的腌臜？

**福德** 像魔鬼一样到处造谣生事？

**培琪** 一个穷光蛋的孤老头子？

**福德** 像个泼老太婆一样千刁万恶？

**爱文斯** 一味花天酒地，玩玩女人，喝喝老酒，喝醉了酒白瞪着眼睛骂人吵架？

**福斯塔夫** 好，尽你们说吧；我晦气落在你们手里，我也懒得跟这头威尔士山羊斗嘴了。无论哪个无知无识的傻瓜都可以欺负我，悉听你们把我怎样处置吧。

**福德** 好，爵爷，我们要带您去看一位白罗克大爷，您骗了他的钱，却没有替他把事情办好；您现在已经吃过不少苦了，要是再叫您把那笔钱还出来，我想您一定要万分心痛的吧？

**福德大娘** 不，丈夫，他已经受到报应，那笔钱就算了吧；冤家宜解不宜结，咱们不要逼人太过。

**福德** 好，咱们搀搀手，过去的事情，以后不用再提啦。

**培琪** 武士，不要懊恼，今天晚上请你到我家里来喝杯酒儿。我的妻子刚才把你取笑，等会儿我也要请你陪我把她取笑取笑。告诉她，斯兰德已经跟她的女儿结了婚啦。

**培琪大娘** （旁白）医生们，不要信他胡说。要是安·培琪是我的女儿，那么这个时候她已经做了卡厄斯大夫的太太啦。

斯兰德上。

**斯兰德** 哎哟！哎哟！岳父大人，不好了！

**培琪** 怎么，怎么，贤婿，你已经把事情办好了吗？

**斯兰德** 办好了！哼，我要让葛罗斯特郡人知道这件事；否则还是让你们把我吊死了吧！

**培琪** 什么事呀，贤婿？

**斯兰德** 我到了伊登那边去本来是要跟安·培琪小姐结婚，谁知道她是一个又高又大、笨头笨脑的男孩子；倘不是在教堂里，我一定要把他揍一顿，说不定他也要把我揍一顿。我还以为他真的就是安·培琪哩，谁知道他是邮政局长的儿子。

**培琪** 那么一定是你看错了人啦。

**斯兰德** 那还用说吗？我把一个男孩子当做女孩子，当然是看错了人啦。要是我真的跟他结了婚，虽然他穿着女人的衣服，我是不要他的。

**培琪** 这是你自己太笨的缘故。我不是告诉你怎样从衣服上认出我的女儿来吗？

**斯兰德** 我看见她穿着白衣服，便上去喊了一声“呣”，她答应我一声“不见得”，正像安跟我预先约好的一样；谁知道他不是安，却是邮政局长的儿子。

**爱文斯** 耶稣基督！斯兰德少爷，难道您生着眼睛不会看，竟会去跟一个男孩子结婚吗？

**培琪** 我心里乱得很，怎么办呢？

**培琪大娘** 好官人，别生气，我因为知道了你的计划，所以叫女儿改穿绿衣服；不瞒你说，她现在已经跟卡厄斯医生一同到了教长家里，在那里举行婚礼啦。

卡厄斯上。

**卡厄斯** 培琪大娘呢？哼，我上了人家的当啦！我跟一个男孩子结了婚，一个男孩子，不是安·培琪。我上了当啦！

**培琪大娘** 怎么，你不是看见她穿着绿衣服的吗？

**卡厄斯**　是的，可是那是个男孩子；我一定要叫全温莎的人评个理去。（下）

**福德**　这可奇了。谁把真的安带了去呢？

**培琪大娘**　我心里怪不安的。范顿大爷来了。

范顿及安·培琪上。

**培琪大娘**　啊，范顿大爷！

**安**　好爸爸，原谅我！好妈妈，原谅我！

**培琪**　小姐，你怎么不跟斯兰德少爷一块儿去？

**培琪大娘**　姑娘，你怎么不跟卡厄斯大夫一块儿去？

**范顿**　你们不要吓坏了她，让我把实在的情形告诉你们吧。你们用可耻的手段，想叫她嫁给她所不爱的人；可是她跟我两个人久已心心相许，到了现在，更觉得什么都不能把我们两人拆分开。她所犯的过失是神圣的，我们虽然欺骗了你们，却不能说是不正当的诡计，更不是忤逆不孝，因为她要避免强迫婚姻下的无数不幸的日子，这是唯一的办法。

**福德**　木已成舟，培琪大爷，您也不必发呆啦。在恋爱的事情上，都是上天亲自安排好的；金钱可以买田地，娶妻只能靠运气。

**福斯塔夫**　我很高兴，虽然我给你们算计了去，你们的箭却也会发而不中。

**培琪**　算了，有什么办法呢？——范顿，愿上天给你快乐！拗不过来的事情，也只好将就着过去。

**培琪大娘** 好，我也不再想这样想那样了。范顿大爷，愿上天给您许多许多快乐的日子！官人，我们大家回家去，在火炉旁边把今天的笑话谈谈笑笑吧。

**福德** 很好。爵爷，您对白罗克并没有失信，因为他今天晚上真的要去陪福德大娘一起睡觉了。（同下）

# 无事生非

# *Much Ado About Nothing*

## 剧中人物

|  |  |
| --- | --- |
| 唐·彼德罗 | 阿拉贡亲王 |
| 唐·约翰 | 唐·彼德罗的庶弟 |
| 克劳狄奥 | 佛罗伦萨的少年贵族 |
| 培尼狄克 | 帕度亚的少年贵族 |
| 里奥那托 | 梅西那总督 |
| 安东尼奥 | 里奥那托之弟 |
| 鲍尔萨泽 | 唐·彼德罗的仆人 |
| 波拉契奥 | 唐·约翰的侍从 |
| 康拉德 | 唐·约翰的侍从 |
| 道格培里 | 唐·约翰的侍从警吏 |
| 弗吉斯警佐 | |
| 法兰西斯神父 | |
| 教堂司事 | |
| 小童 | |
| 希罗 | 里奥那托的女儿 |
| 贝特丽丝 | 里奥那托的侄女 |
| 玛格莱特 | 希罗的侍女 |
| 欧苏拉 | 希罗的侍女 |

使者、巡丁、侍从等

# 地 点

梅西那

# 第一幕

## 第一场

### 里奥那托住宅门前

里奥那托、希罗、贝特丽丝及一使者上。

**里奥那托** 这封信里说，阿拉贡的唐·彼德罗今晚就要到梅西那来了。

**使者** 他现在快要到了；我跟他分手的时候，他离开这儿不过八九哩路呢。

**里奥那托** 你们在这次战事里损失了多少将士？

**使者** 没有损失多少，有点名气的一个也没有。

**里奥那托** 得胜者全师而归，那是双重的胜利了。信上还说起唐·彼德罗十分看重一位叫做克劳狄奥的年轻的佛罗伦萨人。

**使者** 他果然是一位很有才能的人，唐·彼德罗赏识得不错。他年纪虽然很轻，做的事情十分了不得，看上去像一头羔羊，上起战场来却像一头狮子；他的确能够超过一般人对他的期望，我这张嘴也说不尽他的好处。

**里奥那托** 他有一个伯父在这儿梅西那，知道了一定会非常高兴的。

**使者** 我已经送过信去给他了，看他的样子十分快乐，甚至快乐得忍不住心酸起来。

**里奥那托** 他流起眼泪来了吗？

**使者** 流了很多眼泪。

**里奥那托** 这是天性中温情的自然流露；泪洗过的脸，是最真诚不过的了。因为快乐而哭泣，比之看见别人哭泣而快乐，总要好得多啦！

**贝特丽丝** 请问你，那位剑客先生是不是也从战场上回来了？

**使者** 小姐，这个名字我没有听见过；在军队里没有这样一个人。

**里奥那托** 侄女，你问的是什么人？

**希罗** 姊姊说的是帕度亚的培尼狄克先生。

**使者** 啊，他也回来了，仍旧是那么爱打趣的。

**贝特丽丝** 请问你，他在这次战事中间杀了多少人？吃了多少人？可是你先告诉我他杀了多少人，因为我曾经答应他，无论他杀死多少人，我都可以把他们吃下去。

**里奥那托** 真的，侄女，你把培尼狄克先生取笑得太过分了；我相信他一定会向你报复的。

**使者** 小姐，他在这次战事里立下很大的功劳呢。

**贝特丽丝** 你们那些发霉的军粮，都是他一个人吃下去的；

他是个著名的大饭桶，他的胃口好得很哩。

**使者** 而且他也是个很好的军人，小姐。

**贝特丽丝** 他在小姐太太们面前是个很好的军人；可是在大爷们面前呢？

**使者** 在老爷们面前，就是一个正人君子，一个堂堂的男儿，充满了各种的美德。

**贝特丽丝** 究竟他肚子里充满了些什么，我们还是别说了吧；我们谁也不是圣人。

**里奥那托** 请你不要误会舍侄女的意思。培尼狄克先生跟她是说笑惯了的；他们一见面，总是舌剑唇枪，各不相让。

**贝特丽丝** 可惜他总是占不到便宜！在我们上次交锋的时候，他的五分才气倒有四分给我杀得狼狈逃走，现在他全身只剩一分了；要是他还有些儿才气留着，那么就让他保存起来，叫他跟他的马儿有个分别吧，因为这是使他可以被称为有理性动物的唯一的财产了。现在谁是他的同伴？听说他每个月都要换一位把兄弟。

**使者** 有这等事吗？

**贝特丽丝** 很可能；他的心就像他帽子的式样一般，时时刻刻会起变化的。

**使者** 小姐，看来这位先生的名字不曾注在您的册子上。

**贝特丽丝** 没有，否则我要把我的书斋都一起烧了呢。可是请问你，谁是他的同伴？

**使者** 他跟那位尊贵的克劳狄奥来往得顶亲密了。

**贝特丽丝** 天哪，他要像一场瘟疫一样缠住人家呢；他比瘟疫还容易传染，谁要是跟他发生接触，立刻就会变成疯子。上帝保佑尊贵的克劳狄奥！要是他给那个培尼狄克缠住了，一定要花上一千镑钱才可以把他赶走哩。

**使者** 小姐，我愿意跟您交个朋友。

**贝特丽丝** 很好，好朋友。

**里奥那托** 侄女，你是永远不会发疯的。

**贝特丽丝** 不到大热的冬天，我是不会发疯的。

**使者** 唐·彼德罗来啦。

唐·彼德罗、唐·约翰、克劳狄奥、培尼狄克、鲍尔萨泽等同上。

**彼德罗** 里奥那托大人，您是来迎接麻烦来了；一般人都只想避免耗费，您却偏偏自己愿意多事。

**里奥那托** 多蒙殿下枉驾，已是莫大的荣幸，怎么说是麻烦呢？麻烦去了，可以使人如释重负；可是当您离开我的时候，我只觉得怅怅然若有所失。

**彼德罗** 您真是太喜欢自讨麻烦啦。这位便是令嫒吧？

**里奥那托** 她的母亲好几次对我说她是我的女儿。

**培尼狄克** 大人，您问她的时候，是不是心里有点疑惑？

**里奥那托** 不，培尼狄克先生，因为那时候您还是个孩子哩。

**彼德罗** 培尼狄克，你也给人家挖苦了去了；我们可以猜想到你现在长大了，是个怎么样的人。真的，这位小姐很像她的父亲。小姐，您真幸福，因为您是像这样一位高贵的父亲。

**培尼狄克** 要是里奥那托大人果然是她的父亲，就是把梅西那全城的财富都给她，她也不愿意有他那样一副容貌的。

**贝特丽丝** 培尼狄克先生，您怎么还在那儿讲话呀？没有人听着您哩。

**培尼狄克** 嗳哟，我的傲慢的小姐！您还活着吗？

**贝特丽丝** 世上有培尼狄克先生那样的人，傲慢是不会死去的；顶有礼貌的人，只要一看见您，也就会傲慢起来。

**培尼狄克** 那么礼貌也是个反复无常的小人了。可是除了您以外，无论哪个女人都爱我，这一点是毫无疑问的；我希望我的心肠不是那么硬，因为说句老实话，我实在一个也不爱她们。

**贝特丽丝** 那真是女人们好大的运气，因为否则她们就要给一个讨厌的求婚者麻烦死了。我感谢上帝和我自己冷酷的心，我在这一点上完全跟您同意；与其叫我听一个男人发誓说他爱我，我宁愿听我的狗向着一只乌鸦叫。

**培尼狄克** 上帝保佑您小姐永远抱着这样的心情吧！这样某一位先生就可以逃过他命中注定的抓破脸皮的噩运了。

**贝特丽丝** 要是像您这样一副尊容，抓破了也不会使它变得比原来更难看的。

**培尼狄克** 好，您真是一位好鹦鹉教师。

**贝特丽丝** 像我一样会说话的鸟儿，比起像尊驾一样的畜生来，总要好得多啦。

**培尼狄克** 我希望我的马儿能够跑得像您说起话来一样快，也像您的舌头一样不知道疲倦。请您尽管说下去吧，我可要恕不奉陪啦。

**贝特丽丝** 您在说不过人家的时候，总是像一匹不听话的马儿一样，望岔路里溜了过去；我知道您的老脾气。

**彼德罗** 那么就这样吧，里奥那托。克劳狄奥，培尼狄克，我的好朋友里奥那托请你们一起住下来。我对他说我们至少要在这儿耽搁一个月；他却诚心希望会有什么事情留着我们多住一些时候。我敢发誓他不是一个假情假义的人，他的话都是从心里发出来的。

**里奥那托** 殿下，您要是发了誓，您一定不会背誓。（向唐·约翰）欢迎，大人；您现在已经跟令兄言归于好，我应该向您竭诚致敬。

**约翰** 谢谢，我是一个不会说话的人，可是我谢谢你。

**里奥那托** 殿下请了。

**彼德罗** 让我搀着您的手，里奥那托，咱们一块儿走吧。（除培尼狄克、克劳狄奥外皆下）

**克劳狄奥** 培尼狄克，你有没有注意到里奥那托的女儿?

**培尼狄克** 看是看见的，可是我没有对她注意。

**克劳狄奥** 她不是一位贞静的少女吗?

**培尼狄克** 您是规规矩矩地要我把老实话告诉您呢，还是要我照平常的习惯，摆出一副统治女性的暴君面孔来发表我的意见？

**克劳狄奥** 不，我要你根据冷静的判断回答我。

**培尼狄克** 好，那么我说，她是太矮了点儿，不能给她太高的恭维；太黑了点儿，不能给她太美的恭维；又太小了点儿，不能给她太大的恭维。我所能给她的唯一的称赞，就是她倘不是像现在这样子，一定很不漂亮；可是她既然不能再好看一点，所以我一点不喜欢她。

**克劳狄奥** 你以为我是在说着玩玩的。请你老老实实告诉我，你觉得她怎样。

**培尼狄克** 您这样问起她，是不是要把她买下来吗？

**克劳狄奥** 全世界所有的财富，可以买得到这样一块美玉吗？

**培尼狄克** 可以，而且还可以附送一只匣子把它藏起来哩。可是您说这样的话，是一本正经的呢，还是随口胡说，就像说盲目的丘比特是个猎兔的好手、打铁的乌尔冈是个出色的木匠一样？告诉我，您唱的歌儿究竟是什么调子？

**克劳狄奥** 在我的眼睛里，她是我平生所见的最可爱的姑娘。

**培尼狄克** 我现在还可以不戴眼镜瞧东西，可是我却瞧不出来她有什么可爱。她那个族姊就是脾气太坏了点儿，要是讲起美貌来，那就正像一个是五月的春朝，一个是十二月的岁暮，比她好看得多啦。可是我希望您不是要想做起丈夫来了吧？

**克劳狄奥** 虽然我曾经立誓终身不娶，可是要是希罗肯做我的妻子，我一定会信不过我自己。

**培尼狄克** 事情已经到这个地步了吗？难道世界上的男子个个都愿意戴上绿头巾吗？难道我永远看不见一个六十岁的童男子吗？好，要是你愿意把你的头颈伸进轭里去，那么你就把它套起来，到星期日休息的日子自己怨命吧。瞧，唐·彼德罗回来找您了。

唐·彼德罗重上。

**彼德罗** 你们不跟我到里奥那托家里去，在这儿讲些什么秘密话儿？

**培尼狄克** 我希望殿下命令我说出来。

**彼德罗** 好，我命令你说出来。

**培尼狄克** 听着，克劳狄奥伯爵。我能够像哑子一样保守秘密，我也希望您相信我不是一个搬嘴弄舌的人；可是殿下这样命令我，有什么办法呢？他是在恋爱了。跟谁呢？这就应该殿下自己去问他了。注意他的回答是多么短：他爱的是希罗，里奥那托的短短的女儿。

**克劳狄奥** 要是真有这么一回事，那么他已经替我说出来了。

**培尼狄克** 正像老话说的，殿下，“既不是这么一回事，也不是那么一回事，可是真的，上帝保佑不会有这么一回事”。

**克劳狄奥** 我的感情倘不是一下子就会起变化，我倒并不希望上帝改变这事实。

**彼德罗** 阿门，要是你真的爱她；这位小姐是很值得你眷恋的。

**克劳狄奥** 殿下，您这样说是有意诱我吐露真情吗？

**彼德罗** 真的，我不过说我心里想到的话。

**克劳狄奥** 殿下，我说的也是我自己心里的话。

**培尼狄克** 凭着我的三心两意起誓，殿下，我说的也是我自己心里的话。

**克劳狄奥** 我觉得我真的爱她。

**彼德罗** 我知道她是位很好的姑娘。

**培尼狄克** 我可既不觉得为什么要爱她，也不知道她有什么好处；你们就是用火刑烧死我，也不能使我改变这个意见。

**彼德罗** 你永远是一个排斥美貌的顽固的异教徒。

**克劳狄奥** 他这种不近人情的态度，都是违背了良心故意做作出来的。

**培尼狄克** 一个女人生下了我，我应该感谢她；她把我养大，我也要向她表示至诚的感谢；可是要我为了女人的缘故而戴起一顶不雅的头巾来，那么我只好敬谢不敏了。因为我不愿意对任何一个女人猜疑而使她受到委屈，所以宁愿对无论哪个女人都不信任，免得委屈了自己。总而言之，为了让我自己穿得漂亮一点起见，我愿意一生一世做个光棍。

**彼德罗** 我在未死之前，总有一天会看见你为了爱情而憔悴的。

**培尼狄克** 殿下，我可以因为发怒，因为害病，因为挨饿而脸色惨白，可是决不会因为爱情而憔悴；您要是能够证明有一天我因为爱情而消耗的血液，喝了酒后不能把它恢复过来，就请您用编造歌谣的人的那支笔挖去我的眼睛，把我当做一个瞎眼的丘比特，挂在妓院门口做招牌。

**彼德罗** 好，要是有一天你的决心动摇起来，可别怪人家笑话你。

**培尼狄克** 要是有那么一天，我就让你们把我像一头猫似的放在口袋里吊起来，叫大家用箭射我；谁把我射中了，你们可以拍拍他的肩膀，夸奖他是个好汉子。

**彼德罗** 好，咱们等着瞧吧；有一天野牛也会俯首就轭的。

**培尼狄克** 野牛也许会俯首就轭，可是有理性的培尼狄克要是也会钻上圈套，那么请您把牛角拔下来，插在我的额角上吧；我可以让你们把我涂上油彩，像人家写"好马出租"一样替我用大字写好一块招牌，招牌上这么说："请看结了婚的培尼狄克。"

**克劳狄奥** 要是真的把你这样，你一定要气得把你的一股牛劲儿都使出来了。

**彼德罗** 嘿，要是丘比特没有把他的箭在威尼斯一起放完，他会叫你知道他的厉害的。

**培尼狄克** 那时候一定要天翻地覆啦。

**彼德罗** 好，咱们等着瞧吧。现在，好培尼狄克，请你到里奥那托那儿去，替我向他致意，对他说晚餐的时候我一定准时出席，因为他已经费了不少手脚在那儿预备呢。

**培尼狄克** 我现在忙得很，实在无法分身，所以我想敬请——

**克劳狄奥** 大安，自家中发——

**彼德罗** 七月六日，培尼狄克谨上。

**培尼狄克** 嗳，别开玩笑啦。你们讲起话来，老是这么支离破碎，不成片段，要是你们还要把这种滥调搬弄下去，请你们问问自己的良心吧，我可要失陪了。（下）

**克劳狄奥** 殿下，您现在可以帮我一下忙。

**彼德罗** 咱们是好朋友，你有什么事尽管吩咐我；无论它是多么为难的事，我都愿意竭力帮助你。

**克劳狄奥** 殿下，里奥那托有没有儿子？

**彼德罗** 没有，希罗是他唯一的后嗣。你喜欢她吗，克劳狄奥？

**克劳狄奥** 啊，殿下，当我们向战场出发的时候，我用一个军人的眼睛望着她，虽然心中羡慕，可是因为有更艰巨的工作在我面前，来不及顾到儿女私情；现在我回来了，战争的思想已经离开我的脑中，代替它的是一缕缕的柔情，它们指点我年轻的希罗是多么美丽，对我说，我在出征以前就已经爱上她了。

**彼德罗** 你就要像个恋人似的，动不动用长篇大论叫人听着厌倦了。要是你果然爱希罗，你就爱下去吧，我可以替你向她和她的父亲说去，一定叫你如愿以偿。你向我转弯抹角地说了这一大堆，不就是为了这个目的吗？

**克劳狄奥** 您这样鉴貌辨色，真是医治相思的妙手！可是人家也许以为我一见钟情，未免过于孟浪，所以我想还是慢慢儿再说吧。

**彼德罗** 造桥只要量着河身的阔度就行了，何必过分铺张呢？做事情也只要按照事实上的需要；凡是能够帮助你达到目的的，就是你所应该采取的手段。你现在既然害着相思，我可以给你治相思的药饵。我知道今晚我们将要有一个跳舞会；我可以化装一下冒充着你，对希罗说我是克劳狄奥，当着她的面前倾吐我的心曲，用动人的情话迷惑她的耳朵；然后我再替你向她的父亲传达你的意思，结果她一定会属你所有。让我们立刻着手进行吧。（同下）

## 第二场

### 里奥那托家中一室

里奥那托及安东尼奥自相对方向上。

**里奥那托** 啊，贤弟！我的侄儿，我的儿子呢？他有没有把乐队准备好？

**安东尼奥** 他正在那儿忙着呢。可是，大哥，我可以告诉你一些新鲜的消息，你做梦也想不到的。

**里奥那托** 是好消息吗？

**安东尼奥** 那要看事情的发展而定；可是从外表上看起来，那是个很好的消息。亲王跟克劳狄奥伯爵刚才在我的花园里一条树荫浓密的小路上散步，他们讲的话给我的一个用人听见了许多：亲王告诉克劳狄奥，说他爱上了我的侄女，你的女儿，想要在今晚跳舞的时候向她倾吐衷情；要是她表示首肯，他就要抓住眼前的时机，立刻向你提起这件事情。

**里奥那托**　告诉你这个消息的家伙，是不是个有头脑的人？

**安东尼奥**　他是一个很机灵的家伙；我可以去叫他来，你自己问问他。

**里奥那托**　不，不，在事情没有证实以前，我们只能把它当做一个幻梦；可是我要先去通知我的女儿一声，万一真有那么一回事，她也好预先准备准备怎样回答。你去告诉她吧。（若干人穿过舞台）各位侄儿，记好你们分内的事。啊，对不起，朋友，跟我一块儿去，我还要仰仗您的大力哩。贤弟，在大家手忙脚乱的时候，请你留心照看照看。

## 第三场

### 里奥那托家中的另一室

唐·约翰及康拉德上。

**康拉德** 嗳哟，我的爷！您为什么这样闷闷不乐？

**约翰** 我的烦闷是茫无涯际的，因为不顺眼的事情太多啦。

**康拉德** 您应该听从理智的劝告呀。

**约翰** 听从了理智的劝告，又有什么好处呢？

**康拉德** 即使不能立刻医好您的烦闷，至少也可以教您怎样安心忍耐。

**约翰** 我真不懂像你这样一个自己说是土星照命的人[1]，居然也会用道德的箴言来医治人家致命的沉疴。我不能掩饰我自己的为人：心里不快活的时候，我不会听了人家的嘲谑而赔着笑脸；肚子饿了我

1 西洋星相家的说法，谓土星照命的人，性格必阴沉忧郁。

就吃，谁愿意伺候人家的方便；精神疲倦了我就睡，谁去理会人家的闲事；心里高兴我就笑，谁去窥探人家的颜色。

**康拉德** 话是说得不错，可是您现在在别人的约束之下，总不能完全照着您自己的意思做去。最近您跟王爷闹过别扭，你们兄弟俩言归于好还是不久的事，您要是不格外赔些小心，那么他现在对您的种种恩宠，也是靠不住的；您必须自己造成一个机会，然后才可以达到您的目的。

**约翰** 我宁愿做一朵篱下的野花，不愿做一朵受他恩惠的蔷薇；与其逢迎献媚，偷取别人的欢心，宁愿被众人所鄙弃；我固然不是一个善于阿谀的正人君子，可是谁也不能否认我是一个正大光明的小人，人家用口套罩着我的嘴，表示对我信任，用木桩系住我的脚，表示给我自由；关在笼子里的我，还能够唱歌吗？要是我有嘴，我就要咬人；要是我有自由，我就要做我欢喜做的事。现在你还是让我保持我的本来面目，不要设法改变它吧。

**康拉德** 您不能利用您的不平之气来干一些事情吗？

**约翰** 我把它尽量利用着呢，因为它是我的唯一的武器。谁来啦？

波拉契奥上。

**约翰**　有什么消息，波拉契奥？

**波拉契奥**　我刚从那边盛大的晚餐席上出来，王爷被里奥那托招待得十分隆重；我还可以告诉您一件正在计划中的婚事的消息哩。

**约翰**　我们可以在这上面出个主意跟他们捣乱捣乱吗？那个愿意自讨麻烦的傻瓜是谁？

**波拉契奥**　他就是王爷的右手。

**约翰**　谁？那个最最了不得的克劳狄奥吗？

**波拉契奥**　正是他。

**约翰**　好家伙！那个女的呢？他中意了哪一个？

**波拉契奥**　里奥那托的女儿希罗。

**约翰**　一只早熟的小母鸡！你怎么知道的？

**波拉契奥**　他们叫我去用香料把屋子熏一熏，我正在那儿熏一间发霉的房间的时候，亲王跟克劳狄奥两个人手搀手走了进来，郑重其事地在商量着什么事情；我就把身子闪到屏风后面，听见他们约定由亲王出面去向希罗求婚，等她答应以后，就把她让给克劳狄奥。

**约翰**　来，来，咱们到那边去；也许我可以借此出出我的一口怨气。自从我失势以后，那个年轻的新贵出足了风头；要是我能够叫他受些挫折，也好让我拍手称快。你们两人都愿意帮助我，不会变心吗？

**康、波**　我们愿意誓死为爵爷尽忠。

**约翰**　让我们也去参加那盛大的晚餐吧；他们看见我的

屈辱，一定格外高兴。要是厨子也跟我抱着同样的心理就好了！我们要不要先计划一下怎样着手的方法?

**波拉契奥** 我们愿意侍候您的旨意。（同下）

# 第二幕

## 第一场

**里奥那托家中的厅堂**

里奥那托、安东尼奥、希罗、贝特丽丝及余人等同上。

**里奥那托** 约翰伯爵有没有在这儿吃晚饭？

**安东尼奥** 我没有看见他。

**贝特丽丝** 那位先生的脸孔多么阴沉！我每一次看见他，总要有一个时辰心里不好过。

**希罗** 他有一种很忧郁的脾气。

**贝特丽丝** 要是把他跟培尼狄克折中一下，那就是个顶好的人啦：一个太像泥塑木雕似的，老是一言不发；一个却像骄纵惯了的小少爷，咭咧呱喇地吵个不停。

**里奥那托** 那么把培尼狄克先生的半条舌头放在约翰伯爵的嘴里，把约翰伯爵的半副心事面孔装在培尼狄克先生脸上——

**贝特丽丝** 叔叔，再加上一双好腿，一对好脚，袋里有几个钱，这样一个男人，世上无论哪个女人都愿意嫁给他的——要是他能够得到她的欢心的话。

**里奥那托** 真的，侄女，你要是说话这样刻薄，我看你一辈子也嫁不出去的。

**贝特丽丝** 谢天谢地！我每天早晚都在跪求上帝，我说主啊！叫我嫁给一个脸上出胡子的丈夫，我是怎么也受不了的，还是让我睡在毛毯里吧！

**里奥那托** 你可以拣一个没有胡子的丈夫。

**贝特丽丝** 我要他来做什么呢？叫他穿起我的衣服来，让他做我的侍女吗？有胡子的人年纪一定不小了，没有胡子的人，算不得须眉男子；我不要一个老头子做我的丈夫，也不愿意嫁给一个没有丈夫气的男人。人家说，老处女死了要在地狱里牵猴子；所以还是让我把六便士的保证金交给动物园里的看守，把他的猴子牵下地狱去吧。

**里奥那托** 好，那么你决心下地狱吗？

**贝特丽丝** 不，我刚走到门口，头上出角的魔鬼就像个老王八似的，出来迎接我，说，“您到天上去吧，贝特丽丝，您到天上去吧；这儿不是你们姑娘家住的地方。”所以我就把猴子交给他，到天上去见圣彼得了；他指点我单身汉在什么地方，我们就在那儿快快乐乐地过日子。

**安东尼奥** （向希罗）好，侄女，我相信你一定听你父亲的话。

**贝特丽丝** 是的，我的妹妹是最懂得规矩的，她会行个礼儿，说："父亲，您看怎么办，就怎么办吧。"可是虽然这么说，妹妹，他一定要是个漂亮的家伙才好，否则你还是再行个礼儿，说："父亲，这可要让我自己作主了。"

**里奥那托** 好，侄女，我希望看见你有一天嫁到一个丈夫。

**贝特丽丝** 男人都是泥做的，我不要。一个女人要把她的终身付托给一块道旁的泥土，还要在他面前低头伏小，岂不倒霉！不，叔叔，亚当的儿子都是我的兄弟，跟自己的亲族结婚是一件罪恶哩。

**里奥那托** 女儿，记好我对你说的话；要是亲王真的向你提出那样的请求，你知道你应该怎样回答他。

**贝特丽丝** 妹妹，要是那亲王太冒冒失失啦，你就对他说，什么事情都应该有个节拍；你就睬也不睬他，自个儿跳舞下去。听我说，希罗，求婚、结婚和后悔，就像是苏格兰急舞、慢步舞和五步舞一样：开始求婚的时候，正像苏格兰急舞一样狂热，迅速而充满了幻想；到了结婚的时候，循规蹈矩的，正像慢步舞一样，拘泥着仪式和虚文；于是接着来了后悔，拖着疲乏的脚腿，开始跳起五步舞来，愈跳愈快，一直跳到精疲力尽，倒在坟墓里为止。

**里奥那托** 侄女，你的观察倒是十分深刻。

**贝特丽丝** 叔叔，我的眼光很不错哩。

**里奥那托** 贤弟，跳舞的人进来了，咱们让开吧。

唐·彼德罗、克劳狄奥、培尼狄克、鲍尔萨泽、康·约翰、波拉契奥、玛格莱特、欧苏拉及余人等各戴假面上。

**彼德罗** 姑娘，您愿意陪着您的朋友走走吗？

**希罗** 您要是轻轻儿走，态度文静点儿，也不说什么话，我就愿意奉陪；尤其是当我要走出去的时候。

**彼德罗** 您要不要我陪着您一块儿出去呢？

**希罗** 我要是心里高兴，我可以这样说。

**彼德罗** 您什么时候才高兴这样说呢？

**希罗** 当我看见您的相貌并不讨厌的时候；但愿上帝保佑琴儿不像琴囊一样难看！

**彼德罗** 我的脸罩就像菲利蒙的草屋，草屋里面住着天神乔武。[1]

**希罗** 那么您的脸罩上应该盖起茅草来才是。

**彼德罗** 讲情话要低声点儿。（拉希罗至一旁）

**鲍尔萨泽** 好，我希望您欢喜我。

**玛格莱特** 为了您的缘故，我倒不敢这样希望，因为我有许多缺点哩。

**鲍尔萨泽** 可以让我略知一二吗？

**玛格莱特** 我念起祷告来，总是提高了声音。

---

1 菲利蒙（Philemon）是弗里吉亚（Phrygia）的一个穷苦老人，天神乔武（Jove）遨游人间，借宿在他的草屋里，菲利蒙和他的妻子鲍雪斯（Baucis）招待尽礼，天神乃将其草屋变成殿宇。

**鲍尔萨泽** 那我更加爱您了；高声念祷告，人家听见了就可以喊阿门。

**玛格莱特** 求上帝赐给我一个好舞伴！

**鲍尔萨泽** 阿门！

**玛格莱特** 等到跳舞完毕，让我再也不要看见他！您怎么不说话了呀，执事先生？

**鲍尔萨泽** 别多讲啦，执事先生已经得到他的答复了。

**欧苏拉** 我认识您；您是安东尼奥老爷。

**安东尼奥** 干脆一句话，我不是。

**欧苏拉** 我瞧您摇头摆脑的样子，就知道是您啦。

**安东尼奥** 老实告诉你吧，我是学着他的样子的。

**欧苏拉** 您倘不就是他，决不会把他那种怪样子学得这么惟妙惟肖。这一只挥上挥下的手，正是他的干瘪的手？您一定是他，您一定是他。

**安东尼奥** 干脆一句话，我不是。

**欧苏拉** 算啦算啦，像您这样能言善辩，您以为我不能一下子就听出来，除了您没有别人吗？一个人有了好处，难道遮掩得了吗？算了吧，别多话了，您正是他，不用再抵赖了。

**贝特丽丝** 您不肯告诉我谁对您说这样的话吗？

**培尼狄克** 不，请您原谅我。

**贝特丽丝** 您也不肯告诉我您是谁吗？

**培尼狄克** 现在不能告诉您。

**贝特丽丝** 说我目中无人，说我的俏皮话儿都是从笑话书里偷下来的；哼，这一定是培尼狄克说的话。

**培尼狄克** 他是什么人？

**贝特丽丝** 我相信您一定很熟悉他的。

**培尼狄克** 相信我，我不认识他。

**贝特丽丝** 他没有叫您笑过吗？

**培尼狄克** 请您告诉我，他是什么人？

**贝特丽丝** 他呀，他是亲王手下的弄人，一个语言无味的傻瓜；他的唯一的本领，就是捏造一些无稽的谣言。只有那些胡调的家伙才会喜欢他，可是他们并不赏识他的机智，只是赏识他的奸刁；他一方面会讨好人家，一方面又会惹人家生气，所以他们一面笑他，一面打他。我想他一定在人丛里；我希望他会碰到我！

**培尼狄克** 等我认识了那位先生以后，我可以把您说的话告诉他。

**贝特丽丝** 很好，请您一定告诉他。他听见了顶多不过把我侮辱两句；要是人家没有注意到他的话，或者听了笑也不笑，他就要郁郁不乐，这样就可以有一块鹧鸪的翅膀省下来啦，因为这傻瓜会气得不吃晚饭的。（内乐声）我们应该跟随领队的人。

跳舞。除唐·约翰、波拉契奥及克劳狄奥外皆下。

**约翰** 我的哥哥真的给希罗迷住啦；他已经拉着她的父亲，去把他的意思告诉他了。女人们都跟着她去了，只有一个戴假面的人留着。

**波拉契奥**　　那是克劳狄奥；我从他的神气上认得出来。

**约翰**　　您不是培尼狄克先生吗？

**克劳狄奥**　　您猜得不错，我正是他。

**约翰**　　先生，您是我的哥哥亲信的人，他现在迷恋着希罗，请您劝劝他打断这一段痴情，她是配不上他这样家世门第的；您要是肯这样去劝他，才是尽一个朋友的正道。

**克劳狄奥**　　您怎么知道他爱着她？

**约翰**　　我听见他发过誓申说他的爱情了。

**波拉契奥**　　我也听见；他刚才发誓说要跟她结婚。

**约翰**　　来，咱们喝酒去吧。（约翰、波拉契奥同下）

**克劳狄奥**　　我这样冒认着培尼狄克的名字，却用克劳狄奥的耳朵听见了这些坏消息。事情一定是这样；亲王是为他自己去求婚的。友谊在别的事情上都是可靠的，在恋爱的事情上却不能信托；所以恋人们都是用他们自己的唇舌。谁生着眼睛，让他自己去传达情愫吧，总不要请别人代劳；因为美貌是一个女巫，在她的魔力之下，忠诚是会在热情里溶解的。这是一个每一个时辰里都可以找到证明的例子，毫无怀疑的余地。那么永别了，希罗！

培尼狄克重上。

**培尼狄克**　　是克劳狄奥伯爵吗？

**克劳狄奥** 正是。

**培尼狄克** 来，您跟着我来吧。

**克劳狄奥** 到什么地方去？

**培尼狄克** 到最近的一棵杨柳树底下去[1]，伯爵，为了您自己的事。您欢喜把花圈怎样戴法？是把它套在您的头颈上，像盘剥重利的人套着的锁链似的呢？还是把它串在您的臂上，像一个军官的臂章似的？您一定要把它戴起来，因为您的希罗已经给亲王夺去啦。

**克劳狄奥** 我希望他姻缘美满！

**培尼狄克** 嗳哟，听您说话的神气，简直好像一个牛贩子卖掉了一匹牛似的。可是您想亲王会这样对待您吗？

**克劳狄奥** 请你让我一个人在这儿。

**培尼狄克** 哈！现在您又变成一个不问是非的瞎子了；小孩子偷了您的肉去，您却去打一根柱子。

**克劳狄奥** 你要是不肯走开，那么我走了。（下）

**培尼狄克** 唉，可怜的受伤的鸟儿！现在他要爬到芦苇里去了。可是想不到咱们那位贝特丽丝小姐居然会见了我认不出来！亲王的弄人！嘿？也许因为人家瞧我喜欢说笑，所以背地里这样叫我；可是我要是这样想，那就是自己看轻自己了；不，人家不会这样叫我，这都是贝特丽丝凭着她那下流刻薄的脾气，把自己的意见代表着众人，随口编造出

---

1 杨柳树是悲哀和失恋的象征。

来毁谤我的。好，我一定要向她报复此仇。

唐·彼德罗重上。

**彼德罗** 培尼狄克，伯爵呢？你看见他了吗？

**培尼狄克** 不瞒殿下说，我已经做过一个搬弄是非的长舌妇了。我看见他一个人孤零零地在这儿发呆，我就对他说——我想我对他说的是真话——您已经得到这位姑娘的芳心了。我说我愿意陪着他到一株杨柳树底下去；或者给他编一个花圈，表示被弃的哀思；或者给他扎起一条藤鞭来，因为他有该打的理由。

**彼德罗** 该打！他做错了什么事？

**培尼狄克** 他犯了一个小学生的过失，因为发现了一窠小鸟，高兴非常，指点给他的同伴看见，让他的同伴把它偷去了。

**彼德罗** 你把信任当做一种过失吗？偷的人才是有罪的。

**培尼狄克** 可是他把藤鞭和花圈扎好，总是有用的；花圈可以给他自己戴，藤鞭可以赏给您。照我看来，您就是把他那窠小鸟偷去的人。

**彼德罗** 我不过是想教它们唱歌，教会了就把它们归还原主的。

**培尼狄克** 那么且等它们唱的歌儿来证明您的一片好心吧。

**彼德罗** 贝特丽丝小姐在生你的气；陪她跳舞的那位先生告诉她你说了她许多坏话。

**培尼狄克** 啊，她才把我侮辱得连一块顽石都要气得直跳起来呢！一株秃得只剩一片青叶子的橡树，也会忍不住跟她拌嘴；就是我的脸罩也差不多给她骂活了，要跟她对骂一场哩。她不知道在她面前的就是我自己，对我说，我是亲王的弄人，我比融雪的天气还要无聊；她用一连串恶毒的讥讽，像乱箭似的向我射了过来，我简直变成了一个箭垛啦。她的每一句话都是一把钢刀，每一个字都刺到人心里；要是她嘴里的气息跟她的说话一样恶毒，那一定无论什么人走近她身边都不能活命的；她的毒气会把北极星都熏坏呢。即使亚当把他没有犯罪以前的全部家产传给她，我也不愿意娶她做妻子；她会叫赫剌克勒斯给她烤肉，把他的棍子劈碎了当柴烧的。好了，别讲她了。她就是母夜叉的变相，但愿上帝差一个有法力的人来把她一道咒赶回地狱里去，因为她一天留在这世上，人家就会觉得地狱里简直清静得像一座洞天福地，大家为了希望下地狱，都会故意犯起罪来，所以一切的混乱、恐怖、纷扰，都跟着她一起来了。

**彼德罗** 瞧，她来啦。

*克劳狄奥、贝特丽丝、希罗及里奥那托重上。*

**培尼狄克** 殿下有没有什么事情要派我到世界的尽头去的？

我现在愿意到地球的那一边去，给您干无论哪一件您所能想得到的最琐细的差使：我愿意给您从亚洲最远的边界上拿一根牙签回来；我愿意给您到埃塞俄比亚去量一量护法王约翰的脚有多少长；我愿意给您去从蒙古大可汗的脸上拔下一根胡须，或者到侏儒国里去办些无论什么事情；可是我不愿意跟这妖精谈三句话儿。您没有什么事可以给我做吗？

**彼德罗**　没有，我要请你陪着我。

**培尼狄克**　啊，殿下，这是强人所难了；我可受不住咱们这位尖嘴的小姐。（下）

**彼德罗**　来，小姐，来，培尼狄克先生在生您的气呢。您欺侮了他了。

**贝特丽丝**　殿下，我可不让他欺侮我。您叫我去找克劳狄奥伯爵来，我已经把他找来了。

**彼德罗**　啊，怎么，伯爵！你为什么这样不高兴？

**克劳狄奥**　没有什么不高兴，殿下。

**彼德罗**　那么害病了吗？

**克劳狄奥**　也不是，殿下。

**贝特丽丝**　这位伯爵无所谓高兴不高兴，也无所谓害病不害病；您瞧他皱着眉头，也许他吃了一只酸橘子，心里头有一股酸溜溜的味道。

**彼德罗**　真的，小姐，我想您把他形容得很对；可是我可以发誓，要是他果然有这样的心思，那就错了。来，克劳狄奥，我已经替你向希罗求过婚，她已经答应了；我也已经向她的父亲说起，他也表示同意了；现在你只要选定一个结婚的日子，愿上帝给你快乐！

**里奥那托**　伯爵，从我手里接受我的女儿，我的财产也随着她一起传给您了。这门婚事多仗殿下鼎力，一定能够得到上天的嘉许！

**贝特丽丝**　说呀，伯爵，现在要轮到您开口了。

**克劳狄奥**　静默是表示快乐的最好的方法；要是我能够说出我的心里多么快乐，那么我的快乐只是有限度的。小姐，您现在既然已经属于我，我也就是属于您的了；我把我自己跟您交换，我要把您当作瑰宝一样珍爱。

**贝特丽丝**　说呀，妹妹；要是你不知道说些什么话好，你就用一个吻堵住他的嘴，让他也不要说话。

**彼德罗**　真的，小姐，您真会说笑。

**贝特丽丝**　是的，殿下；也幸亏是这样，我这可怜的傻子才从来不知道有什么心事。我那妹妹附着他的耳朵，在那儿告诉他她的心里有着他呢。

**克劳狄奥**　她正是这么说，姊姊。

**贝特丽丝**　天哪，真好亲热！人家一个个嫁了出去，只剩我一个人年老珠黄；我还是躲在壁角里，哭哭自己没有丈夫吧！

**彼德罗**　您愿意嫁给我吗，小姐？

**贝特丽丝**　不，殿下，除非我可以再有一个家常用的丈夫；因为您是太贵重啦，只好留着在星期日装装场面。可是我要请殿下原谅，我这一张嘴是向来胡说惯的，没有一句正经。

**彼德罗** 您要是不声不响，我才要恼哪；这样说说笑笑，正是您的风趣本色。我想您一定是在一个快乐的时辰里出世的。

**贝特丽丝** 不，殿下，我的妈哭得才苦呢；可是那时候刚巧有一颗星在跳舞，我就在那颗星底下生下来了。妹妹，妹夫，愿上帝给你们快乐！

**里奥那托** 侄女，你肯不肯去把我对你说起过的事情办一办？

**贝特丽丝** 对不起，叔叔。殿下，恕我失陪了。（下）

**彼德罗** 真是一个快乐的小姐。

**里奥那托** 殿下，她身上找不出一丝丝的忧愁；除了睡觉的时候，她从来不曾板起过脸孔；就是在睡觉的时候，她也还是嘻嘻哈哈的，因为我曾经听见小女说起，她往往会梦见什么淘气的事情，把自己笑了醒来。

**彼德罗** 她顶不喜欢听见人家向她谈起一个丈夫。

**里奥那托** 啊，她听都不要听；向她求婚的人，一个个都给她嘲笑得退缩回去啦。

**彼德罗** 要是把她配给培尼狄克，倒是很好的一对。

**里奥那托** 哎哟！殿下，他们两人要是结了婚一个星期，准会吵疯了呢。

**彼德罗** 克劳狄奥伯爵，你预备什么时候上教堂？

**克劳狄奥** 就是明天吧，殿下；在爱情没有完成它的一切仪式以前，时间总是走得像一个扶着拐杖的跛子一样慢。

**里奥那托** 那不成，贤婿，还是等到星期一吧，左右也不过七天工夫；要是把事情办得一切都称我的心，这几天日子还嫌太局促了些。

**彼德罗** 好了，别这么摇头长叹啦；克劳狄奥，包在我身上，我们要把这段日子过得一点也不沉闷。我想在这几天的时间以内，干一件非常艰辛的工作；换句话说，我要叫培尼狄克先生跟贝特丽丝小姐彼此热恋起来。我很想把他们两人配成一对；要是你们三个人愿意听我的吩咐，帮着我把这件事情进行起来，一定可以成功的。

**里奥那托** 殿下，我愿意全力赞助，即使叫我十个晚上不睡觉都可以。

**克劳狄奥** 我也愿意出力，殿下。

**彼德罗** 温柔的希罗，您也愿意帮帮忙吗?

**希罗** 殿下，我愿意尽我的微力，帮助我的姊姊得到一位好丈夫。

**彼德罗** 培尼狄克并不是一个没有出息的丈夫。至少我可以对他说这几句好话：他的家世是高贵的；他的勇敢、他的正直，都是大家所公认的。我可以教您用怎样的话打动令姊的心，叫她对培尼狄克发生爱情；再靠着你们两位的合作，我只要向培尼狄克略施小计，凭他怎样刁钻古怪，不怕他不爱上贝特丽丝。要是我们能够把这件事情做成功，丘比特也可以不用再射他的箭啦；他的一切的光荣都要属于我们，因为我们才是真正的爱神。跟我一块儿进去，让我把我的计划告诉你们。（同下）

## 第二场

**里奥那托家中的另一室**

唐·约翰及波拉契奥上。

**约翰** 果然是这样，克劳狄奥伯爵要跟里奥那托的女儿结婚了。

**波拉契奥** 是，爵爷；可是我有法子破坏他们。

**约翰** 无论什么破坏、手段，都可以替我消一消心头的闷气；我把他恨得什么似的，只要能够打破他的恋爱的美梦，什么办法我都愿意采取。你想怎样破坏他们的婚姻呢？

**波拉契奥** 不是用正当的手段，爵爷；可是我会把事情干得十分诡秘，让人家看不出破绽来。

**约翰** 把你的计策简单一点告诉我。

**波拉契奥** 我想我在一年以前，就告诉过您我跟希罗的侍女玛格莱特相好了。

**约翰** 我记得。

**波拉契奥**　我可以约她在夜静更深的时候，在她小姐闺房里的窗口等着我。

**约翰**　这是什么用意？怎么就可以把他们的婚姻破坏了呢？

**波拉契奥**　毒药是要您自己配合起来的。您去对王爷说，他不该叫克劳狄奥这样一位赫赫有名的人物——您可以拼命抬高他的身价——去跟希罗那样一个下贱的女人结婚；您尽管对他说，这一次的事情对于他的名誉一定大有影响。

**约翰**　我有什么证据可以提出呢？

**波拉契奥**　有，有，一定可以使亲王受骗，叫克劳狄奥懊恼，毁坏了希罗的名誉，把里奥那托活活气死：这不正是您所希望得到的结果吗？

**约翰**　为了发泄我对他们这批人的气愤，什么事情我都愿意试一试。

**波拉契奥**　那么很好，找一个适当的时间，您把亲王跟克劳狄奥拉到一处没有旁人的所在，告诉他们说您知道希罗跟我很要好；您可以假意装出一副对亲王和他的朋友的名誉十分关切的样子，因为这次婚姻是亲王一手促成，现在克劳狄奥将要娶到一个已非完璧的女子，您不忍坐视他们受人之愚，所以不能不把您所知道的告诉他们。他们听了这样的话，当然不会就此相信；您就向他们提出真凭实据，把他们带到希罗的窗下，让他们看见我站在窗口，听我把玛格莱特叫做希罗，听玛格莱特叫我波拉契奥。就在预定的婚期的前一个晚上，您带着他们看一看这幕把戏，我可以预先设法把希罗调开；他们见到这种似乎是千真万确的事实，一定会相信希罗果真是一个不贞的女子，在妒火中烧的情绪下决不会作冷静的推敲，这样他们的一切准备就可以全部推翻了。

**约翰**　不管它会引起怎样不幸的后果，我要把这计策实行起来。你给我用心办理，我赏你一千块钱。

**波拉契奥**　您只要一口咬定，我的诡计是不会失败的。

**约翰**　我就去打听他们的婚期。（同下）

## 第三场

**里奥那托的花园**

培尼狄克上。

**培尼狄克** 童儿!

小童上。

**小童** 大爷叫我吗?

**培尼狄克** 我的寝室窗口有一本书，你去给我拿来。（小童下）我真不懂一个人明明知道沉迷在恋爱里是一件多么愚蠢的事，可是在讥笑他人的浅薄无聊以后，偏偏会自己打自己的耳光，照样跟人家闹起恋爱来；克劳狄奥就是这种人。从前我认识他的时候，战鼓和军笛是他的唯一的音乐；现在他却宁愿听小鼓和洞箫了。从前他会跑十哩路去看一身好甲胄；现在他却会接连十个晚上不睡觉，为了设计一身新的紧身衣的式样。从前他说起话来，总是直捷爽快，像个老老实实的军人；现在他却变成了个秀才先生，满嘴都是些稀奇古怪的话儿。我会不会也变得像他一样呢？我不知道；我想不至于。我不敢说爱情不会叫我变成一头牡蛎；可是我可以发誓，在它没有把我变成牡蛎以前，它一定不能叫我变成这样一个傻瓜。好看的女人，聪明的女人，贤惠的女人，我都碰见过，可是我还是个原来的我；除非在一个女人身上能够集合一切女人的优点，否则没有一个女人会中我的意的。她一定要有钱，这是不用说的；她必须聪明，不然我就不要；她必须贤惠，不然我也不敢领教；她必须美貌，不然我看也不要看她；她必须温柔，否则不要叫她走近我的身；她必须有高贵的人品，否则我不愿花十先令把她买下来；她必须会讲话，精音乐，而且她的头发必须是天然的颜色。哈！亲王跟咱们这位多情种子来啦！让我到凉亭里去躲他一躲。（退后）

唐·彼德罗、里奥那托、克劳狄奥同上；鲍尔萨泽及众乐工随上。

**彼德罗**　来，我们要不要听听音乐？

**克劳狄奥**　好的，殿下。暮色是多么沉寂，好像故意静下来，让乐声格外显得谐和似的！

**彼德罗** 你们看见培尼狄克躲在什么地方吗？

**克劳狄奥** 啊，看得很清楚，殿下；等音乐停止了，我们要叫这小狐狸钻进我们的圈套。

**彼德罗** 来，鲍尔萨泽，我们要把那首歌再听一遍。

**鲍尔萨泽** 啊，我的好殿下，像我这样的坏嗓子，把好好的音乐糟蹋了一次，也就够了，不要再叫我献丑了吧！

**彼德罗** 越是本领超人一等的人，越是不满意自己的才能。请你唱起来吧，别让我向你再三求告了。

**鲍尔萨泽** 既蒙殿下如此错爱，我就唱了。有许多求婚的人，在开始求婚的时候，虽然明知道他的恋人没有什么可爱，仍旧会把她恭维得天花乱坠，发誓说他真心爱着她的。

**彼德罗** 好了好了，请你别说下去了；要是你还想发表什么意见，就放在歌里边唱出来吧。

**鲍尔萨泽** 在我未唱以前，先要声明一句：我唱的歌儿是一句也不值得你们注意的。

**彼德罗** 他在那儿净说些废话。（音乐）

**培尼狄克** （旁白）啊，神圣的曲调！现在他的灵魂要飘飘然起来了！几根羊肠绷起来的弦线，会把人的灵魂从身体里抽了出来，真是不可思议！好，等他唱好以后，少不了要布施他几个钱。

**鲍尔萨泽** （唱）

不要叹气，姑娘，不要叹气，
男人们都是些骗子，

一脚在岸上，一脚在海里，
他天性里朝三暮四。
不要叹息，让他们去，
你何必愁眉不展？
收起你的哀丝怨绪，
唱一曲清歌婉转。

莫再悲吟，姑娘，莫再悲吟，
停住你沉重的哀音；
哪一个夏天不绿叶成荫？
哪一个男子不负心？
不要叹息，让他们去，
你何必愁眉不展？
收起你的哀丝怨绪，
唱一曲清歌婉转。

**彼德罗** 真是一首好歌。

**鲍尔萨泽** 可是唱歌的人太不行啦，殿下。

**彼德罗** 哈，不，不，真的，你唱得总算过得去。

**培尼狄克** （旁白）倘然他是一头狗叫得这样子，他们一定把他吊死啦；求上帝别让他的坏喉咙预兆着什么灾殃！与其听他唱歌，我宁愿听夜里的乌鸦叫，不管有什么祸事会跟着它一起来。

**彼德罗** 好，你听见了没有，鲍尔萨泽？请你给我们预备些好音乐，因为明天晚上我们要在希罗小姐的窗下弹奏。

**鲍尔萨泽**　我一定尽力办去，殿下。

**彼德罗**　很好，再见。（鲍尔萨泽及乐工等下）过来，里奥那托。您今天对我怎么说，说是令侄女贝特丽丝在恋爱着培尼狄克吗？

**克劳狄奥**　啊！是的。（向彼德罗旁白）小心，小心，鸟儿正在那边歇着呢。——我再也想不到那位小姐会爱上什么男人的。

**里奥那托**　我也是出于意料之外；尤其想不到的是她竟会对培尼狄克这样一往情深，照外表上看起来，总像她把他当作冤家对头似的。

**培尼狄克**　（旁白）有这样的事吗？风会吹到那个角里去吗？

**里奥那托**　真的，殿下，这件事情简直使我莫名其妙；我只知道她爱得他像发狂一般。谁也万万想象不到会有这样的怪事。

**彼德罗**　也许她是假装着骗人的。

**克劳狄奥**　嗯，那倒也有几分可能。

**里奥那托**　上帝啊！假装出来的！我从来没有见过谁能把热情假装得像她这样逼真。

**彼德罗**　啊，那么她是怎样表示她的热情的呢？

**克劳狄奥**　（旁白）好好儿把钓钩放下去，鱼儿就要吞饵了。

**里奥那托**　怎样表示，殿下？她会一天到晚坐看出神；（向克劳狄奥）你听见过我的女儿怎样告诉你的。

**克劳狄奥**　她是这样告诉过我的。

**彼德罗**　怎么？怎么？你们说呀。你们让我奇怪死了；我以为像她那样的性格，是无论如何不会受到爱情袭击的。

**里奥那托** 殿下，我也可以跟人家赌咒说决不会有这样的事，尤其是对于培尼狄克。

**培尼狄克** （旁白）倘不是这白须老头儿说的话，我一定会把它当作一场诡计；可是诡计是不会藏在这样庄严的外表之下的。

**克劳狄奥** （旁白）他已经上了钩了，别让他溜走。

**彼德罗** 她有没有把她的衷情向培尼狄克表示出来？

**里奥那托** 不，她发誓说一定不让他知道；这是使她痛苦的最大的原因。

**克劳狄奥** 对了，我听令嫒说她说过这样的话："我当着他的面前屡次把他讥笑，难道现在却要写信给他，说我爱他吗？"

**里奥那托** 她每次提起笔来要想写信给他，便这样自言自语；一个夜里她总要起来二十次，披了一件衬衫，写满了一张纸再睡下去。这都是小女告诉我们的。

**克劳狄奥** 您说起一张纸，我倒记起令嫒告诉我的一个有趣的笑话来了。

**里奥那托** 啊！是不是说她写好了信，把它读了一遍，发现"培尼狄克"跟"贝特丽丝"两个名字刚巧写在一块儿？

**克劳狄奥** 正是。

**里奥那托** 啊！她把那封信撕成了一千片，把她自己痛骂了一顿，说她不应该这样不知羞耻，写信给一个她知道一定会把她嘲笑的人。她说："我根据自己的脾气推想他；要是他写信给我，即使我心里爱他，我也还是要嘲笑他的。"

**克劳狄奥** 于是她跪在地上，痛哭流涕，捶着她的心，扯着她的头发，一面祈祷一面咒诅："啊，亲爱的培尼狄克！上帝呀，给我忍耐吧！"

**里奥那托** 她真是这样；小女就是这样说的。她这种疯疯癫癫、如醉如痴的神气，有时候简直使小女提心吊胆，恐怕她会对自己闹出些什么不顾死活的事情来呢。这些都是千真万确的说话。

**彼德罗** 要是她自己不肯说，那么叫别人去告诉培尼狄克知道也好。

**克劳狄奥** 有什么用处呢？他不过把它当作一桩笑话，叫这个可怜的姑娘格外难堪罢了。

**彼德罗** 他要是真的这样，那么吊死他也是一件好事。她是个很好的可爱的姑娘；她的品行也是无可疵议的。

**克劳狄奥** 而且她是个绝世聪明的人儿。

**彼德罗** 她什么都聪明，就是在爱培尼狄克这件事上不大聪明。

**里奥那托** 啊，殿下！智慧和感情在这么一个娇嫩的身体里交战，十之八九感情会得到胜利的，我是她的叔父和保护人，瞧着她这样子，心里真是难受。

**彼德罗** 我倒希望她把这样的痴情用在我身上；我一定会不顾一切，娶她做我的妻子的。依我看来，你们还是去告诉了培尼狄克，听他怎么说。

**里奥那托** 您想这样会有用处吗?

**克劳狄奥** 希罗相信她迟早活不下去：因为她说要是他不爱她，她一定会死；可是她宁死也不愿让他知道她爱他；即使他来向她求婚，她也宁死不愿把她平日那种倔强的态度改变一丝一毫。

**彼德罗** 她的意思很对。要是她向他呈献了她的一片深情，多半反而要遭他奚落；因为你们都知道，这个人的脾气是非常骄傲的。

**克劳狄奥** 他是一个很漂亮的人。

**彼德罗** 他的确有一副很好的仪表。

**克劳狄奥** 凭良心说，他也很聪明。

**彼德罗** 他的确有几分小聪明。

**里奥那托** 我看他也很勇敢。

**彼德罗** 他是个大英雄哩；可是在碰到打架的时候，你就可以看到他的聪明所在，因为他总是小心翼翼地躲开，万一脱身不了，也是战战兢兢，像个好基督徒似的。

**里奥那托** 他要是敬畏上帝，当然应该跟人家和和气气；万一闹翻了，自然要惴惴不安的。

**彼德罗** 他正是这样；这家伙虽然一张嘴胡说八道，可是他倒的确敬畏上帝。好，我对于令侄女非常同情。我们要不要去找培尼狄克，把她的爱情告诉他?

**克劳狄奥** 别告诉他，殿下；还是让她好好地想一想，把这段痴心慢慢地淡下去吧。

**里奥那托** 不，那是不可能的；等到她觉悟过来，她的心早已碎了。

**彼德罗** 好，我们慢慢再等着听令嫒报告消息吧，现在暂时不用多讲了。我很欢喜培尼狄克；我希望他能够平心静气反省一下，看看他自己多么配不上这么一位好的姑娘。

**里奥那托** 殿下，请吧。晚饭已经预备好了。

**克劳狄奥** （旁白）要是他听见了这样的话，还不会爱上她，我以后再不相信我自己的预测。

**彼德罗** （旁白）咱们还要给她设下同样的圈套，那可要请令嫒跟她的侍女多多费心了。顶有趣的一点，就是让他们彼此以为对方在恋爱着自己，其实却根本没有这么一回事儿；这就是我所希望看到的一幕哑剧。让我们叫她来请他进去吃饭吧。（彼德罗、克劳狄奥、里奥那托同下）

**培尼狄克** （自凉亭内走出）这不会是诡计；他们谈话的神气是很严肃的；他们从希罗嘴里听到了这一件事情，当然不会有假。他们好像很同情这姑娘；她的热情好像已经涨到最高度。爱我！哎哟，我一定要报答她才是。我已经听见他们怎样批评我，他们说要是我知道了她在爱我，我一定会摆架子；他们又说她宁死也不愿把她的爱情表示出来。结婚这件事我倒从来没有想起过。我一定不要摆架子；一个人知道了自己的短处，能够改过自新，就是有福的。他们说这姑娘长得漂亮，这是真的，我可以为他们证明；说她品行很好，这也是事实，我不能否认；说她除了爱我以外，别的地方都是很聪明的，其实这一件事情固然不足表示她的聪明，可是也不能因此反证她的愚蠢，因为就是我也要从此为她颠倒哩。也许人家会向我冷嘲热讽，因为我一向都是讥笑着结婚的无聊；可是难道一个人的口味是不会改变的吗？年轻的时候喜欢吃肉，也许老来一闻到肉味道就要受不住。难道这种不关痛痒的舌丸唇弹，就可以把人吓退，叫他放弃他的决心吗？不，人类是不能让它绝种的。当初我说我要一生一世做个单身汉，那是因为我没有想到我会活到结婚的一天。贝特丽丝来了。天日在上，她是个美貌的姑娘！我可以从她脸上看出她几分爱我的意思来。

贝特丽丝上。

**贝特丽丝** 他们叫我来请您进去吃饭，可是这是违反我自己的意志的。

**培尼狄克** 好贝特丽丝，有劳枉驾，真是多谢您啦。

**贝特丽丝** 你也不用假殷勤谢我，我也不稀罕您的感谢；要是这是一件辛苦的事，我也不会来啦。

**培尼狄克** 那么您是很乐意来叫我的吗？

**贝特丽丝** 是的，正像您把一柄刀插进一只乌鸦的嘴里一

样。您肚子不饿吧，先生？再见。（下）

**培尼狄克** 哈！“他们叫我来请您进去吃饭，可是这是违反我自己的意志的”，这句话里含着双关的意义。“你也不用谢我，我也不稀罕您的感谢”，那等于说，我无论给您做些什么辛苦的事，都像说一声谢谢那样不足为奇的。要是我不可怜她，我就是个混蛋；要是我不爱她，我就是个犹太人。我要向她讨一幅小像去。（下）

# 第三幕

## 第一场

### 里奥那托的花园

希罗、玛格莱特及欧苏拉上。

**希罗** 好玛格莱特，你快跑到客厅里去，我的姊姊贝特丽丝正在那儿跟亲王和克劳狄奥讲话；你在她的耳边悄悄地告诉她，说我跟欧苏拉在花园里谈天，我们所讲的话都是关于她的事情；你说你因为听到了我们的谈话，所以特来通知她，叫她偷偷地溜到给金银花藤密密地纠绕着的凉亭里；这繁茂的藤萝受着太阳的煦养，成长以后，却不许日光进来，正像一般凭借主子的势力作威作福的宠臣，一朝羽翼既成，却向栽培他的恩人反噬一口一样；你就叫她躲在那个地方，听我们说些什么话。这是你的事情，你好好地做去，让我们两个人在这儿。

**玛格莱特** 我一定叫她立刻就来。（下）

**希罗** 欧苏拉，我们就在这条路上走来走去；一等贝特丽丝来了，我们必须满嘴都讲的是培尼狄克：我一提起他的名字，你就把他恭维得好像走遍天下也找不到他这样一个男人似的；我就告诉你他怎样为了贝特丽丝害相思。我们就是这样用谎话造成丘比特的一支利箭，凭着传闻的力量射中她的心。

贝特丽丝自后上。

**希罗** 现在开始吧；瞧贝特丽丝像一只田凫似的，缩头缩脑地在那儿听我们谈话了。

**欧苏拉** 钓鱼最有趣的时候，就是瞧那鱼儿用她的金桨拨开银浪，贪馋地吞那陷人的美饵；我们也正是这样引诱贝特丽丝上钩。她现在已经躲在金银花藤的浓荫下面了。您放心吧，我一定不会讲错了话。

**希罗** 那么让我们走近她些，好让她的耳朵一字不漏地把我们给她安排下的诱人的美饵吞咽下去。（二人走近凉亭）不，真的，欧苏拉，她太高傲啦；我知道她的脾气就像山上的野鹰一样倔强豪放。

**欧苏拉** 可是您真的相信培尼狄克这样一心一意地爱着贝特丽丝吗？

**希罗** 亲王跟我的未婚夫都是这么说。

**欧苏拉** 他们有没有叫您告诉她知道，小姐？

**希罗** 他们请我把这件事情告诉她；可是我劝他们说，要是他们把培尼狄克当做他们的好朋友，就应该希望他从爱情底下挣扎出来，无论如何不要让贝特丽丝知道。

**欧苏拉** 您为什么对他们这样说呢？难道这位绅士就配不上贝特丽丝小姐吗？

**希罗** 爱神在上，我也知道像他这样的人品，是值得享受世间一切至美至好的事物的；可是造物从来不曾造下一颗女人的心，像贝特丽丝那样的骄傲冷酷了；轻蔑和讥嘲在她的眼睛里闪耀着，把她所看见的一切贬得一文不值，她因为自恃才情，所以什么都不放在她的眼里。她不会恋爱，也从来不想到有恋爱这件事；她是太自命不凡了。

**欧苏拉** 不错，我也是这样想；所以还是不要让她知道他对她的爱情，免得反而给她讥笑一番。

**希罗** 是呀，你说得很对。无论怎样聪明、高贵、年轻、漂亮的男子，她总要把他批评得体无完肤：要是他面孔长得白净，她就发誓说这位先生应当做她的妹妹；要是他皮肤黑了点儿，她就说上帝在打一个小花脸的图样的时候，不小心涂上了一大块墨渍；要是他是个高个儿，他就是柄歪头的长枪；要是他是个矮子，他就是块刻坏了的玛瑙坠子；要是他多讲了几句话，他就是个随风转的风标；要是他一声不响，他就是块没有知觉的木头。她这样指摘着每一个人的短处，至于他的纯朴的德性和才能，她却绝口不给它们应得的赞赏。

**欧苏拉** 真的，这种吹毛求疵可不敢恭维。

**希罗** 是呀，像贝特丽丝这样古怪得不近人情，真叫人不敢恭维。可是谁敢去对她这样说呢？要是我对她说了，她会把我讥笑得无地自容，用她的俏皮话儿把我揶揄死呢！所以还是让培尼狄克像一堆盖在灰里的火一样，在叹息中熄灭了他的生命的残焰吧；与其受人讥笑而死，还是不声不响地闷死了的好。

**欧苏拉** 可是告诉了她，听听她怎样说法也好。

**希罗** 不，我想还是去劝劝培尼狄克，叫他努力斩断这一段痴情。真的，我想捏造一些关于我这位姊姊的谣言，一方面对她的名誉没有什么损害，一方面却可以冷了他的心；谁也不知道一句诽谤的话，会多么中伤人们的感情！

**欧苏拉** 啊！不要做这种对不起您姊姊的事。人家都说她心窍玲珑，她决不会糊涂到这个地步，会拒绝培尼狄克先生那样一位难得的绅士。

**希罗** 除了我的亲爱的克劳狄奥以外，全意大利找不到第二个像他这样的人来。

**欧苏拉** 小姐，请您别生气，照我看起来，培尼狄克先生无论在外表上，在风度上，在智力和勇气上，都可以在意大利首屈一指。

**希罗** 是的，他有一个很好的名誉。

**欧苏拉**　这也是因为他果然有过人的才德，所以才会得到这样的名誉。小姐，您的大喜在什么时候？

**希罗**　就在明天。来，进去吧；我要给你看几件衣服，你帮我决定明天最好穿哪一件。

**欧苏拉**　（旁白）她已经上了钩了；小姐，我们已经把她捉住了。

**希罗**　（旁白）要是果然这样，那么恋爱就是一个偶然的机遇；有的人被爱神用箭射中，有的人却自己跳进网罗。（希罗、欧苏拉同下）

**贝特丽丝**　（上前）我的耳朵里怎么火一般热？果然会有这种事吗？难道我就让他们这样批评我的骄傲和轻蔑吗？再会吧，处女的骄傲！人家在你的背后，是不会说你好话的。培尼狄克，爱下去吧，我一定会报答你；我要把这颗狂野的心收束起来，呈献在你温情的手里。你要是真的爱我，我的转变过来的温柔的态度，一定会鼓励你把我们的爱情用神圣的约束结合起来。人家说你值得我的爱，可是我比人家更知道你的好处。（下）

## 第二场

**里奥那托家中一室**

*唐·彼德罗、克劳狄奥、培尼狄克、里奥那托同上。*

**彼德罗** 我等你结了婚，就到阿拉贡去。

**克劳狄奥** 殿下要是准许我，我愿意伴送您到那边。

**彼德罗** 不，你正在新婚燕尔的时候，这不是太煞风景了吗？把一件新衣服给孩子看了，却不许他穿起来，那怎么可以呢？我只要培尼狄克愿意跟我作伴就行了。他这个人从头顶到脚跟，没有一点心事；他曾经两三次割断了丘比特的弓弦，现在这个小东西再也不敢射他啦。他那颗心就像一只好钟一样完整无缺，他的一条舌头就是钟舌；心里一想到什么，便会打嘴里说出来。

**培尼狄克** 哥儿们，我已经不再是从前的我啦。

**里奥那托** 我也是这样说；我看您近来好像有些心事似的。

**克劳狄奥**　我希望他是在恋爱了。

**彼德罗**　哼，这放荡的家伙，他的腔子里没有一丝真情，怎么会真的恋爱起来？要是他上了心事，那一定是因为没有钱用。

**培尼狄克**　我有牙齿痛。

**彼德罗**　啊！为了牙齿痛才这样长吁短叹吗？

**里奥那托**　只是因为出了点脓水，或者一个小虫儿在作怪吗？

**培尼狄克**　算了吧，痛在别人身上，谁都会说风凉话的。

**克劳狄奥**　可是我说，他是在恋爱了。

**彼德罗**　他一点也没有痴痴癫癫的样子，就是喜欢把自己打扮得奇形怪状：今天是个荷兰人，明天是个法国人；有时候一下子做了两个国家的人，下半身是个套着灯笼裤的德国人，上半身是个不穿紧身衣的西班牙人。除了这一股无聊的傻劲儿以外，他并没有什么反常的地方，可以证明像你说的那样是在恋爱。

**克劳狄奥**　要是他没有爱上什么女人，那么古来的看法也都是靠不住的了。他每天早上刷他的帽子，这表示什么呢？

**彼德罗**　有人见过他上理发店没有？

**克劳狄奥**　没有，可是有人看见理发匠跟他在一起；他那脸蛋上的几根装饰品，都已经拿去塞网球去了。

**里奥那托**　他剃了胡须，瞧上去的确年轻了点儿。

**彼德罗**　他还用麝香擦他的身子哩；你们闻不出来这一股

香味吗?

**克劳狄奥** 那等于说，这一个好小子在恋爱了。

**彼德罗** 他的忧郁是他的最大的证据。

**克劳狄奥** 几时他曾经用香水洗过脸?

**彼德罗** 对了，我听人家说他还搽粉哩。

**克劳狄奥** 还有他那爱说笑话的脾气，现在也已经钻进了琴弦里，给音栓管住了哪。

**彼德罗** 不错，那已经充分揭露了他的秘密。总而言之，他是在恋爱了。

**克劳狄奥** 啊，可是我知道谁爱着他。

**彼德罗** 我也很想知道知道；我想一定是个不大熟悉他的人。

**克劳狄奥** 是的，而且也不大知道他的坏脾气呢；可是却愿意为他而死。

**培尼狄克** 你们这样胡说八道，不能叫我的牙齿不痛呀。老先生，陪我走走；我已经想好了八九句聪明的话儿，要跟您谈谈，可是一定不能让这些傻瓜们听见。（培尼狄克、里奥那托同下）

**彼德罗** 我可以打赌，他一定是向他说起贝特丽丝的事。

**克劳狄奥** 正是。希罗和玛格莱特大概也已经把贝特丽丝同样捉弄过啦；现在这两匹熊碰见了，总不会再彼此相咬了吧。

唐·约翰上。

**约翰** 上帝保佑您，王兄！

**彼德罗** 你好，贤弟。

**约翰** 您要是有工夫的话，我想跟您谈谈。

**彼德罗** 不能让别人听见吗？

**约翰** 是；不过克劳狄奥伯爵不妨让他听见，因为我所要说的话，是对他很有关系的。

**彼德罗** 是什么事？

**约翰** （向克劳狄奥）大人预备在明天结婚吗？

**彼德罗** 那你早就知道了。

**约翰** 要是他知道了我所知道的事，那我可就不知道了。

**克劳狄奥** 倘然有什么妨碍，请您明白告诉我。

**约翰** 您也许以为我对您有点儿过不去，那咱们等着瞧吧；我希望您听了我现在将要告诉您的话以后，可以把您对我的意见改变过来。至于我这位兄长，我相信他是非常看重您的；他为您促成了这一门婚事，完全是他的一片好心；可惜看错了追求的对象，这一番心思气力，花得好不冤枉！

**彼德罗** 啊，是怎么一回事？

**约翰** 我就是来告诉你们；废话少说，这位姑娘是不贞洁的，人家久已在那儿讲她的闲话了。

**克劳狄奥** 谁？希罗吗？

**约翰** 正是她；里奥那托的希罗，您的希罗，大众的希罗。

**克劳狄奥** 不贞洁吗？

**约翰** 不贞洁这一个字眼，还是太好了，不够形容她的罪恶；她岂止不贞洁而已！您要是能够想得到一个更坏的名称，她也可以受之而无愧。不要吃惊，等着看事实的证明吧，您只要今天晚上跟我去，就可以看见在她结婚的前一晚，还有人从窗里走进她的房间里去。您看见这种情形以后，要是仍旧爱她，那么明天就跟她结婚吧；可是为了您的名誉起见，还是把您的决心改变一下的好。

**克劳狄奥** 有这等事吗？

**彼德罗** 我想不会的。

**约翰** 要是你们看见了真凭实据以后，还不敢相信你们自己的眼睛，那么不要把你们所看到的情形宣布出来也好。你们只要跟我去，我一定可以叫你们看一个明白；等你们看饱听饱以后，再决定怎么办吧。

**克劳狄奥** 要是今天晚上果然有什么事情给我看到，那我明天一定不跟她结婚；我还要在教堂里当众羞辱她呢。

**彼德罗** 我曾经代你向她求婚，我也要帮着你把她羞辱。

**约翰** 我也不愿多说她的坏话，横竖你们自己会替我证明的。现在大家不用声张，等到半夜时候再看究竟吧。

**彼德罗** 真扫兴的日子！

**克劳狄奥** 真倒霉的事情！

**约翰** 等会儿你们就要说，幸亏发觉得早，真好的运气！（同下）

## 第三场

### 街道

道格培里、弗吉斯及巡丁等上。

**道格培里** 你们都是老老实实的好人吗?

**弗吉斯** 是啊,否则他们的肉体灵魂不一起上天堂,那才可惜哩。

**道格培里** 不,他们当了王爷的巡丁,要是有一点忠心的话,这样的刑罚还嫌太轻啦。

**弗吉斯** 好,道格培里伙计,把他们应该做的事吩咐他们吧。

**道格培里** 第一,你们看来谁是顶不配当巡丁的人?

**巡丁甲** 回长官,修·奥凯克跟乔治·西可尔,因为他们俩都会写字念书。

**道格培里** 过来,西可尔伙计。上帝赏给你一个好名字;一个人长得漂亮是偶然的运气,会写字念书才是天生的本领。

巡丁乙　　巡官老爷，这两种好处——

道格培里　　你都有；我知道你会这样说。好，朋友，讲到你长得漂亮，那么你谢谢上帝，自己少卖弄卖弄；讲到你会写字念书，那么等到用不着这种玩意儿的时候，再显显你自己的本领吧。大家公认你是这儿最没有头脑、最配当一个巡丁的人，所以你拿着这盏灯笼吧。听好我的吩咐：你要是看见什么流氓无赖，就把他抓了；你可以用王爷的名义喊无论什么人站住。

巡丁甲　　要是他不肯站住呢？

道格培里　　那你就不用理他，让他去好了；你就立刻召集其余的巡丁，谢谢上帝免得你们受一个混蛋的麻烦。

弗吉斯　　要是喊他站住他不肯站住，他就不是王爷的子民。

道格培里　　对了，不是王爷的子民，就可以不用理他们。你们也不准在街上大声吵闹；因为巡丁们要是哗啦哗啦谈起天来，那是最叫人受得住也是最不可宽恕的事。

巡丁乙　　我们宁愿睡觉，不愿说话；我们知道一个巡丁的责任。

道格培里　　啊，你说得真像一个老练的安静的巡丁，睡觉总是不会得罪人的；只要留心你们的钩镰枪别给人偷去就行啦。好，你们还要到每一家酒店去查看，看见谁喝醉了，就叫他回去睡觉。

巡丁甲　　要是他不愿意呢？

道格培里　　那么让他去，等他自己醒过来吧；要是他不好好地回答你，你可以说你看错了人啦。

**巡丁甲** 是，长官。

**道格培里** 要是你们碰见一个贼，按着你们的职分，你们可以疑心他不是个好人；对于这种家伙，你们越是少跟他们多事，越可以显出你们都是规矩的好人。

**巡丁乙** 要是我们知道他是个贼，我们要不要抓住他呢？

**道格培里** 按着你们的职分，你们本来是可以抓住他的；可是我想谁把手伸进染缸里，总要弄脏了自己的手；为了省些麻烦起见，要是你们碰见了一个贼，顶好的办法就是让他使出他的看家本领来，偷偷地溜走了事。

**弗吉斯** 伙计，你一向是个出名的好心肠人。

**道格培里** 是呀，就是一条狗我也不忍把它勒死，何况是个还有几分天良的人，自然更加不在乎啦。

**弗吉斯** 要是你们听见谁家的孩子晚上啼哭，你们必须去把那奶妈子叫醒，叫她止住他的啼哭。

**巡丁乙** 要是那奶妈子睡熟了，听不见我们叫喊呢？

**道格培里** 那么你们就一声不响地走开去，让那孩子把她吵醒好了；因为母羊要是听不见她自己小羊的啼声，她怎么会回答一头小牛的叫喊呢？

**弗吉斯** 你说得真对。

**道格培里** 完了。你们当巡丁的，就是代表着王爷本人；要是你们在黑夜里碰见王爷，你们也可以叫他站住。

**弗吉斯**　哎哟，圣母娘娘呀！我想那是不可以的。

**道格培里**　谁要是懂得法律，我可以用五先令跟他打赌一先令，他可以叫他站住；当然啰，那还要看王爷自己愿不愿意；因为巡丁是不能得罪人的，叫一个不愿意站住的人站住，那就是他的大大的不该哩。

**弗吉斯**　对了，这才说得有理。

**道格培里**　哈哈哈！好，伙计们，晚安！倘然有要紧的事，你们就来叫我起来；什么事大家彼此商量商量。再见！来，伙计。

**巡丁乙**　好，弟兄们，我们已经听见长官吩咐我们的话；让我们就在这儿教堂门前的凳子上坐下来，等到两点钟的时候，大家回去睡觉吧。

**道格培里**　好伙计们，还有一句话。请你们留心留心里奥那托老爷的门口；因为他家里明天有喜事，今晚十分忙碌，怕有坏人混进去。再见，千万留心点儿。（道格培里、弗吉斯同下）

波拉契奥及康拉德上。

**波拉契奥**　喂，康拉德！

**巡丁甲**　（旁白）静！别动！

**波拉契奥**　喂，康拉德！

**康拉德**　这儿，朋友，我就在你的身边哪。

**波拉契奥**　他妈的！怪不得我身上痒，原来有一颗癞疥疮在我身边。

**康拉德** 等会儿再跟你算账；现在还是先讲你的故事吧。

**波拉契奥** 那么你且站在这儿屋檐下面，天在下着毛毛雨哩；我可以像一个醉汉似的，把什么话儿都告诉你。

**巡丁甲** （旁白）弟兄们，一定是些什么阴谋；可是大家站着别动。

**波拉契奥** 告诉你吧，我从唐·约翰那儿拿到了一千块钱。

**康拉德** 干一件坏事的价钱会这样贵吗？

**波拉契奥** 有钱的坏人需要没钱的坏人帮忙的时候，没钱的坏人当然可以漫天讨价。

**康拉德** 我可有点不大相信。

**波拉契奥** 这就表明你是个初出茅庐的人。你知道一套衣服、一顶帽子的式样时髦不时髦，对于一个人本来是没有什么相干的。

**康拉德** 是的，那不过是些章身之具而已。

**波拉契奥** 我说的是式样的时髦不时髦。

**康拉德** 对啦，时髦就是时髦，不时髦就是不时髦。

**波拉契奥** 呸！那简直就像说，傻子就是傻子。可是你不知道这个时髦是个多么坏的贼吗？

**巡丁甲** （旁白）我知道有这么一个坏贼，他已经做了七年老贼了；他在街上走来走去，就像个绅士的模样。我记得有这么一个家伙。

**波拉契奥** 你不听见什么人在讲话吗？

**康拉德** 没有，只有屋顶上风标转动的声音。

**波拉契奥**　我说，你不知道这个时髦是个多么坏的贼吗？他会把那些从十四岁到三十五岁的血气未定的年轻人搅昏了头，有时候把他们装扮得活像那些烟熏的古画上的埃及法老的兵士，有时候又像漆在教堂窗上的异教邪神的祭司，有时候又像织在污旧虫蛀的花毡上的剃光了胡须的赫剌克勒斯，裤裆里的那话儿瞧上去就像他的棍子一样又粗又重。

**康拉德**　这一切我都知道；我也知道往往一件衣服没有穿旧，流行的式样已经变了两三通。可是你是不是也给时髦搅昏了头，所以不向我讲你的故事，却来讨论起时髦问题来呢？

**波拉契奥**　那倒不是这样说。好，我告诉你吧，我今天晚上已经去跟希罗小姐的侍女玛格莱特谈过情话啦；我叫她做希罗，她靠在她小姐卧室的窗口，向我说了一千次晚安——我把这故事讲得太坏，我应当先告诉你那亲王和克劳狄奥怎样听了我那主人唐·约翰的话，三个人预先站在花园里远远的地方，瞧见我们这一场幽会。

**康拉德**　他们都以为玛格莱特就是希罗吗？

**波拉契奥**　亲王跟克劳狄奥是这样想着；可是我那个魔鬼一样的主人知道她是玛格莱特。一则因为他言之凿凿，使他们受了他的愚弄；二则因为天色昏黑，蒙过了他们的眼睛；可是说来说去，还是全亏我的诡计多端，证实了唐·约翰随口捏造的谣言，惹得那克劳狄奥一怒而去，发誓说他要在明天早上，按着预定的钟点，到教堂里去见她的面，把他晚上所见的情形当众宣布出来，出出她的丑，叫她仍旧回去做一个没有丈夫的女人。

**巡丁甲** 我们用亲王的名义命令你们站住！

**巡丁乙** 去叫巡官老爷起来。一件最危险的奸淫案子给我们破获了。

**巡丁甲** 他们同伙的还有一个坏贼，我认识他。

**康拉德** 列位朋友们！

**巡丁乙** 告诉你们吧，这个坏贼是一定要叫你们交出来的。

**康拉德** 列位——

**巡丁甲** 别说话，乖乖地跟我们去。

**波拉契奥** 他们把我们抓了去，倒是捞到了一批好货。

**康拉德** 少不得还要受一番检查呢。来，我们服从你们。（同下）

# 第四场

**里奥那托家中一室**

希罗、玛格莱特及欧苏拉上。

**希罗** 好欧苏拉，你去叫醒我的姊姊贝特丽丝，叫她快点儿起身。

**欧苏拉** 是，小姐。

**希罗** 请她过来一下子。

**欧苏拉** 好的。（下）

**玛格莱特** 真的，我想还是那一个绉领好一点。

**希罗** 不，好玛格莱特，我要戴这一个。

**玛格莱特** 这一个真的不是顶好；您的姊姊也一定会这样说的。

**希罗** 我的姊姊是个傻子；你也是个傻子，我偏要戴这一个。

**玛格莱特** 我很欢喜这一顶新的发罩，要是头发的颜色再略微深一点儿就好了。您的长袍的式样真是好极啦。人家把米兰公爵夫人那件袍子称赞得了不得，那件衣服我也见过。

**希罗** 啊！他们说它好得很哩。

**玛格莱特** 不是我胡说，那一件比起您这一件来，简直只好算是一件睡衣：金线织成的缎子，镶着银色的花边，嵌着珍珠，有垂袖，有侧袖，圆圆的衣裾，缀满了带点儿淡蓝色的闪光箔片；可是要是讲到式样的优美雅致，齐整漂亮，那您这一件就可以抵得上她十件。

**希罗** 上帝保佑我快快乐乐地穿上这件衣服，因为我的心里重得好像压着一块石头似的！

**玛格莱特** 等到一个男人压到您身上，它还要重得多哩。

**希罗** 啐！你不害臊吗？

**玛格莱特** 害什么臊呢，小姐？因为我说了句老实话吗？结婚就是对于一个叫花子，不也是光明正大的吗？只要大家是明媒正娶的，那有什么要紧？否则倒不能说是重，只好说是轻狂了。您要是不相信，去问贝特丽丝小姐吧；她来啦。

贝特丽丝上。

**希罗** 早安，姊姊。

**贝特丽丝** 早安，好希罗。

**希罗** 嗳哟，怎么啦！你怎么说话这样懒洋洋的？

**贝特丽丝** 快要五点钟啦，妹妹；你该快点儿端整起来了。

真的，我身子怪不舒服。唉——呵！

**玛格莱特** 哼，您倘然没有变了一个人，那么航海的人也不用看星啦。

**贝特丽丝** 这傻子在那儿说些什么？

**玛格莱特** 我没有说什么；但愿上帝保佑每一个人如愿以偿！

**希罗** 这双手套是伯爵送给我的，上面熏着很好的香料。

**贝特丽丝** 我的鼻子塞住啦，妹妹，我闻不出来。

**玛格莱特** 怎么，您伤了风吗？

**贝特丽丝** 真的，我有点病。

**玛格莱特** 您的心病是要心药来医治的。

**贝特丽丝** 怎么，怎么，你这句话是什么意思？

**玛格莱特** 意思！不，真的，我一点没有什么意思。您也许以为我想您在恋爱啦；可是不，我不是那么一个傻子，会高兴怎么想就怎么想；我也不愿意想到什么就想什么；老实说，就是想空了我的心，我也决不会想到您是在恋爱，或者您将要恋爱，或者您会跟人家恋爱。可是培尼狄克起先也跟您一样，现在他却变了个人啦；他曾经发誓决不结婚，现在可死心塌地地做起爱情的奴隶来啦。我不知道您会变成个什么样子；可是我觉得您现在瞧起人来的那种神气，也有点跟别的女人差不多啦。

**贝特丽丝** 你的一条舌头滚来滚去的，在说些什么呀？

**玛格莱特** 我说的都是老实话哩。

欧苏拉重上。

**欧苏拉** 小姐，进去吧；亲王、伯爵、培尼狄克先生、唐·约翰，还有全城的公子哥儿们，都来接您到教堂里去了。

**希罗** 好姊姊，好玛格莱特，好欧苏拉，快帮我穿扮起来吧。（同下）

## 第五场

**里奥那托家中的另一室**

里奥那托偕道格培里、弗吉斯同上。

**里奥那托** 朋友，你有什么事要对我说?

**道格培里** 呃，老爷，我有点事情要来向您告禀，这件事情对于您自己是很有关系的。

**里奥那托** 那么请你说得简单一点，因为你瞧，我现在忙得很哪。

**道格培里** 呃，老爷，是这么一回事。

**弗吉斯** 是的，老爷，真的是这么一回事。

**里奥那托** 是怎么一回事呀，我的好朋友们?

**道格培里** 老爷，弗吉斯是个好人，他讲起话来总是有点儿缠夹不清；他年纪老啦，老爷，他的头脑已经没有从前那么糊涂，上帝保佑他！可是说句良心话，他是个老实不过的好人。

**弗吉斯** 是的，感谢上帝，我就跟无论哪一个跟我一样老，也不比我更老实的人一样老实。

**道格培里** 不要比这个比那个，叫人家听着心烦啦；少说些废话，弗吉斯伙计。

**里奥那托** 你们究竟有些什么话要对我说?

**弗吉斯** 呃，老爷，我们的巡丁今天晚上捉到了梅西那地方两个顶坏的坏人。

**道格培里** 老爷，他是个很好的老头子，就是喜欢多话；人家说的，年纪一老，人也变糊涂啦。上帝保佑我们！这世上新鲜的事情可多着呢！说得好，真的，弗吉斯伙计。好，上帝是个好人；两个人骑一匹马，总有一个人在后面。真的，老爷，他是个老实汉子，天地良心；可是我们应该敬重上帝，世上有好人也就有坏人。唉！好伙计。

**里奥那托** 我可要少陪了。

**道格培里** 就是一句话，老爷；我们的巡丁真的捉住了两个形迹可疑的人，我们想在今天当着您面前把他们审问一下。

**里奥那托** 你们自己去审问吧，审问明白以后，再来告诉我；我现在忙得不得了，你们也一定可以看得出来的。

**道格培里** 那么就这么办吧。

**里奥那托** 你们喝点儿酒再走，再见。

一使者上。

**使者** 老爷，他们都在等着您去主持婚礼。

**里奥那托** 我就来，我已经预备好了。（里奥那托及使者下）

**道格培里** 去，好伙计，把法兰西斯·西可尔找来；叫他把他的笔和墨水壶带到监牢里，我们现在就要审问这两个家伙。

**弗吉斯** 我们一定要审问得非常聪明。

**道格培里** 是的，我们一定要尽量运用我们的智慧，叫他们狡赖不了。你就去找一个有学问的念书人来给我们记录口供；咱们在监牢里会面吧。（同下）

# 第四幕

## 第一场

### 教堂内部

唐·彼德罗、唐·约翰、里奥那托、法兰西斯神父、克劳狄奥、培尼狄克、希罗、贝特丽丝等同上。

**里奥那托** 来，法兰西斯神父，简单一点；只要给他们行一行结婚的仪式，以后再把夫妇间应有的责任仔细告诉他们吧。

**神父** 爵爷，您到这儿来是要跟这位小姐举行婚礼的吗？

**克劳狄奥** 不。

**里奥那托** 神父，他是来跟她结婚的；您才是给他们举行婚礼的人。

**神父** 小姐，您到这儿来是要跟这位伯爵结婚吗？

**希罗** 是的。

**神父** 要是你们两人中间有谁知道有什么秘密的阻碍，使你们不能结为夫妇，那么为了免得你们的灵魂受到责罚，我命令你们说出来。

**克劳狄奥** 希罗，你知道有没有？

**希罗** 没有，我的主。

**神父** 伯爵，您知道有没有？

**里奥那托** 我敢替他回答，没有。

**克劳狄奥** 啊！人们敢做些什么！他们会做些什么出来！他们每天都在做些什么，却不知道他们自己在做些什么！

**培尼狄克** 怎么！发起感慨来了吗？那么让我来大笑三声吧，哈！哈！哈！

**克劳狄奥** 神父，请你站在一旁。老人家，对不起，您愿意这样慷慨地把这位姑娘，您的女儿，给我吗？

**里奥那托** 是的，贤婿，正像上帝把她给我的时候一样慷慨。

**克劳狄奥** 我应当用什么来报答您，它的价值可以抵得过这一件贵重的礼物呢？

**彼德罗** 没有，除非把她仍旧还给他。

**克劳狄奥** 好殿下，您已经教会我表示感谢的最得体的方法了。里奥那托，把她拿回去吧；不要把这只坏橘子送给你的朋友，她只是外表上像一个贞洁的女人罢了。瞧！她那害羞的样子，多么像是一个无邪的少女！啊，狡狯的罪恶多么善于用真诚的面具遮掩它自己！她脸上现起的红晕，不是正可以证明她的贞静纯朴吗？你们大家看见她这种表面上的做作，不是都会发誓说她是个处女吗？可是她已经不是一个处女了，她已经领略过枕席上的风情；她的脸红是因为罪恶，不是因为羞涩。

**里奥那托** 爵爷，您这是什么意思？

**克劳狄奥** 我不要结婚，不要把我的灵魂跟一个声名狼藉的淫妇结合在一起。

**里奥那托** 爵爷，要是照您这样说来，您因为她年幼可欺，已经破坏了她的贞操——

**克劳狄奥** 我知道你会这么说：要是我已经跟她发生了关系，你就会说她不过是委身于她的丈夫的，所以不能算是一件不可恕的过失。不，里奥那托，我从来不曾用一句游辞浪语向她挑诱；我对她总是像一个兄长对待他的弱妹一样，表示着纯洁的真诚和合礼的情爱。

**希罗** 您看我对您不也正是这样吗？

**克劳狄奥** 不要脸的！正是这样！我看你就像是月亮里的狄安娜女神一样纯洁，就像是未开放的蓓蕾一样无瑕；可是你却像维纳斯一样放荡，像纵欲的禽兽一样无耻！

**希罗** 我的主病了吗？怎么他会讲起这种荒唐的话来？

**里奥那托** 好殿下，您怎么不说句话儿？

**彼德罗** 叫我说些什么呢？我竭力替我的好朋友跟一个淫贱的女人撮合，我自己的脸也丢尽了。

**里奥那托** 这些话是从你们嘴里说出来的呢，还是我在做梦？

**约翰** 老人家，这些话是从他们嘴里说出来的；这些事情都是真的。

**培尼狄克** 这简直不成其为婚礼啦。

**希罗** 真的！啊，上帝！

**克劳狄奥** 里奥那托，我不是站在这儿吗？这不是亲王吗？这不是亲王的兄弟吗？这不是希罗的面孔吗？我们不是大家生着眼睛的吗？

**里奥那托** 这一切都是事实；可是您这样说是什么意思呢？

**克劳狄奥** 让我只问你女儿一个问题，请你用你做父亲的天赋权力，叫她老实回答我。

**里奥那托** 我命令你从实答复他的问题，因为你是我的孩子。

**希罗** 啊，上帝保佑我！我要给他们逼死了！这算是什么审问呀？

**克劳狄奥** 我们要从你自己的嘴里听到你的实在的回答。

**希罗** 我不是希罗吗？谁能够用公正的谴责玷污这一个名字？

**克劳狄奥** 嘿，那就要问希罗自己了；希罗自己可以玷污希罗的名节。昨天晚上在十二点钟到一点钟之间，在你的窗口跟你谈话的那个男人是谁？要是你是个处女，请你回答这一个问题吧。

**希罗** 爵爷，我在那个时候不曾跟什么男人谈过话。

**彼德罗** 哼，你还要抵赖！里奥那托，我很抱歉要让你知道这一件事：凭着我的名誉起誓，我自己、我的兄弟和这位受人欺骗的伯爵，昨天晚上在那个时候的的确确看见她，也听见她在她卧室的窗口跟一个混账东西谈话；那个荒唐的家伙已经亲口招认，这样不法的幽会，他们已经有过许多次了。

**约翰** 啧！啧！王兄，那些话还是不要说了吧，说出来也不过污了大家的耳朵。美貌的姑娘，你这样不知自重，我真替你可惜！

**克劳狄奥** 啊，希罗！要是把你外表上的一半优美分给你的内心，那你将会是一个多么好的希罗！可是再会吧，你这最下贱、最美好的人！你这纯洁的淫邪，淫邪的纯洁，再会吧！为了你我要锁闭一切爱情的门户，让猜疑停驻在我的眼睛里，把一切美色变成不可亲近的蛇蝎，永远失去它诱人的力量。

**里奥那托** 这儿谁有刀子可以借给我，让我刺在我自己的心里？（希罗晕倒）

**贝特丽丝** 嗳哟，怎么啦，妹妹！你怎么倒下去啦？

**约翰** 来，我们去吧。她因为隐事给人揭发了出来，一时羞愧交集，所以昏过去了。（彼德罗、约翰、克劳狄奥同下）

**培尼狄克** 这姑娘怎么啦？

**贝特丽丝** 我想是死了！叔叔，救命！希罗！嗳哟，希罗！叔叔！培尼狄克先生！神父！

**里奥那托** 命运啊，不要松了你的沉重的手！对于她的羞耻，死是最好的遮掩。

**贝特丽丝** 希罗妹妹，你怎么啦！

**神父** 小姐，您宽心吧。

**里奥那托** 你的眼睛又睁开了吗？

**神父** 是的，为什么她不可以睁开眼睛来呢？

**里奥那托** 为什么！不是整个世界都在斥责她的无耻吗？她

可以否认已经刻下在她血液里的这一段丑事吗？不要活过来，希罗，不要睁开你的眼睛；因为要是你不能快快地死去，要是你的灵魂里载得下这样的羞耻，那么我在把你痛责以后，也会亲手把你杀死的。你以为我只有你这一个孩子，我会因为失去你而悲伤吗？我会埋怨造化的吝啬，不肯多给我几个子女吗？啊，像你这样的孩子，一个已经太多了！为什么我要有这么一个孩子呢？为什么你在我的眼睛里是这么可爱呢？为什么我不曾因为一时慈悲心起，在门口收养了一个叫花子的孩子，那么要是她长大以后干下这种丑事，我还可以说，“她的身上没有一部分是属于我的；这一种羞辱是她从不知名的血液里传下来的”？可是我自己亲生的孩子，我所钟爱的、我所赞美的、我所引为骄傲的孩子，为了爱她的缘故，我甚至把她看得比我自己还切身；她——啊！她现在落下了污泥的坑里，大海的水也洗不净她的污秽，海里所有的盐也不够解除她肉体上的腐臭。

**培尼狄克** 老人家，您安心点儿吧。我瞧着这一切，简直是莫名其妙，不知道应该说些什么话才好。

**贝特丽丝** 啊！我敢赌咒，我的妹妹是给他们冤枉的！

**培尼狄克** 小姐，您昨天晚上跟她睡在一个床上吗？

**贝特丽丝** 那倒没有；虽然在昨晚以前，我跟她已经同床睡了一年啦。

**里奥那托** 证实了！证实了！啊，本来就是铁一般的事实，现在又加上一重证明了！亲王兄弟两人是会说谎的吗？克劳狄奥这样爱着她，讲到她的丑事的时候，也会忍不住流泪，难道他也是会说谎的吗？别理她！让她死吧！

**神父** 听我讲几句话。我刚才在这儿静静地旁观着这一件意外的变故，我也在留心观察这位小姐的神色：我看见无数羞愧的红晕出现在她的脸上，可是立刻有无数冰霜一样皎洁的惨白把这些红晕驱走，显示出她的含冤蒙屈的清贞；我更看见在她的眼睛里射出一道火一样的光来，似乎要把这些贵人们加在她身上的无辜的诬蔑烧掉。要是这位温柔的小姐不是遭到重大的误会，要是她不是一个清白无罪的人，那么你们尽管把我叫做傻子，再不要相信我的学问、我的见识、我的经验，也不要重视我的年龄、我的身份或是我的神圣的职务吧。

**里奥那托** 神父，不会有这样的事的。你看她虽然做出这种丧尽廉耻的事来，可是她还有几分天良未泯，不愿在她的深重的罪孽之上，再加上一重欺罔的罪恶；她并没有否认。事情已经是这样明显了，你为什么还要替她辩护呢？

**神父** 小姐，他们说你跟什么人私通？

**希罗** 他们这样说我，他们一定知道；我可不知道。要是我违背了女孩儿家应守的礼法，跟任何不三不四的男人来往，那么让我的罪恶不要得到宽恕吧！啊，父亲！您要是能够证明有哪个男人在可以引起嫌疑的时间里跟我谈过话，或者我在昨天晚上曾经跟别人交换过言语，那么请您斥逐我、痛恨我、用酷刑处死我吧！

**神父** 亲王们一定有了些误会。

**培尼狄克** 他们中间有两个人是正人君子；要是他们这次受了人家的欺骗，一定是约翰那个私生子弄的诡计，他是最喜欢设阱害人的。

**里奥那托** 我不知道。要是他们说的关于她的话果然是事实，我要亲手把她杀死；要是他们无中生有，损害她的名誉，我要跟他们中间最尊贵的一个人拼命去。时光不曾干涸了我的血液，年龄也不曾侵蚀了我的智慧，我的家财不曾因为逆运而消耗，我的朋友也不曾因为我的行为不检而走散；他们要是看我可欺，我就叫他们看看我还有几分精力，还会转转念头，也不是无财无势，也不是无亲无友，尽可对付他们得了的。

**神父** 且慢，在这件事情上，请您还是听从我的劝告。亲王们离开这儿的时候，以为您的小姐已经死了；现在不妨暂时叫她深居简出，就向外面宣布说她真的已经死了，再给她举办一番丧事，在贵府的坟地上给她立起一方碑铭，一切丧葬的仪式都不可缺少。

**里奥那托** 为什么要这样呢？这样有什么好处呢？

**神父** 要是好好地照这样做去，就可以使诬蔑她的人心生悔恨，这也未始不是好事；可是我提起这样奇怪的办法，却有另外更大的用意。人家听说她一听到这种诽谤的时候就立刻身死，一定谁都会悲悼她、可怜她，从而原谅她。我们往往在享有某一件东西的时候，一点不看重它的好处；等到失掉它以后，却会格外夸张它的价值，发现当它还在我们手里的时候所看不出来的优点。克劳狄奥一定也会这样：当他听到了他的无情的言语，已经置希罗于死地的时候，她生前可爱的影子一定会浮起在他的想象之中，她的生命中的每一部分都会在他的心目中变得比活在世上的她格外值得珍贵，格外优美动人，格外充满了生命；要是爱情果然打动过他的心，那时他一定会悲伤哀恸，即使他仍旧以为他所指斥她的确是事实，他也会后悔不该给她这样大的难堪。您就照这么办吧，它的结果一定会比我所能预料得到的还要美满。即使退一步说，它并不能收到理想中的效果，至少也可以替她把这场羞辱掩盖过去，您不妨把她隐藏在什么僻静的地方，让她潜心修道，远离世人的耳目，隔绝任何的诽谤损害；对于名誉已受创伤的她，这是一个最适当的办法。

**培尼狄克**　里奥那托大人，听从这位神父的话吧。虽然您知道我对于亲王和克劳狄奥都有很深的交情，可是我愿意凭着我的名誉起誓，在这件事情上，我一定抱着公正的态度，保持绝对的秘密。

**里奥那托** 我已经伤心得毫无主意了，你们用一根顶细的草绳都可以牵着我走。

**神父** 好，那么您已经答应了；立刻去吧，非常的病症是要用非常的药饵来疗治的。来，小姐，您必须死里求生；今天的婚礼也许不过是暂时的延期，您耐心忍着吧。（神父，希罗及里奥那托同下）

**培尼狄克** 贝特丽丝小姐，您一直在哭吗？

**贝特丽丝** 是的，我还要哭下去哩。

**培尼狄克** 我希望您不要这样。

**贝特丽丝** 您有什么理由？这是我自己愿意这样呀。

**培尼狄克** 我相信令妹一定是冤枉的。

**贝特丽丝** 唉！要是有人能够替她申雪这场冤枉，我才愿意跟他做朋友。

**培尼狄克** 有没有可以表示这一种友谊的方法？

**贝特丽丝** 方法是有，而且也是很直捷爽快的，可惜没有这样的朋友。

**培尼狄克** 可以让一个人试试吗？

**贝特丽丝** 那是一个男子汉做的事情，可不是您做的事情。

**培尼狄克** 您是我在这世上最爱的人，这不是很奇怪吗？

**贝特丽丝** 就像我所不知道的事情一样奇怪。我也可以说您是我在这世上最爱的人；可是别信我；可是我没有说假话。我什么也不承认，什么也不否认。我只是为我的妹妹伤心。

**培尼狄克** 贝特丽丝，凭着我的宝剑起誓，你是爱我的。

**贝特丽丝** 发了这样的誓，是不能反悔的。

**培尼狄克** 我愿意凭我的剑发誓你爱着我；谁要是说我不爱你，我就叫他吃我一剑。

**贝特丽丝** 您不会食言而肥吗？

**培尼狄克** 无论给它调上些什么油酱，我都不愿把我今天说过的话吃下去。我发誓我爱你。

**贝特丽丝** 那么上帝恕我！

**培尼狄克** 亲爱的贝特丽丝，你犯了什么罪过？

**贝特丽丝** 您刚好打断了我的话头，我正要说我也爱着您呢。

**培尼狄克** 那么就请你用整个的心说出来吧。

**贝特丽丝** 我用整个心儿爱着您，简直分不出一部分来向您这样诉说。

**培尼狄克** 来，吩咐我给你做无论什么事吧。

**贝特丽丝** 杀死克劳狄奥。

**培尼狄克** 喔！那可办不到。

**贝特丽丝** 您拒绝了我，就等于杀死了我。再见。

**培尼狄克** 等一等，亲爱的贝特丽丝。

**贝特丽丝** 我的身子就算在这儿，我的心也不在这儿。您一点没有真情。哎哟，请您还是放我走吧。

**培尼狄克** 贝特丽丝——

**贝特丽丝** 真的，我要去啦。

**培尼狄克** 让我们先言归于好。

**贝特丽丝** 您愿意跟我做朋友，却不敢跟我的敌人打架。

**培尼狄克** 克劳狄奥是你的敌人吗？

**贝特丽丝** 他不是已经充分证明了是一个恶人，把我的妹妹这样横加诬蔑，信口毁谤，破坏她的名誉吗？啊！我但愿自己是一个男人！嘿！不动声色地搀着她的手，一直等到将要握手成礼的时候，才翻过脸来，当众宣布他的恶毒的谣言！——上帝啊，但愿我是个男人！我要在市场上吃下他的心。

**培尼狄克** 听我说，贝特丽丝——

**贝特丽丝** 跟一个男人在窗口讲话！说得真好听！

**培尼狄克** 可是，贝特丽丝——

**贝特丽丝** 亲爱的希罗！她负屈含冤，她的一生从此完了！

**培尼狄克** 贝特——

**贝特丽丝** 什么亲王！什么伯爵！好一个做见证的亲王！好一个甜言蜜语的风流伯爵！啊，为了他的缘故，我但愿自己是一个男人；或者我有什么朋友愿意为了我的缘故，做一个堂堂男子！可是人们的丈夫气概，早已消磨在打恭作揖里，他们的豪侠精神，早已丧失在逢迎阿谀里了；他们已经变得只剩下一条善于拍马吹牛的舌头；谁会造最大的谣言，谁就是个英雄好汉。我既然不能凭着我的愿望变成一个男子，所以我只好做一个女人在伤心中死去。

**培尼狄克** 等一等，好贝特丽丝。我举手为誓，我爱你。

**贝特丽丝** 您要是真的爱我，那么把您的手用在比发誓更有意义的地方吧。

**培尼狄克** 凭着你的良心，你以为克劳狄奥伯爵真的冤枉了希罗吗?

**贝特丽丝** 是的，正像我知道我有一颗良心一样毫无疑问。

**培尼狄克** 够了！一言为定，我要去向他挑战。让我在离开你以前，吻一吻你的手。我举手为誓，克劳狄奥一定要得到一次重大的教训。请你等候我的消息，把我放在你的心里。去吧，安慰安慰你的妹妹；我必须对他们说她已经死了。好，再见。（各下）

## 第二场

**监狱**

道格培里、弗吉斯及教堂司事各穿制服上；巡丁押康拉德及波拉契奥随上。

**道格培里**　咱们这一伙儿都到齐了吗？

**弗吉斯**　啊！端一张凳子和垫子来给教堂司事先生坐。

**教堂司事**　哪两个是被告？

**道格培里**　呃，那就是我跟我的伙计。

**弗吉斯**　不错，我们是来审案了的。

**教堂司事**　可是哪两个是受审判的犯人？叫他们到巡官老爷面前来吧。

**道格培里**　对，对，叫他们到我面前来。朋友，你叫什么名字？

**波拉契奥**　波拉契奥。

**道格培里**　请写下波拉契奥。小子，你呢？

**康拉德**　长官，我是个绅士，我的名字叫康拉德。

**道格培里** 写下绅士康拉德先生。两位先生，你们都敬奉上帝吗？

**康、波** 是，长官，我们希望我们是敬奉上帝的。

**道格培里** 写下他们希望敬奉上帝；留心把上帝写在前面，因为要是让这些混蛋的名字放在上帝前面，上帝一定要生气的。两位先生，你们已经被证明是两个比奸恶的坏人好不了多少的家伙，大家也就要这样看待你们了。你们自己有什么辩白没有？

**康拉德** 长官，我们说我们不是坏人。

**道格培里** 好一个乖巧的家伙；可是我会诱他说出真话来。过来，小子，让我在你的耳边说一句话：先生，我对您说，人家都以为你们是奸恶的坏人。

**波拉契奥** 长官，我对你说，我们不是坏人。

**道格培里** 好，站在一旁。天哪，他们都是老早商量好了说同样的话的。你有没有写下来，他们不是坏人吗？

**教堂司事** 巡官老爷，您这样审问是审问不出什么结果来的；您必须叫那控诉他们的巡丁上来问话。

**道格培里** 对，对，这是最迅速的方法。叫那巡丁上来。弟兄们，我用亲王的名义，命令你们控诉这两个人。

**巡丁甲** 禀长官，这个人说亲王的兄弟唐·约翰是个坏人。

**道格培里** 写下约翰亲王是个坏人。嗳哟，这简直是犯的伪证罪，把亲王的兄弟叫做坏人！

**波拉契奥** 巡官先生——

**道格培里** 闭住你的嘴，家伙，我讨厌你的面孔。

**教堂司事** 你们还听见他说些什么？

巡丁乙　呃，他说他因为捏造了希罗小姐的谣言，唐·约翰给了他一千块钱。

道格培里　这简直是未之前闻的窃盗罪。

弗吉斯　对了，一点不错。

教堂司事　还有些什么话？

巡丁甲　他说克劳狄奥伯爵听了他的话，准备当着众人的面前把希罗羞辱，不再跟她结婚。

道格培里　嗳哟，你这该死的东西！你干下这种恶事，要一辈子不会下地狱啦。

教堂司事　还有什么？

巡丁乙　没有什么了。

教堂司事　两位先生，就是这一点，你们也没有法子抵赖了。约翰亲王已经在今天早上逃走；希罗已经这样给他们羞辱过，克劳狄奥也已经拒绝跟她结婚，她因为伤心过度，已经突然身死了。巡官老爷，把这两个人绑起来，带到里奥那托家里去；我先走一步，把我们审问的结果告诉他。（下）

道格培里　来，把他们铐起来。

弗吉斯　把他们交给——

康拉德　滚开，蠢货！

道格培里　他妈的！教堂司事呢？叫他写下：亲王的官吏是个蠢货。来，把他们绑了。你这该死的坏东西！

康拉德　滚开，你是头驴子，你是头驴子！

道格培里　你难道瞧不起我的地位吗？你难道瞧不起我这一把年纪吗？啊，但愿他在这儿，给我写下我是头驴子！可是列位弟兄们，记住我是头驴子；虽然这句话没有写下来，可是别忘记我是头驴子。你这恶人，你简直是目中无人，这儿大家都可以做见证的。老实告诉你吧，我是个聪明人；而且是个官；而且是个有家小的人；再说，我的相貌也比得上梅西那地方无论哪一个人；我懂得法律，那可以不去说它；我身边老大有几个钱，那也不必说起；我不是不曾碰到过坏运气，可是我还有两件袍子，无论到什么地方去总还是体体面面的。把他带下去！啊，但愿他给我写下我是一头驴子！（同下）

# 第五幕

## 第一场

**里奥那托家门前**

里奥那托及安东尼奥上。

**安东尼奥** 您要是老是这样，那不过气坏了您自己的身体；帮着忧伤摧残您自己，那未免太不聪明吧。

**里奥那托** 请你停止你的劝告；把这些话送进我的耳中，就像把水倒在筛里一样毫无用处。不要劝我；也不要让什么人安慰我，除非他也遭到跟我同样的不幸。给我找一个像我一样溺爱女儿的父亲，叫他来劝我安心忍耐；把他的悲伤跟我的悲伤两两相较，必须铢两悉称，毫发不爽；要是这样一个人能够拈弄他的胡须微笑，把一切懊恼的事情放在脑后，用一些老生常谈自宽自解，那么叫他来见我吧，我也许可以从他那里学到些忍耐的方法。可是世上不会有这样的人；因为，兄弟，人们对于自己并不感觉到的痛苦，是会用空洞的话来劝告慰藉的，可是他们要是自己尝到了这种痛苦的滋味，他们就会觉得他们给人家服用的药饵，对自己也不会发生效力；极度的疯狂，是不能用一根丝线把它拴住的。不，不，谁都会劝一个在悲哀的重压下辗转呻吟的人安心忍耐，可是谁也没有那样的修养和勇气，能够叫自己忍受同样的痛苦。所以不要给我劝告，我的悲哀的呼号会盖住劝告的声音。

**安东尼奥** 人们就是在这种地方，跟小孩子没有分别。

**里奥那托** 请你不必多说。我只是个血肉之躯的凡人；就是那些写惯洋洋洒洒的大文的哲学家们，尽管他们像天上的神明一样，蔑视着人生的灾难痛苦，一旦他们的牙齿痛起来，也是会忍受不住的。

**安东尼奥** 可是您也不要一味自己吃苦；您应该叫那些害苦了您的人也吃些苦才是。

**里奥那托** 你说得有理；对了，我一定要这样。我心里觉得希罗一定是受人诬谤；我要叫克劳狄奥知道他的错误，也要叫亲王跟那些破坏她的名誉的人知道他们的错误。

**安东尼奥** 亲王跟克劳狄奥急匆匆地来了。

*唐·彼德罗及克劳狄奥上。*

**彼德罗** 早安，早安。

**克劳狄奥** 早安，两位老人家。

**里奥那托** 听我说，两位贵人——

**彼德罗** 里奥那托，我们现在没有工夫。

**里奥那托** 没有工夫，殿下！好，回头见，殿下；您现在这样忙吗？——好，那也不要紧。

**彼德罗** 嗳哟，好老人家，别跟我们吵架。

**安东尼奥** 要是吵了架可以报复他的仇恨，咱们中间总有一个人会送命的。

**克劳狄奥** 谁得罪他了？

**里奥那托** 嘿，就是你呀，你，你这假惺惺的骗子！怎么，你要拔剑吗？我可不怕你。

**克劳狄奥** 对不起，那是我的手不好，害得您老人家吓了一跳；其实它并没有要拔剑的意思。

**里奥那托** 哼，朋友！别对我扮鬼脸取笑。我不像那些倚老卖老的傻老头儿一般，只会向人吹吹我在年轻时候怎么了不得，要是现在再年轻了几岁，一定会怎么怎么。告诉你，克劳狄奥，你冤枉了我的清白的女儿，把我害得好苦，我现在忍无可忍，只好不顾我这一把年纪，凭着满头的白发和这身久历风霜的老骨头，向你挑战。我说你冤枉了我的清白的女儿；你的信口的诽谤已经刺透了她的心，她现在已经跟她的祖先长眠在一起了；啊，想不到我的祖先清白传家，到了她身上却落下一个污名，这都是因为你的万恶的诡计！

**克劳狄奥** 我的诡计？

**里奥那托** 是的，克劳狄奥，我说是你的万恶的诡计。

**彼德罗** 老人家您说错了。

**里奥那托** 殿下，殿下，要是他有胆量，我愿意用武力跟他较量出一个是非曲直来；虽然他击剑的本领不坏，练习得又勤，又是年轻力壮，可是我不怕他。

**克劳狄奥** 走开！我不要跟你胡闹。

**里奥那托** 你会这样推开我吗？你已经杀死了我的孩子；要是你把我也杀死了，孩子，才算你是个汉子。

**安东尼奥** 他要把我们两人一起杀死了，才算是个汉子；可是让他先杀死一个吧，让他跟我较量一下，看他能不能把我取胜。来，跟我来，孩子；来，哥儿，来，跟我来。哥儿，我要把你杀得无招架之功！你瞧着吧。

**里奥那托** 兄弟——

**安东尼奥** 您宽心吧。上帝知道我爱我的侄女；她现在死了，给这些恶人们造的谣言气死了。他们只会欺负一个弱女子，可是叫他们跟一个男子汉打架，却像叫他们从毒蛇嘴里拔出舌头来一样没有胆子了。这些乳臭小儿，只会说大话，诓人的猴子，不中用的懦夫！

**里奥那托** 安东尼贤弟——

**安东尼奥** 您不要说话。哼，这些家伙！我看透了他们，知道他们的骨头一共有多少分量；这些胡闹的、寡廉鲜耻的纨绔公子们，就会说谎骗人，造谣生事，打扮得奇奇怪怪，装出一副吓人相，说几句假威风的言语，这就是他们的全副本领！

**里奥那托**　可是，安东尼贤弟——

**安东尼奥**　不，您不用管，让我来对付他们。

**彼德罗**　两位老先生，我们不愿意冒犯你们。令嫒的死实在使我非常抱憾；可是凭着我的名誉发誓，我们对她说的话都是绝对确实，而且有充分的证据。

**里奥那托**　殿下，殿下——

**彼德罗**　我不要听你的话。

**里奥那托**　不要听我的话？好，兄弟，我们去吧。总有人会听我的话的——

**安东尼奥**　不要听也得听，否则咱们就拼个你死我活。（里奥那托、安东尼奥同下）

培尼狄克上。

**彼德罗**　瞧，瞧，我们正要去找的那个人来啦。

**克劳狄奥**　啊，老兄，什么消息？

**培尼狄克**　早安，殿下。

**彼德罗**　欢迎，培尼狄克；你来迟了一步，我们刚才险些儿打起来呢。

**克劳狄奥**　我们的两个鼻子险些儿没给两个没有牙齿的老头子咬下来。

**彼德罗**　里奥那托跟他的兄弟。你看怎么样？要是我们真的打起来，那我们跟他们比起来未免太年轻点儿了。

**培尼狄克**　强弱异势，虽胜不武。我是来找你们两个人的。

**克劳狄奥** 我们到处找着你，因为我们一肚子都是烦恼，想设法把它排遣排遣。你给我们讲个笑话吧。

**培尼狄克** 我的笑话就在我的剑鞘里，要不要拔出来给你们瞧瞧？

**彼德罗** 你是把笑话随身佩带的吗？

**克劳狄奥** 请你把它“拔”出来，就像乐师从他的琴囊里拿出他的乐器来一样，给我们弹奏弹奏解解闷吧。

**彼德罗** 嗳哟，他的脸色怎么这样白得怕人！你病了吗？还是在生气？

**克劳狄奥** 喂，放出勇气来，朋友！虽然忧能伤人，可是你是个好汉子，你会把忧愁赶走的。

**培尼狄克** 爵爷，您要是想用您的俏皮话儿挖苦我，那我是很可以把您对付得了的。请您换一个题目好不好？

**克劳狄奥** 好，他的枪已经弯断了，给他换一支吧。

**彼德罗** 他的脸色越变越难看了；我想他真的在生气哩。

**克劳狄奥** 要是他真的在生气，那么叫他转一个身，把他的怒气按下去就得啦。

**培尼狄克** 可不可以让我在您的耳边说句话？

**克劳狄奥** 上帝保佑我不要是挑战！

**培尼狄克** （向克劳狄奥旁白）你是个坏人，我不跟你开玩笑：你敢用什么方式，凭着什么武器，在什么时候跟我决斗，我一定从命；你要是不接受我的挑战，我就公开宣布你是一个懦夫。你已经害死了一位好好的姑娘，她的阴魂一定会缠绕在你的身上。请你给我一个回音。

**克劳狄奥**　好，我一定奉陪就是了；让我也可以借此消消闷儿。

**彼德罗**　怎么，你们打算喝酒去吗？

**克劳狄奥**　是的，谢谢他的好意；他请我去吃一个小牛头，我要是不把它切得好好的，就算我的刀子不中用。

**培尼狄克**　您的才情真是太好啦，出口都是俏皮话儿。

**彼德罗**　让我告诉你那天贝特丽丝怎样称赞你的才情。我说你的才情很不错；“是的，”她说，“他有一点琐碎的小聪明。”“不，”我说，“他有很大的才情。”“对了，”她说，“他的才情是大而无当的。”“不，”我说，“他很善于机锋。”“正是，”她说，“因为太善了，所以不会伤人。”“不，”我说，“这位绅士很聪明。”“啊，”她说，“好一位聪明的绅士！”“不，”我说，“他有一条能言善辩的舌头。”“我相信您的话，”她说，“因为他在星期一晚上向我发了一个誓，到星期二早上又把那个誓毁了；他不止有一条舌头，他是有两条舌头哩。”这样她用足足一点钟的工夫，把你的长处批评得一文不值；可是临了她却叹了口气，说你是意大利最漂亮的一个男人。

**克劳狄奥**　因此她伤心得哭了起来，说她一点不放在心上。

**彼德罗**　正是这样；可是说是这么说，她倘不把他恨进骨髓里去，就会把他爱到心窝儿里。那老头子的女儿已经完全告诉我们了。

**克劳狄奥** 而且，当他躲在园里的时候，上帝就看见他。[1]

**彼德罗** 可是我们什么时候把那野牛的角儿插在有理性的培尼狄克的头上呢?

**克劳狄奥** 对了，还要在头颈下面挂着一块招牌，“请看结了婚的培尼狄克!”

**培尼狄克** 再见，哥儿；你已经知道我的意思。现在我让你一个人去唠唠叨叨说话吧；谢谢上帝，你讲的那些笑话正像只会说说大话的那些懦夫们的刀剑一样无关痛痒。殿下，一向蒙您知遇之恩，我是十分地感谢，可是现在我不能再跟您继续来往了。您那位令弟已经从梅西那逃走；你们几个人已经合伙害死了一位纯洁无辜的姑娘。至于我们那位白脸公子，我已经跟他约期相会了；在那个时候以前，我愿他平安。（下）

**彼德罗** 他果然认起真来了。

**克劳狄奥** 绝对地认真；我告诉您，他这样一本至诚，完全是为了贝特丽丝的爱情。

**彼德罗** 他向您挑战了吗?

**克劳狄奥** 他非常诚意地向我挑战了。

**彼德罗** 一个衣冠楚楚的人，会这样迷塞了心窍，真是可笑!

**克劳狄奥** 像他这样一个人，讲外表也许比一头猴子神气得多，可是他的聪明还不及一头猴子哩。

1 此句出自《旧约·创世记》。

**彼德罗** 且慢，让我静下来想一想；糟了！他不是说我的兄弟已经逃走了吗？

道格培里、弗吉斯及巡丁押康拉德、波拉契奥同上。

**道格培里** 你来，朋友；要是法律管不了你，那简直可以用不到什么法律了。

**彼德罗** 怎么！我兄弟手下的两个人都给绑起来啦！一个是波拉契奥！

**克劳狄奥** 殿下，您问问他们犯的什么罪。

**彼德罗** 巡官，这两个人犯了什么罪？

**道格培里** 禀王爷，他们乱造谣言；而且他们说了假话；第二，他们信口诽谤；末了，他们冤枉了一位小姐；第三，他们做假见证；总而言之，他们是说谎的坏人。

**彼德罗** 第一，我问你，他们干了些什么事？第二，我问你，他们犯的什么罪？末了，我问你，他们为什么被捕？总而言之，你控诉他们什么罪状？

**克劳狄奥** 问得很好，而且完全套着他的口气，把一个意思用各种不同的方式表达了出来。

**彼德罗** 你们两人得罪了谁，所以才给他们抓了起来问罪？这位聪明的巡官讲的话儿太奥妙了，我听不懂。你们犯了什么罪？

**波拉契奥** 好殿下，我向您招认一切以后，请您不必再加追问，就让这位伯爵把我杀死了吧。我已经当着您的眼前把您欺骗；您的智慧所观察不到的，却让这些蠢货们揭发出来了。他们在晚上听见我告诉这个人您的兄弟唐·约翰怎样唆使我毁坏希罗小姐的名誉；你们怎样听了他的话到花园里去，瞧见我在那儿跟打扮做希罗样子的玛格莱特昵昵情话；以及你们怎样在举行婚礼的时候把她羞辱。我的罪恶已经给他们记录下来；我现在但求一死，不愿再把它重新叙述出来，增加我的惭愧。那位小姐是受了我跟我的主人诬陷而死的；总之，我不求别的，只请殿下处我应得之罪。

**彼德罗**　他这一番说话，不是像一柄利剑似的刺进你的心里吗？

**克劳狄奥**　我听他说话，就像是吞下了毒药。

**彼德罗**　可是果真是我的兄弟指使你做这种事的吗？

**波拉契奥**　是的，他还给了我很大的酬劳呢。

**彼德罗**　他是个奸恶成性的家伙，现在一定是为了阴谋暴露，所以逃走了。

**克劳狄奥**　亲爱的希罗！现在你的形象又回复到我最初爱你的时候那样纯洁美好了！

**道格培里**　来，把这两个原告带下去。咱们那位司事先生现在一定已经把这件事情告诉里奥那托老爷知道了。弟兄们，要是碰上机会，你们可别忘了替我证明我是头驴子。

**弗吉斯**　啊，里奥那托老爷来了，司事先生也来了。

里奥那托、安东尼奥及教堂司事重上。

**里奥那托** 这个恶人在哪里？让我把他的面孔认认清楚，以后看见跟他长得模样差不多的人，就可以远而避之。两个人中哪一个是他？

**波拉契奥** 您倘要知道谁是害苦了您的人，就请瞧着我吧。

**里奥那托** 就是你这奴才用你的鬼话害死了我的清白的孩子吗？

**波拉契奥** 是的，那全是我一个人干的事。

**里奥那托** 不，恶人，你错了；这儿有一对正人君子，还有第三个已经逃走了，他们都是有分的。两位贵人，谢谢你们害死了我的女儿；你们干了这一件好事，是应该在青史上大笔特书的。你们自己想一想，这一件事情干得真好。

**克劳狄奥** 我不知道应该怎样向您请求原谅，可是我不能不说话。您爱怎样处置我就怎样处置我吧，我愿意接受您所能想得到的无论哪一种惩罚；虽然我所犯的罪完全是出于误会的。

**彼德罗** 凭着我的灵魂起誓，我也犯下了无心的错误；可是为了消消这位好老人家的气起见，我也愿意领受他的任何重罚。

**里奥那托** 我不能叫你们把我的女儿救活过来，那当然是不可能的事；可是我要请你们两位向这儿梅西那所有的人宣告她死得多么清白。要是您的爱情能够鼓动您写些什么悲悼的诗歌，请您就把它悬挂在她的墓前，向她的尸骸歌唱一遍；今天晚上您就去歌唱这首挽歌。明天早上您再到我家里来；您既然不能做我的子婿，那么就做我的侄婿吧。舍弟有一个女儿，她跟我去世的女儿长得一模一样，现在她是我们兄弟两人唯一的嗣息；您要是愿意把您本来应该给她姊姊的名分转给她，那么我这口气也就消下去了。

**克劳狄奥** 啊，可敬的老人家，您的大恩大德，真使我感激涕零！我敢不接受您的好意；从此以后，不才克劳狄奥愿意永远听从您的驱使。

**里奥那托** 那么明天早上我等您来；现在我要告别啦。这个坏人必须叫他跟玛格莱特当面质对；我相信她也一定受到令弟的贿诱，参加这阴谋的。

**波拉契奥** 不，我可以用我的灵魂发誓，她并不知情；当她向我说话的时候，她也不知道她已经做了些什么不应该做的事；照我平常所知道，她一向都是规规矩矩的。

**道格培里** 而且，老爷，这个原告，这个罪犯，还叫我做驴子；虽然这句话没有写下来，可是请您在判罪的时候不要忘记。还有，巡丁听见他们讲起一个坏贼，到处用上帝的名义向人借钱，借了去永不归还，所以现在人们的心肠都变得硬起来，不再愿意看在上帝的面上借给别人半个子儿了。请您在这一点上也要把他仔细审问审问。

**里奥那托**　谢谢你这样细心，这回真的有劳你啦。

**道格培里**　您老爷说得真像一个知恩感德的小子，我为您赞美上帝！

**里奥那托**　去吧，你的罪犯归我发落，谢谢你。

**道格培里**　我把一个大恶人交在您手里；请您自己把他处罚，给别人做个榜样。上帝保佑您老爷！愿老爷平安如意，无灾无病！后会无期，小的告辞了！来，伙计。（道格培里、弗吉斯同下）

**里奥那托**　两位贵人，咱们明天早上再见。

**安东尼奥**　再见；我们明天等着你们。

**彼德罗**　我们一定准时奉访。

**克劳狄奥**　今晚我就到希罗坟上哀吊去。（彼德罗、克劳狄奥同下）

**里奥那托**　（向巡丁）把这两个家伙带走。我们要去问一问玛格莱特，她怎么会跟这个下流的东西来往。（同下）

## 第二场

**里奥那托的花园**

培尼狄克及玛格莱特自相对方向上。

**培尼狄克**　好玛格莱特姑娘，请你帮帮忙替我请贝特丽丝出来说话。

**玛格莱特**　我去请她出来了，您肯不肯写一首诗歌颂我的美貌呢？

**培尼狄克**　我一定会写一首顶高雅的诗送给你。

**玛格莱特**　好，我就去叫贝特丽丝出来见您；我想她自己也生腿的。

**培尼狄克**　所以一定会来。（玛格莱特下）

恋爱的神明，
高坐在天庭，
知道我，知道我，
多么的可怜！——

我的意思是说，我的歌喉是多么糟糕得可怜；可是讲到恋爱，那么那位游泳好手里昂德，那位最初发明请人拉纤的特洛伊罗斯，以及那一大批载在书上的古代的风流才子们，他们的名字至今为骚人墨客所乐道，谁也没有像可怜的我这样真的为情颠倒了。可惜我不能把我的热情用诗句表示出来；我曾经搜索枯肠，可是找来找去，可以跟“姑娘”押韵的，只有“儿郎”两个字，一个孩子气的韵！可以跟“羞辱”押韵的，只有“甲壳”两个字，一个硬绷绷的韵！可以跟“学校”押韵的，只有“呆鸟”两个字，一个混账的韵！这些韵脚都不大吉利。不，我想我命里没有诗才，我也不会用那些风花雪月的话儿向人求爱。

贝特丽丝上。

**培尼狄克**　亲爱的贝特丽丝，我一叫你你就出来了吗？

**贝特丽丝**　是的，先生；您一叫我走，我也就会去的。可是在我未去以前，让我先问您一个明白，您跟克劳狄奥说过些什么话？

**培尼狄克**　我已经骂过他了；所以给我一个吻吧。

**贝特丽丝**　骂人的嘴是不干净的；不要吻我，让我去吧。

**培尼狄克**　你真会强词夺理。可是我必须明白告诉你，克劳狄奥已经接受了我的挑战，要是他不就给我一个回音，我就公开宣布他是个懦夫。现在我要请你告诉我，你究竟为了我哪一点坏处而开始爱起我来呢？

**贝特丽丝** 为了您所有的坏处，它们朋比为奸，尽量发展它们的恶势力，不让一点好处混杂在它们中间。可是您究竟为了我哪一点好处，才对我害起相思来呢？

**培尼狄克** “害起相思来”，好一句话！我真的给相思害了，因为我爱你是违反我的本心的。

**贝特丽丝** 那么您原来是在跟您自己的心作对。唉，可怜的心！你既然为了我的缘故而跟它作对，那么我也要为了您的缘故而跟它作对了；因为我的朋友要是讨厌它，我当然再也不会欢喜它的。

**培尼狄克** 咱们两个人都太聪明啦，总不会安安静静地讲几句情话。

**贝特丽丝** 照您这样说法，恐怕未必如此；真的聪明人是不会自称自赞的。

**培尼狄克** 这是一句老生常谈，贝特丽丝，在从前世风淳厚、大家能够赏识他邻人的好处的时候，未始没有几分道理。可是当今之世，谁要是不乘他自己未死之前预先把墓志铭刻好，那么等到丧钟敲过，他的寡妇哭过几声以后，谁也不会再记得他了。

**贝特丽丝** 您想那要经过多少时间呢？

**培尼狄克** 问题就在这里，左右也不过钟鸣一小时，泪流一刻钟而已。所以一个人只要问心无愧，把自己的好处自己宣传宣传，就像我对于我自己这样子，实在是再聪明不过的事。我可以替我自己作证，我这个人的确不坏。现在已经自称自赞得够了，请你告诉我，你的妹妹怎样啦？

**贝特丽丝** 她现在憔悴不堪。

**培尼狄克** 你自己呢？

**贝特丽丝** 我也是憔悴不堪。

**培尼狄克** 敬礼上帝，尽心爱我，你的身子就可以好起来。现在我应该去啦；有人慌慌张张地找你来了。

欧苏拉上。

**欧苏拉** 小姐，快到您叔叔那儿去。他们正在那儿议论纷纷：希罗小姐已经证明受人冤枉，亲王跟克劳狄奥上了人家一个大大的当；唐·约翰是罪魁祸首，他已经逃走了。您就来吗？

**贝特丽丝** 先生，您也愿意去听听消息吗？

**培尼狄克** 我愿意活在你的心里，死在你的怀里，葬在你的眼里；我也愿意陪着你到你叔叔那儿去。（同下）

## 第三场

**教堂内部**

唐·彼德罗、克劳狄奥及侍从等携乐器蜡烛上。

**克劳狄奥** 这儿就是里奥那托家的坟堂吗?

**一侍从** 正是,爵爷。

**克劳狄奥** (展手卷朗诵)"青蝇玷玉,谗口铄金,嗟吾希罗,月落星沉!生蒙不虞之毁,死播百世之馨;惟令德之昭昭,斯虽死而犹生。"天长地久有时尽,此恨绵绵无绝期!现在奏起音乐来,歌唱你们的挽诗吧。

(歌)

惟兰蕙之幽姿兮,
遽一朝而摧焚;
风云怫郁其变色兮,
月姊掩脸而似嗔:
语月姊兮毋嗔,

听长歌兮当哭；

绕墓门而逡巡兮，

岂百身之可赎！

风瑟瑟兮云漫漫，

纷助予之悲叹；

安得起重泉之白骨兮，

及长夜之未旦！

**克劳狄奥** 幽明从此音尘隔，岁岁空来祭墓人。永别了，希罗！

**彼德罗** 早安，列位朋友；把你们的火把熄了。豺狼已经觅食回来；瞧，熹微的晨光在日轮尚未出现之前，已经在欲醒未醒的东方缀上鱼肚色的斑点了。劳驾你们，现在你们可以回去了；再会。

**克劳狄奥** 早安，列位朋友；大家各走各的路吧。

**彼德罗** 来，我们也去换好衣服，再到里奥那托家里去。

**克劳狄奥** 但愿许门有灵，这一回赐给我好一点的运气！（同下）

## 第四场

**里奥那托家中一室**

里奥那托、安东尼奥、培尼狄克、贝特丽丝、玛格莱特、欧苏拉、法兰西斯神父及希罗同上。

**神父** 我不是对您说她是无罪的吗？

**里奥那托** 亲王跟克劳狄奥怎样凭着莫须有的罪名冤诬她，您是听见的，他们误信人言，也不能责怪他们；可是玛格莱特在这件事情上也有几分不是，虽然照盘问和调查的结果看起来，她的行动并不是出于本意。

**安东尼奥** 好，一切事情总算圆满收场，我很高兴。

**培尼狄克** 我也很高兴，因为否则我有誓在先，非得跟克劳狄奥那小子算账不可了。

**里奥那托** 好，女儿，你跟各位姑娘进去一会；等我叫你们出来的时候，大家戴上面罩出来。亲王跟克劳狄奥约定在这个时候来看我的。（众女下）兄弟，你知道你应该做些什么事；你必须做你侄女的父亲，把她许婚给克劳狄奥。

**安东尼奥** 我一定会扮演得神气十足。

**培尼狄克** 神父，我想我也要有劳您一下。

**神父** 先生，您要我做些什么事？

**培尼狄克** 替我加上一层束缚，或者把我送进坟墓。里奥那托大人，不瞒您说，好老人家，令侄女对我很是另眼相看。

**里奥那托** 不错，她这一只另外的眼睛是我的女儿替她装上去的。

**培尼狄克** 为了报答她的眷顾，我也已经把我的一片痴心呈献给她。

**里奥那托** 您这一片痴心，我想是亲王、克劳狄奥跟我三个人替您安放进去的。可是请问有何见教？

**培尼狄克** 大人，您说的话太玄妙了。可是讲到我的意思，那么我是希望得到您的许可，让我们就在今天正式成婚；好神父，这件事情我要有劳您啦。

**里奥那托** 我竭诚赞成您的意思。

**神父** 我也愿意效劳。亲王跟克劳狄奥来啦。

*唐·彼德罗、克劳狄奥及侍从等上。*

**彼德罗** 早安，各位朋友。

**里奥那托** 早安，殿下；早安，克劳狄奥。我们正在等着你们呢。您今天仍旧愿意娶我的侄女吗？

**克劳狄奥**　即使她长得像黑炭一样，我也决不反悔。

**里奥那托**　兄弟，你去叫她出来；神父已经等在这儿了。（安东尼奥下）

**彼德罗**　早安，培尼狄克。啊，怎么，你的面孔怎么像严冬一样难看，堆满了霜雪风云？

**克劳狄奥**　他大概想起了那头野牛。呸！怕什么，朋友！我们要用金子镶在你的角上，整个的欧罗巴都会欢喜你，正像从前欧罗巴欢喜那因为爱情而变成一头公牛的乔武一样。

**培尼狄克**　乔武老牛叫起来声音很是好听；大概也有那么一头野牛看中了令尊大人那头母牛，结果才生下了像老兄一样的一头小牛来，因为您的叫声也跟他差不多，倒是家学渊源哩。

**克劳狄奥**　我暂时不跟你算账；这儿来了我一笔待清的债务。

安东尼奥率众女戴面罩重上。

**克劳狄奥**　哪一位姑娘我有福握住她的手？

**安东尼奥**　就是这一个，我现在把她交给您了。

**克劳狄奥**　啊，那么她就是我的了。好人，让我瞻仰瞻仰您的芳容。

**里奥那托**　不，在您没有搀着她的手到这位神父面前宣誓娶她为妻以前，不能让您瞧见她的脸孔。

**克劳狄奥**　把您的手给我；当着这位神父之前，我愿意娶您为妻，要是您不嫌弃我的话。

**希罗** 当我在世的时候，我是您的另一个妻子；（取下面罩）当您爱我的时候，您是我的另一个丈夫。

**克劳狄奥** 又是一个希罗！

**希罗** 一点不错；一个希罗已经蒙垢而死，但我以清白之身活在人间。

**彼德罗** 就是从前的希罗！已经死了的希罗！

**里奥那托** 殿下，当谗言流传的时候，她才是死的。

**神父** 我可以替你们解释一切；等神圣的仪式完毕以后，我会详细告诉你们希罗逝世的一段情节。现在暂时把这些怪事看做不足为奇，让我们立刻到教堂里去。

**培尼狄克** 慢点儿，神父。贝特丽丝呢？

**贝特丽丝** （取下面罩）我就是她。您有什么见教？

**培尼狄克** 您不是爱我吗？

**贝特丽丝** 啊，不，我不过照着道理对待您罢了。

**培尼狄克** 这样说来，那么您的叔父、亲王跟克劳狄奥都受了骗啦；因为他们发誓说您爱我的。

**贝特丽丝** 您不是爱我吗？

**培尼狄克** 真的，不，我不过照着道理对待您罢了。

**贝特丽丝** 这样说来，那么我的妹妹、玛格莱特跟欧苏拉都大错而特错啦；因为她们发誓说您爱我的。

**培尼狄克** 他们发誓说您为了我差不多害起病来啦。

**贝特丽丝** 她们发誓说您为了我差不多活不下去啦。

**培尼狄克** 没有这回事。那么您不爱我吗？

**贝特丽丝** 不，真的，咱们不过是两个普通的朋友。

**里奥那托**　好了好了，侄女，我可以断定你是爱着这位绅士的。

**克劳狄奥**　我也可以赌咒他爱着她；因为这儿就有一首他亲笔写的歪诗，是他从自己的枯肠里搜索出来，歌颂着贝特丽丝的。

**希罗**　这儿还有一首诗，是我姊姊的亲笔，从她的口袋里偷出来的；这上面申诉着她对于培尼狄克的爱慕。

**培尼狄克**　怪事怪事！我们自己的手会写下跟我们心里的意思完全不同的话。好，我愿意娶你；可是天日在上，我是因为可怜你才娶你的。

**贝特丽丝**　我不愿拒绝您；可是天日在上，我只是因为却不过人家的劝告，一方面也是因为要救您的性命，才答应嫁给您的；人家告诉我您在一天天瘦下去呢。

**培尼狄克**　别多话！让我堵住你的嘴。（吻贝特丽丝）

**彼德罗**　结了婚的培尼狄克，请了！

**培尼狄克**　殿下，我告诉你吧，就是一大伙鼓唇弄舌的家伙向我鸣鼓而攻，我也决不因为他们的讥笑而放弃我的决心。你以为我会把那些冷嘲热讽的话儿放在心上吗？不，要是一个人这么容易给人家用空话打倒，他根本不配穿体面的衣服。总之，我既然立志结婚，那么无论世人说些什么闲话，我都不会去理会他们；所以你们也不必因为我从前说过反对结婚的话而把我取笑，因为人本来是个出尔反尔的东西，这就是我的结论了。至于讲到你，克劳狄奥，我倒很想把你打一顿；可是既然你就要做我的亲戚了，那么就让你保全皮肉，好好地爱我的小姨吧。

**克劳狄奥** 我倒很希望你会拒绝贝特丽丝，这样我就可以用棍子打你一顿，打得你不敢再做光棍了。我就担心你这家伙不大靠得住；我的大姨应该把你监管得紧一点才好。

**培尼狄克** 得啦得啦，咱们是老朋友。现在我们还是趁没有举行婚礼之前，大家跳一场舞，让我们的心跟我们妻子的脚跟一起飘飘然起来吧。

**里奥那托** 还是结过婚再跳舞吧。

**培尼狄克** 不，我们先跳舞再结婚；奏起音乐来！殿下，你好像有些什么心事似的；娶个妻子吧，娶个妻子吧。

一使者上。

**使者** 殿下，您的在逃的兄弟约翰已经在路上给人抓住，现在由武装的兵士把他押回到梅西那来了。

**培尼狄克** 现在不要想起他，明天再说吧；我可以给你设计一些最巧妙的惩罚他的方法。吹起来，笛子！（跳舞。众下）

# 一报还一报

*Measure for measure*

## 剧中人物

| | |
|---|---|
| 文森修公爵 | 文森修公爵 |
| 安哲鲁公爵 | 在假期中的摄政 |
| 爱斯卡勒斯 | 辅佐安哲鲁的老臣 |
| 克劳狄奥 | 少年绅士 |
| 路西奥 | 纨绔子 |
| 两个纨绔绅士 | |
| 凡里厄斯 | 公爵近侍 |
| 狱吏 | 狱吏 |
| 托马斯<br>彼得 | 教士 |
| 陪审官 | 陪审官 |
| 爱尔博 | 糊涂的差役 |
| 弗洛斯 | 愚蠢的绅士 |
| 庞贝 | 妓院中的当差 |
| 阿伯霍逊 | 刽子手 |
| 巴那丁 | 酗酒放荡的囚犯 |
| 依莎贝拉 | 克劳狄奥的姊姊 |
| 玛利安娜 | 安哲鲁的未婚妻 |
| 朱丽叶 | 克劳狄奥的恋人 |
| 弗兰西丝卡 | 女尼 |
| 咬弗动太太 | 鸨妇 |

**大臣、差役、市民、童儿、侍从等**

## 地 点

维也纳

# 第一幕

## 第一场

**公爵宫廷中一室**

公爵、爱斯卡勒斯、群臣及侍从等上。

**公爵** 爱斯卡勒斯！

**爱斯卡勒斯** 有，殿下。

**公爵** 关于政治方面的种种机宜，我不必多向你絮说，因为我知道你在这方面的经验阅历，胜过我所能给你的任何指示；对于地方上人民的习性，以及布政施教的宪章、信赏必罚的律法，你也都了如指掌，比得上任何博学练达之士，所以我尽可信任你的才能，让你自己去适宜应付。我给你这一道诏书，愿你依此而行。（以诏书授爱斯卡勒斯）来人，去唤安哲鲁过来。（一侍从下）你看：他这人能不能代理我的责任？因为我在再三考虑之下，已经决定当我出巡的时候，叫他摄理政务；他可以充分享受众人的畏惧爱敬，全权处置一切的事情。你以为怎样?

**爱斯卡勒斯** 在维也纳地方，要是有人值得受这样隆重的眷宠恩荣，那就是安哲鲁大人了。

**公爵** 他来了。

安哲鲁上。

**安哲鲁** 听见殿下的召唤，小臣特来恭听谕令。

**公爵** 安哲鲁，在你的生命中有一种与众不同的地方，使人家一眼便知道你的全部的为人。你自己和你所有的一切，倘不拿出来贡献于人世，仅仅一个人独善其身，那实在是一种浪费。上天生下我们，是要把我们当作火炬，不是照亮自己，而是普照世界；因为我们的德行倘不能推及他人，那就等于没有一样。一个人有了才华智慧，必须把它用在有益的地方，否则他就和一个庸碌凡愚之人毫无差别；造物是一个工于算计的女神，她所给予世人的每一分才智，都要受赐的人知恩感激，加倍报答。可是我虽然这样对你说，也许我倒是更应该受你教益的；所以请你受下这道诏书吧，安哲鲁；（以诏书授安哲鲁）当我不在的时候，你就是我的全权代表，你的片言一念，可以决定维也纳人民的生死，年高的爱斯卡勒斯虽然先受到我的嘱托，他却是你的辅佐。

**安哲鲁** 殿下，当您还没有在我这块顽铁上面打下这样光荣伟大的印记之前，最好请您先让它多受一番试验。

**公爵** 不必推托了，我在详细考虑之后，方才决定选中了你，所以你可以受之无愧。我因为此行很是匆促，对于一切重要事务不愿多加过问。我去了以后，随时会把我在外面的一切情形写信给你；我也盼望你随时把这儿的情形告诉我。现在我们再会吧，希望你们好好执行我的命令。

**安哲鲁** 可是殿下，请您容许我们为您壮壮行色吧。

**公爵** 我急于动身，这可不必了。你在代我摄政的时候，尽管放手干去，不必有什么顾虑；你的权力就像我自己一样，无论是需要执法从严的，或者不妨衡情宽恕的，都凭着你的判断执行。让我握你的手。我这回出行不预备给大家知道；我虽然爱我的人民，可是不愿在他们面前铺张扬厉，他们热烈的夹道欢呼，虽然可以表明他们对我的好感，可是我想这种表面上的做作，未必便是真情实感的流露。再会吧！

**安哲鲁** 上天保佑您一路平安！

**爱斯卡勒斯** 愿殿下早日平安归来！

**公爵** 谢谢你们。再见！（下）

**爱斯卡勒斯** 大人，我想请您准许我跟您开诚布公地谈一下，我必须知道我自己的地位。主上虽然付我以重托，可是我还不曾明白我的权限是怎样。

**安哲鲁** 我也是一样。让我们一块儿回去彼此商议商议吧。

**爱斯卡勒斯** 敬遵台命。（同下）

## 第二场

街道

路西奥及二绅士上。

**路西奥** 我们的公爵和别的公爵们要是跟匈牙利国王谈判不成功，那么这些公爵们要一致向匈牙利国王进攻了。

**绅士甲** 上天赐我们和平，可是让匈牙利国王得不到太平！

**绅士乙** 阿门！

**路西奥** 你倒像那个虔敬的海盗，带着十诫出去航海，可是把其中的一诫涂掉了。

**绅士乙** 是“不可偷盗”那一诫吗？

**路西奥** 对了，他把那一诫涂掉了。

**绅士甲** 是啊，有了这一诫，那简直是打碎了船长和他们这一伙的饭碗，他们出去就是为了劫取人家的财物。哪一个当兵的人在饭前感恩祈祷的时候，愿意上帝给他和平？

**绅士乙**　我就没有听见过哪个兵士不喜欢和平。

**路西奥**　我相信你没有听见过，因为你是从来没有到过在饭前祈祷的地方。

**绅士乙**　什么话？至少也去过十来次。

**绅士甲**　啊，你也听见过有韵的祈祷文吗？

**路西奥**　长长短短各国语言的祈祷他都听见过。

**绅士甲**　我想他不论什么宗教的祈祷都听见过。

**路西奥**　对啊，宗教尽管不同，祈祷总是祈祷；这就好比你尽管祈祷，总是一个坏人一样。

**绅士甲**　嘿，我看老兄也差不多吧。

**路西奥**　瞧，瞧，我们那位消灾解难的太太来了！我这一身毛病都是在她家里买来的。

咬弗动太太上。

**绅士甲**　啊，久违了！您的屁股上哪一面疼得厉害？

**咬弗动太太**　哼，哼，那边有一个人给他们捉去关在监牢里了，像你们这样的人，要五千个才抵得上他一个呢。

**绅士乙**　请问是谁啊？

**咬弗动太太**　嘿，是克劳狄奥大爷哪。

**绅士甲**　克劳狄奥关起来了！哪有此事！

**咬弗动太太**　嘿，可是我亲眼看见他给人捉住抓了去，而且就在三天之内，他的头要给割下了呢。

**路西奥**　别说笑话，我想这是不会的。你真的知道有这样的事吗？

**咬弗动太太**　千真万真，原因是他叫朱丽叶小姐有了身孕。

**路西奥**　这倒有几分可能。他约我在两点钟以前和他会面，到现在还没有来，他这人是从不失信的。我们去打听打听吧。（路西奥及二绅士下）

**咬弗动太太**　打仗的打仗去了，上绞首台的上绞首台去了，本来有钱的穷下来了，我现在弄得没有主顾上门啦。

庞贝上。

**咬弗动太太**　喂，你有什么消息？

**庞贝**　那边有人给抓了去坐牢了。

**咬弗动太太**　他干了什么事？

**庞贝**　关于女人的事。

**咬弗动太太**　可是他犯的什么罪？

**庞贝**　他在禁河里摸鱼。

**咬弗动太太**　怎么，谁家的姑娘跟他有了身孕了吗？

**庞贝**　是呀。您还没有听见官府的告示吗？

**咬弗动太太**　什么告示？

**庞贝**　维也纳近郊的妓院一律封闭。

**咬弗动太太**　城里的怎么样呢？

**庞贝**　那是要留着传种的；它们本来也要拆除，幸亏有人说情。

**咬弗动太太**　那么咱们在近郊的院子都要拆除了吗？

**庞贝**　是啊。

**咬弗动太太**　嗳哟，这世界真是变了！我可怎么办呢？

**庞贝** 您放心吧，好讼师总是有人请教的，您可以迁地为良，重操旧业，我还是做您的当差。别怕，您侍候人家辛苦了这一辈子，人家总会可怜您照应您的。

**咬弗动太太** 那边又有什么事啦，咱们退后一步吧。

**庞贝** 狱官带着克劳狄奥大爷到监牢里去啦，后面还跟着朱丽叶小姐。（咬弗动太太、庞贝同下）

狱吏、克劳狄奥、朱丽叶及差役等上。

**克劳狄奥** 官长，你为什么要带着我这样游行全城，在众人面前羞辱我？快把我带到监狱里去吧。

**狱吏** 我也不是故意要你难堪，这是安哲鲁大人的命令。

**克劳狄奥** 威权就像是一尊天神，使我们在犯了过失之后必须受到重罚；它的命令是天上的纶音，临到谁的身上就没法反抗。可是我这次的确是咎有应得。

路西奥及二绅士重上。

**路西奥** 嗳哟，克劳狄奥！你怎么戴起镣铐来啦？

**克劳狄奥** 因为我从前太自由了，我的路西奥。过度的饱食有伤胃口，毫无节制的放纵，结果会使人失去了自由。正像饥不择食的饿鼠吞咽毒饵一样，人为了满足他的天性中的欲念，也会饮鸩止渴，送了自己的性命。

**路西奥** 我要是也像你一样，到了吃官司的时候还会讲这么一番大道理，那么我宁可做一个自由自在的蠢货。你犯的是什么罪，克劳狄奥？

**克劳狄奥** 何必说起，说出来也是罪过。

**路西奥** 什么，是杀了人吗？

**克劳狄奥** 不是。

**路西奥** 是奸淫吗？

**克劳狄奥** 就算是吧。

**狱吏** 别多说了，去吧。

**克劳狄奥** 官长，让我再讲一句话吧。路西奥，我要跟你说话。（把路西奥扯至一旁）

**路西奥** 只要是对你有好处的，你尽管说吧。官府把奸淫罪看得如此认真吗？

**克劳狄奥** 事情是这样的：我因为已经和朱丽叶互许终身，和她发生了关系；你是认识她的；她就要成为我的妻子了，不过没有举行表面上的仪式而已，因为她还有一注嫁奁在她亲友的保管之中，我们深恐他们会反对我们相爱，所以暂守秘密，等到那注嫁奁正式到她自己手里的时候，方才举行婚礼，可是不幸我们秘密的交欢，却在朱丽叶身上留下了无法遮掩的痕迹。

**路西奥** 她有了身孕了吗？

**克劳狄奥** 正是。现在这个新任的摄政，也不知道是因为不熟悉向来的惯例；或是因为初掌大权，为了威慑人民起见，有意来一次下马威；或是因为他的严刑酷治，执法无私，使我误蹈网罗。可是他已经把这十九年来束诸高阁的种种惩罚，重新加在我的身上了。他一定是为了要博取名誉才这样做的。

**路西奥** 我相信一定是这个缘故。现在你的一颗头颅搁在你的肩膀上，已经快要摇摇欲坠了，一个挤牛奶的姑娘在思念情郎的时候，叹一口气也会把它吹下来的。你还是想法叫人追上公爵，向他求情开脱吧。

**克劳狄奥** 这我也试过，可是不知道他究竟在什么地方。路西奥，我想请你帮我这一下子忙。我的姊姊今天要进庵院修道受戒，你快去把我现在的情形告诉她，代我请求她向那严厉的摄政说情。我相信她会成功，因为在她的青春的魅力里，有一种无言的辩才，可以使男子为之心动；当她在据理力争的时候，她的美妙的辞令更有折服他人的本领。

**路西奥** 我希望她能够成功，因为否则和你犯同样毛病的人，大家都要惴惴自危，未免太教爱好风流的人丧气；而且我也不愿意看见你为了一时玩耍，没来由送了性命。我就去。

**克劳狄奥** 谢谢你，我的好朋友。

**路西奥** 两点钟之内给你回音。

**克劳狄奥** 来，官长，我们去吧。（各下）

## 第三场

**寺院**

公爵及托马斯神父上。

**公爵** 不，神父，别那么想，不要以为爱情的微弱的箭镞会洞穿一个完整的胸膛。我所以要请你许我秘密相见的用意，并不是因为我有一般年轻人那种燃烧着的情热，而是为了另外更严肃的事情。

**托马斯** 那么请殿下告诉我吧。

**公爵** 神父，你是最知道我的，你知道我多么喜爱恬静隐退的生活，而不愿把光阴消磨在少年人奢华靡费、争强斗胜的所在。我已经把我的全部权力交给安哲鲁——他是一个持身严谨、屏绝嗜欲的君子——叫他代理我治理维也纳。他以为我是到波兰去了，因为我向外边是这样透露着，大家也都是这样相信着。神父，你要知道我为什么要这样做吗？

**托马斯** 我很愿意知道，殿下。

**公爵** 我们这儿有的是严峻的法律，对于放肆不驯的野马，这是少不了的羁勒，可是在这几十年来，我们却把它当作具文，就像一头蛰居山洞久不觅食的狮子，它的爪牙全然失去了锋利。溺爱儿女的父亲倘使把藤鞭束置不用，仅仅让它作为吓人的东西，到后来它就会被孩子们所藐视而不再对它生畏。我们的法律也是一样，因为从不施行的缘故，变成了毫无效力的东西，胆大妄为的人，可以把它恣意玩弄；正像婴孩殴打他的保姆一样，法纪完全荡然扫地了。

**托马斯** 殿下可以随时把这束置不用的法律实施起来，那一定比交给安哲鲁大人执行更能令人畏服。

**公爵** 我恐怕那样也许会叫人过分畏惧了。因为我对于人民的放纵，原是我自己的过失；罪恶的行为，要是姑息纵容，不加惩罚，那就是无形的默许，既然准许他们这样做了，现在再重新责罚他们，那就是暴政了。所以我才叫安哲鲁代理我的职权，他可以凭借我的名义重整颓风，可是因为我自己不在其位，人民也不致对我怨谤。一方面我要默察他的治绩，预备装扮作一个贵宗的僧侣，在各处巡回察访，不论皇亲国戚或是庶民，我都要一一访问。所以我要请你借给我一套僧服，还要有劳你指教我一个教士所应有的一切行为举止。我这样的行动还有其他的原因，我可以慢慢告诉你，可是其中的一个原因，是因为安哲鲁这人平日拘谨严肃，从不承认他的感情会冲动，或是面包的味道胜过石子，所以我们倒要等着看看，要是权力能够转移人的本性，那么世上正人君子的本来面目究竟是怎样的。（同下）

## 第四场

**尼庵**

依莎贝拉及弗兰西丝卡上。

**依莎贝拉** 那么你们做尼姑的没有其他的权利了吗?

**弗兰西丝卡** 你以为这样的权利还不够吗?

**依莎贝拉** 够了够了，我这样说并不是希望更多的权利，我倒希望我们皈依圣克来的姊妹们，应该守持更严格的戒律。

**路西奥** （在内）喂！上帝赐平安给你们。

**依莎贝拉** 谁在外面喊叫?

**弗兰西丝卡** 是个男人的声音。好依莎贝拉，你把钥匙拿去开门，问他有什么事。你可以去见他，我却不能，因为你还没有受戒。等到你立愿修持以后，你就不能和男人讲话，除非当着住持的面；而且讲话的时候，不准露脸，露脸的时候不准讲话。他又在叫了，请你就去回答他吧。（下）

**依莎贝拉**　平安如意！谁在那里叫门？

路西奥上。

**路西奥**　愿你有福，姑娘！我看你脸上的红晕，就知道你是个童贞女。你可以带我去见见依莎贝拉吗？她也是在这儿修行的，她有一个不幸的兄弟叫克劳狄奥。

**依莎贝拉**　请问您为什么要说“不幸的兄弟”？因为我就是他的姊姊依莎贝拉。

**路西奥**　温柔美丽的姑娘，令弟叫我向您多多致意。废话少说，令弟现在已经下狱了。

**依莎贝拉**　嗳哟！为了什么？

**路西奥**　假如我是法官，那么为了他所干的事，我不但不判他罪，还要大大地褒奖他哩。他跟他的女朋友要好，她已经有了身孕啦。

**依莎贝拉**　先生，请您少开玩笑吧。

**路西奥**　我说的是真话。虽然我惯爱跟姑娘们搭讪取笑，乱嚼舌头，可是您在我的心目中是崇高圣洁、超世绝俗的，我在您面前就像对着神明一样，不敢说半句谎话。

**依莎贝拉**　您这样取笑我，未免太亵渎神圣了。

**路西奥**　请您别那么想。简简单单、确确实实是这么一回事情：令弟和他的爱人已经同过床了。万物受过滋润灌溉，就会丰盛饱满，种子播了下去，一到开花的季节，荒芜的土地上就会变成万卉争荣；令弟的辛苦耕耘，也已经在她的身上结起果实来了。

**依莎贝拉** 有人跟他有了身孕了吗？是我的妹妹朱丽叶吗？

**路西奥** 她是您的妹妹吗？

**依莎贝拉** 是我的义妹，我们是同学，因为彼此相亲相爱，所以姊妹相称。

**路西奥** 正是她。

**依莎贝拉** 啊，那么让他跟她结婚好了。

**路西奥** 问题就在这里。公爵突然离开本地，许多人都准备痛痛快快地玩一下，我自己也是其中的一个；可是我们从熟悉政界情形的人们那里知道，公爵这次的真正目的，完全不是他向外边所宣布的那么一回事。代替他全权综持政务的是安哲鲁，这个人的血就像冰雪一样冷，从来不觉得感情的冲动，欲念的刺激，只知道用读书克制的工夫锻炼他的德性。他看到这里的民风习于淫佚，虽然有严刑峻法，并不能使人畏惧，正像一群小鼠在睡狮的身旁跳梁无忌一样，所以决心重整法纪；令弟触犯刑章，按律例应处死，现在给他捉去，正是要杀一儆百，给众人看一个榜样。他的生命危在旦夕，除非您肯去向安哲鲁婉转求情，也许有万一之望；我所以受令弟之托前来看您的目的，也就在于此。

**依莎贝拉** 他一定要把他处死吗？

**路西奥**　他已经把他判罪了，听说处决的命令已经下来。

**依莎贝拉**　唉！我有什么能力能够搭救他呢？

**路西奥**　尽量运用您的全力吧。

**依莎贝拉**　我的全力？唉！我恐怕——

**路西奥**　疑惑足以败事，一个人往往因为遇事畏缩的缘故，失去了成功的机会。到安哲鲁那边去，让他知道当一个少女有什么恳求的时候，男人应当像天神一样慷慨；当她长跪哀吁的时候，无论什么要求都应该毫不迟疑地允许她的。

**依莎贝拉**　那么我就去试试看吧。

**路西奥**　可是事不宜迟。

**依莎贝拉**　我马上就去；不过现在我还要去关照一声住持。谢谢您的好意，请向舍弟致意，事情成功与否，今天晚上我就给他消息。

**路西奥**　那么我就告别了。

**依莎贝拉**　再会吧，好先生。（各下）

# 第二幕

## 第一场

### 安哲鲁府中厅堂

安哲鲁、爱斯卡勒斯、陪审官、狱吏、差役及其他侍从上。

**安哲鲁** 我们不能把法律当作吓鸟用的稻草人，让它安然不动地矗立在那边，鸟儿们见惯以后，会在它顶上栖息而不再对它害怕。

**爱斯卡勒斯** 是的，可是我们的刀锋虽然要锐利，操刀的时候却不可大意，略伤皮肉就够了，何必一定要致人于死命？唉！我所要营救的这位绅士，他有一个德高望重的父亲。我知道你在道德方面是一丝不苟的，可是你要想想当你在感情用事的时候，万一时间凑合着地点，地点凑合着你的心愿，或是你自己任性的行动，可以达到你的目的，那时候也许你会犯下和他同样的过失，那么你会不会像你现在判决他一样，把法律运用到你的身上呢？

**安哲鲁** 受到引诱是一件事，爱斯卡勒斯，堕落又是一件事。我并不否认，在宣过誓的十二个陪审员中间，也许有一两个盗贼在内，他们所犯的罪，也许比他们所判决的犯人所犯的更重；可是法律所追究的只是公开的事实，审判盗贼的人自己是不是盗贼，却是法律所不问的。我们俯身下去拾起掉在地上的珠宝，因为我们的眼睛看见它；可是我们没看见的，就毫不介意而践踏过去。你不能因为我也犯过同样的过失而企图轻减他的罪名；可是你应该告诉我，我曾经在什么时候犯过这样的罪，那么我就可以判决自己的死刑，谁也不能为我从中缓颊。他必须死。

**爱斯卡勒斯** 既然如此，就照你的意思办吧。

**安哲鲁** 狱官在哪里？

**狱吏** 有，大人。

**安哲鲁** 明天早上九点钟把克劳狄奥处决；让他先在神父面前忏悔一番，因为他的生命的旅途已经完毕了。（狱吏下）

**爱斯卡勒斯** 上天饶恕他，也饶恕我们众人！也有犯罪的人飞黄腾达，也有正直的人负冤含屈；十恶不赦的也许逍遥法外，一时失足的反而铁案难逃。

爱尔博及若干差役牵弗洛斯及庞贝上。

**爱尔博** 来，把他们抓去。这种人什么事也不做，只晓得在窑子里胡闹，假如他们可以算是社会上的好公民，那么我也不知道什么是法律了。把他们抓去！

**安哲鲁** 喂，你叫什么名字？吵些什么？

**爱尔博** 禀老爷，小的是公爵老爷手下的一名差役，名字叫做爱尔博。这两个穷凶极恶的好人，要请老爷秉公发落。

**安哲鲁** 好人！旡，他们是什么好人？他们不是坏人吗？

**爱尔博** 禀老爷，他们是好人是坏人小的也不大明白，总之他们不是好东西，完全不像一个亵渎神圣的好基督徒。

**爱斯卡勒斯** 好一个聪明的差役，越说越玄妙了。

**安哲鲁** 说明白些，他们究竟是什么人？你叫爱尔博吗？你干吗不说话了，爱尔博？

**庞贝** 老爷，他不会说话，他是个哑子。

**安哲鲁** 你是什么人？

**爱尔博** 他吗，老爷？他是个妓院里的当差，他在一个坏女人那里做事，她的屋子在近郊的都给封起来了；现在她又开了一个窑子，我想那也不是好地方。

**爱斯卡勒斯** 那你怎么知道呢？

**爱尔博** 禀老爷，那是因为我的老婆，我当着天跟您老爷面前发誓，我恨透了我的老婆——

**爱斯卡勒斯** 啊，这跟你老婆有什么相干？

**爱尔博** 是呀，老爷，谢天谢地，我的老婆是个规矩的女人——

**爱斯卡勒斯** 所以你才恨透了她吗？

**爱尔博**　　我是说，老爷，这一家人家倘不是窑子，我就不但恨透我的老婆，而且我自己也是狗娘养的。

**爱斯卡勒斯**　　你怎么知道他家是个窑子？

**爱尔博**　　那都是因为我的老婆，老爷。她倘不是个天生规矩的女人，那么说不定在那边什么和奸略诱、不干不净的事都做出来了。可是她瞧不起他们，她把口沫吐在他的脸上。

**庞贝**　　禀老爷，他说得不对。

**爱尔博**　　你是个好人，你就向这些混账东西说说看我怎么说得不对。

**爱斯卡勒斯**　　（向安哲鲁）你听他说的话多么颠颠倒倒。

**庞贝**　　老爷，她进来的时候凸起一个大肚子，嚷着要吃煮熟的梅子。那时我们屋子里就只剩两颗梅子，放在一只果碟里，那碟子是三便士买来的，您老爷大概也看见过这种碟子，不是碗的碟子，可也是很好的碟子。

**爱斯卡勒斯**　　算了算了，别尽碟子、碟子地闹个不清了。

**庞贝**　　是，老爷，您说得一点不错。言归正传，我刚才说的，这位爱尔博奶奶因为肚子里有了孩子，所以肚子凸得高高的；我刚才也说过，她嚷着要吃梅子，可是碟子里只剩下两颗梅子，其余的都给这位弗洛斯大爷吃去了，他是规规矩矩会过钞的。弗洛斯大爷您给了我三便士，现在我可不能还您了。

**弗洛斯**　　不，你可不用还我了。

**庞贝** 那么很好，您还记得吗？那时候您正在那儿嗑着梅子的核儿。

**弗洛斯** 不错，我正在那里嗑梅子核儿。

**庞贝** 很好，您还记得吗？那时候我对您说，某某人某某人害的那种病，一定要当心饮食，否则无药可治。

**弗洛斯** 你说得一点不错。

**庞贝** 很好——

**爱斯卡勒斯** 废话少说，你这讨厌的傻瓜！究竟你们对爱尔博的妻子做了些什么不端之事，他才来控诉你们？快快从实说来。

**庞贝** 老爷，您可别性急，等我慢慢的讲下去。我先要请老爷瞧瞧这位弗洛斯大爷，他一年有八十镑钱进益，他的老太爷是在万圣节去世的。弗洛斯大爷，是在万圣节吗？

**弗洛斯** 在万圣节的前晚。

**庞贝** 很好，这才是千真万确的老实话。老爷，那时候他坐在葡萄棚底下的一张矮椅上面；那是您顶欢喜坐的地方，不是吗？

**弗洛斯** 是的，因为那里很开敞，冬天有太阳晒。

**庞贝** 很好，这才没有半点儿假。

**安哲鲁** 这样说下去，就是在夜长的俄罗斯也可以说上整整一夜。我可要先走一步，请你代劳审问，希望你能够把他们每人抽一顿鞭子。

**爱斯卡勒斯** 我也希望这样。再见，大人。（安哲鲁下）现在你说吧，你们对爱尔博的妻子做了些什么事？

**庞贝** 什么也没有做呀，老爷。

**爱尔博** 老爷，我请您问他这个人对我的老婆干了些什么。

**庞贝** 请老爷问我吧。

**爱斯卡勒斯** 好，那么你说，这个人对她干了些什么？

**庞贝** 请老爷瞧瞧他的脸。好弗洛斯大爷，请您脸孔对着上座的老爷，老爷，您有没有瞧清楚他的脸孔？

**爱斯卡勒斯** 是的，我看得很清楚。

**庞贝** 不，请您再仔细看一看。

**爱斯卡勒斯** 好，现在我仔细看过了。

**庞贝** 老爷，您看他的脸孔是不是会欺侮人的？

**爱斯卡勒斯** 不，我看他不会。

**庞贝** 我可以按着《圣经》发誓，他的脸孔是他身上最坏的一部分。好吧，既然他的脸孔是他身上最坏的一部分，可是您老爷说的它不会欺侮人，那么弗洛斯大爷怎么会欺侮这位差役的奶奶？我倒要请您老爷评评看。

**爱斯卡勒斯** 他说得有理。爱尔博，你怎么说？

**爱尔博** 启上老爷，他这屋子是一间清清白白的屋子，他是个清清白白的小子，他的老板娘是个清清白白的女人。

**庞贝** 老爷，我举手发誓，他的老婆才比我们还要清清白白得多呢。

**爱尔博** 放你的屁，混账东西！她从来不曾跟什么男人、女人、小孩子清清白白过。

**庞贝**　老爷，他还没有娶她的时候，她就跟他清清白白过了。

**爱斯卡勒斯**　这场官司可越审越糊涂了。

**爱尔博**　狗娘养的王八蛋！你说我还没有娶她就跟她清清白白过吗？要是我曾经跟她清清白白过，或是她曾经跟我清清白白过，那么请老爷把我革了职吧。好家伙，你给我拿出证据来，否则我就要告你一个殴打罪。

**爱斯卡勒斯**　要是他打了你一记耳光，你还可以告他诽谤罪。

**爱尔博**　谢谢老爷的指教。你看吧，你这混账东西，现在可叫你知道些厉害了，你说下去吧，你这狗娘养的！

**爱斯卡勒斯**　朋友，你是什么地方人？

**弗洛斯**　回大人，我是本地生长的。

**爱斯卡勒斯**　你一年有八十镑收入吗？

**弗洛斯**　是的，大人。

**爱斯卡勒斯**　好！（向庞贝）你是干什么营生的？

**庞贝**　小的是个酒保，在一个苦寡妇的酒店里做事。

**爱斯卡勒斯**　你的女主人叫什么名字？

**庞贝**　她叫咬弗动太太。

**爱斯卡勒斯**　她嫁过多少男人？

**庞贝**　回老爷，一共九个，最后一个才是咬弗动。

**爱斯卡勒斯**　九个！——过来，弗洛斯先生。弗洛斯先生，我希望你以后不要再跟酒保、当差这一批人来往，他们会把你诱坏了的。现在你给我去吧，别让我再听见你和别人闹事。

**弗洛斯** 谢谢大人。我从来不曾自己高兴上什么酒楼妓院，每次都是给他们吸引进去的。

**爱斯卡勒斯** 好，以后你可别让他们吸引你进去了，再见吧。（弗洛斯下）过来，酒保哥儿，你叫什么名字？

**庞贝** 小的名叫庞贝。

**爱斯卡勒斯** 庞贝，你说你自己是个酒保，其实你是个龟奴，是不是？给我老实说，我不来为难于你。

**庞贝** 老老实实禀告老爷，小的是个穷小子，要吃饭才干这种活儿。

**爱斯卡勒斯** 你要吃饭，就去当乌龟吗？庞贝，你说你这门生意是不是当官的？

**庞贝** 只要官府允许我们，它就是当官的。

**爱斯卡勒斯** 可是官府不能允许你们，庞贝，维也纳地方不能让你们干这种营生。

**庞贝** 您老爷的意思，是打算把维也纳城里的年轻人都阉起来吗？

**爱斯卡勒斯** 不，庞贝。

**庞贝** 老爷，小的看起来总会有这么一天的。老爷只要下一道命令把那些婊子、光棍们抓住重办，像我们这种王八羔子就放过了也罢。

**爱斯卡勒斯** 告诉你吧，上面正在预备许多命令，杀头的、绞死的人多着呢。

**庞贝** 您要是把犯风流罪的一起杀头、绞死，不消十年工夫，您就要无头可杀了。这种法律在维也纳行上十年，我就可以出三便士租一间最好的屋子。您老爷到那时候要是还健在的话，请记住庞贝曾经这样告诉您。

**爱斯卡勒斯** 谢谢你，好庞贝；为了报答你的预言，请你听好：我劝你以后小心一点，不要再给人抓到我这儿来；要是你再闹什么事情，或者仍旧回去干你那老营生，那时候我看见了你，你可逃不了一顿皮鞭子。现在姑且放过了你，快给我去吧。

**庞贝** 多谢老爷的嘱咐；（旁白）可是我听不听你的话，还要看我自己高兴呢，用鞭子抽我！哼！好汉不是拖车马，不怕鞭子不怕打，我还是做我的王八羔子去。（下）

**爱斯卡勒斯** 过来，爱尔博。你当官差当了多久了？

**爱尔博** 禀老爷，七年半了。

**爱斯卡勒斯** 我看你办事这样能干，就知道你是一个多年的老手。你说一共七年了吗？

**爱尔博** 七年半了，老爷。

**爱斯卡勒斯** 唉！那你太辛苦了！他们不应该叫你当一辈子的官差。在你同里之中，就没有别人可以当这个差事吗？

**爱尔博** 禀老爷，要找一个干得了这个差事的人，可也不大容易，他们选来选去，还是选中了我。我为了拿几个钱，苦也吃够了。

**爱斯卡勒斯** 你回去把你村里面最能干的拣六七个人，开一张名单给我。

**爱尔博** 名单开好以后，送到老爷府上吗？

**爱斯卡勒斯** 是的，拿到我家里来。你去吧。（爱尔博下）现在大概几点钟了？

**陪审官** 十一点钟了，大人。

**爱斯卡勒斯** 请你到舍间便饭去吧。

**陪审官** 多谢大人。

**爱斯卡勒斯** 克劳狄奥不免一死，我心里很是难过，可是这也没有办法。

**陪审官** 安哲鲁大人是太厉害了些。

**爱斯卡勒斯** 那也是不得不然。慈悲不是姑息，过恶不可纵容。可怜的克劳狄奥！咱们走吧。（同下）

## 第二场

**同前。另一室**

狱吏及仆人上。

**仆人** 他正在审案子，马上就会出来。我去给你通报。

**狱吏** 谢谢你。（仆人下）不知道他会不会回心转意。唉！他不过好像在睡梦之中犯下了过失，三教九流，年老的年少的，哪一个人没有这个毛病，偏偏他因此送掉了性命！

安哲鲁上。

**安哲鲁** 狱官，你有什么事见我？

**狱吏** 是大人的意思，克劳狄奥明天必须处死吗？

**安哲鲁** 我不是早就吩咐过你了吗？你难道没有接到命令？干吗又来问我？

**狱吏** 卑职因为事关人命，不敢儿戏，心想大人也许会收回成命。卑职曾经看见过法官在处决人犯以后，重新追悔他宣判的失当。

**安哲鲁** 追悔不追悔，与你无关。我叫你怎么做，你就怎么做；假如你不愿意，尽可呈请辞职，我这里不缺少你。

**狱吏** 请大人恕卑职失言，卑职还要请问大人，朱丽叶快要分娩了，她现在正在呻吟枕蓐，我们应当把她怎样处置才好？

**安哲鲁** 把她赶快送到适宜一点的地方去。

仆人重上。

**仆人** 外面有一个犯人的姊姊求见大人。

**安哲鲁** 他有一个姊姊吗？

**狱吏** 是，大人。她是一位贞洁贤淑的姑娘，听说她预备做尼姑，不知道现在有没有受戒。

**安哲鲁** 好，让她进来。（仆人下）你就去叫人把那个淫妇送出去，给她预备好一切需用的东西，可是不必过于浪费，我就会签下命令来。

依莎贝拉及路西奥上。

**狱吏** 大人，卑职告辞了！（欲去）

**安哲鲁** 再等一会儿。（向依莎贝拉）有劳芳踪莅止，请问贵干？

**依莎贝拉** 我是一个不幸之人，要向大人请求一桩恩惠，请大人俯听我的哀诉。

**安哲鲁** 好，你且说来。

**依莎贝拉** 有一件罪恶是我所深恶痛绝，切望法律把它惩治的，可是我却不能不违背我的素衷，要来请求您网开一面；我知道我不应当为它渎请，可是我的心里却徘徊莫决。

**安哲鲁** 是怎么一回事情？

**依莎贝拉** 我有一个兄弟已经判处死刑，我要请大人严究他所犯的过失，宽恕了犯过失的人。

**狱吏** （旁白）上帝赐给你动人的辞令吧！

**安哲鲁** 严究他所犯的过失，而宽恕了犯过失的人吗？所有的过失在未犯以前，都已定下应处的惩罚，我要是不把犯过失的人治以应得之罪，那么我还干些什么事？

**依莎贝拉** 唉，法律是公正的，可是太残酷了！那么我已经失去了一个兄弟。上天保佑您吧！（转身欲去）

**路西奥** （向依莎贝拉旁白）别这么就算罢了；再上前去求他，跪下来，拉住他的衣角；你太冷淡了，像你刚才那样子，简直就像向人家讨一枚针一样不算一回事。你再去说吧。

**依莎贝拉** 他非死不可吗？

**安哲鲁** 姑娘，毫无挽回余地了。

**依莎贝拉** 不，我想您会宽恕他的，您要是肯开恩的话，一定会得到上天和众人的赞许。

**安哲鲁** 我不会宽恕他。

**依莎贝拉** 可是要是您愿意，您可以宽恕他吗？

**安哲鲁** 听着，我所不愿意做的事，我就不能做。

**依莎贝拉** 可是您要是能够对他发生怜悯，就像我这样为他悲伤一样，那么也许您会心怀不忍而宽恕了他吧？您要是宽恕了他，对于这世界是毫无损害的。

**安哲鲁** 他已经定了罪，太迟了。

**路西奥** （向依莎贝拉旁白）你太冷淡了。

**依莎贝拉** 太迟吗？不，我现在要是说错了一句话，就可以把它收回。相信我的话吧，任何大人物的章饰，无论是国王的冠冕、摄政的宝剑、大将的权标，或是法官的礼服，都比不上仁慈那样更能衬托出他们的庄严高贵。倘使您和他易地相处，也许您会像他一样失足，可是他决不会像您这样铁面无情。

**安哲鲁** 请你快去吧。

**依莎贝拉** 我愿我有您那样的权力，而您是处在我的地位！那时候我也会这样拒绝您吗？不，我要让您知道做一个法官是怎样的，做一个囚犯又是怎样的。

**路西奥** （向依莎贝拉旁白）不错，打动他的心，这才对了。

**安哲鲁** 你的兄弟已经受到法律的裁判，你多说话也没有用处。

**依莎贝拉** 唉！唉！一切众生都是犯过罪的，可是上帝不忍惩罚他们，却替他们设法赎罪。要是高于一切的上帝审判到了您，您能够自问无罪吗？请您这样一想，您就会恍然自失，嘴唇里吐出怜悯的话来的。

**安哲鲁** 好姑娘，你别伤心吧；法律判你兄弟的罪，并不是我。他即使是我的亲戚、我的兄弟，或是我的儿子，我也是一样对待他。他明天一定要死。

**依莎贝拉** 明天！啊，那太快了！饶了他吧！饶了他吧！他还没有准备去死呢。我们就是在厨房里宰一只鸡鸭，也要按着季节；为了满足我们的口腹之欲，尚且不能随便杀生害命，那么难道我们对于上帝所造的人类，就可以这样毫无顾虑地杀死吗？大人，请您想一想，有多少人犯过和他同样的罪，谁曾经因此而死去？

**路西奥** （向依莎贝拉旁白）是，说得好。

**安哲鲁** 法律虽然暂时昏睡，它并没有死去。要是第一个犯法的人受到了处分，那么许多人也就不敢为非作恶了。现在法律已经醒了过来，看到了人家所作的事，像一个先知一样，它在镜子里望见了许多未来的罪恶，在因循怠息之中滋长起来，所以它必须乘它们尚未萌芽的时候，及时设法制止。

**依莎贝拉** 可是您也应该发发慈悲。

**安哲鲁** 我在秉公执法的时候，就在大发慈悲。因为我怜悯那些我所不知道的人，惩罚了一个人的过失，可以叫他们不敢以身试法。而且我也没有亏待了他，他在一次抵罪以后，也可以不致再在世上重蹈覆辙。你且宽心吧，你的兄弟明天是一定要死的。

**依莎贝拉** 那么您一定要做第一个判罪的人，而他是第一个受到这样刑罚的人吗？唉！有着巨人一样的膂力是一件好事，可是把它像一个巨人一样使用出来，却是残暴的行为。

**路西奥** （向依莎贝拉旁白）说得好。

**依莎贝拉** 世上的大人先生们倘使都能够兴雷作电，那么天上的神明将永远得不到安静，因为每一个微僚末吏都要卖弄他的威风，让天空中充满了雷声。上天是慈悲的，它宁愿把雷霆的火力，去劈碎一株槎枒壮硕的橡树，却不去损坏柔弱的郁金香；可是骄傲的世人掌握到暂时的权力，却会忘记了自己琉璃易碎的本来面目，像一头盛怒的猴子一样，装扮出种种丑恶的怪相，使天上的神明们因为怜悯他们的痴愚而流泪。

**路西奥** （向依莎贝拉旁白）说下去，说下去，他会懊悔的。他已经有点动心了，我看得出来。

**狱吏** （旁白）上天保佑她把他说服！

**依莎贝拉** 我们不能按着自己去评判我们的兄弟；大人物可以戏侮圣贤，显露他们的才华，可是在平常人就是亵渎不敬。

**路西奥** （向依莎贝拉旁白）你说得对，再说下去。

**依莎贝拉** 将官嘴里一句一时气愤的话，在兵士嘴里却是大逆不道。

**路西奥**　（向依莎贝旁白）再说。再说。

**安哲鲁**　你为什么要向我说这些话？

**依莎贝拉**　因为当权的人虽然也像平常人一样有错误，可是他却可以凭仗他的权力，把自己的过失轻轻忽略过去。请您反躬自省，问一问您自己的心，有没有犯过和我的弟弟同样的错误；要是它自觉也曾沾染过这种并不超越人情的罪恶，那么请您舌上超生，恕了我弟弟的一命吧。

**安哲鲁**　她说得那样有理，倒叫我心思摇惑不定。——恕我失陪了。

**依莎贝拉**　大人，请您回过身来。

**安哲鲁**　我还要考虑一番。你明天再来吧。

**依莎贝拉**　请您听我说我要怎样报答您的恩惠。

**安哲鲁**　怎么！你要贿赂我吗？

**依莎贝拉**　是的，我要用上天也愿意嘉纳的礼物贿赂您。

**路西奥**　（向依莎贝拉旁白）你这么一说，事情又糟了。

**依莎贝拉**　我不向您呈献黄金铸成的钱财，也不向您呈献贵贱随人喜恶的宝石；我要献给您的，是黎明以前上达天听的虔诚的祈祷，它从太真纯璞的处女心灵中发出，是不沾染半点俗尘的。

**安哲鲁**　好，明天再来见我吧。

**路西奥**　（向依莎贝拉旁白）很好，我们去吧。

**依莎贝拉**　上天赐大人平安！

**安哲鲁**　（旁白）阿门，因为我已经受到诱惑了。

**依莎贝拉**　明天我在什么时候访候大人呢？

**安哲鲁** 午前无论什么时候都行。

**依莎贝拉** 为您祝福！（依莎贝拉、路西奥及狱吏下）

**安哲鲁** 因为你，因为你的纯洁！什么？这是从哪里说起？是她的错处？还是我的错处？诱惑的人和受诱惑的人，哪一个更有罪？嘿！她没有错，她也没有引诱我。像芝兰旁边的一块臭肉，在阳光下蒸发腐烂的是我，芝兰却不曾因为枯萎而失去了芬芳，难道一个贞淑的女子，比那些狂花浪柳更能引动我们的情欲吗？难道我们明明有许多荒芜的旷地，却必须把圣殿拆毁，种植我们的罪恶吗？呸！呸！呸！安哲鲁，你在干些什么？你是个什么人？你因为她的纯洁而对她爱慕，因为爱慕她而必须玷污她的纯洁吗？啊，让她的弟弟活命吧！要是法官自己也偷窃人家的东西，那么盗贼是可以振振有词的。啊！我竟是这样爱她，所以才想再听见她说话、饱餐她的美色吗？我在做些什么梦？狡恶的魔鬼为了引诱圣徒，会把圣徒作他钩上的美饵；因为爱慕纯洁的事物而驱令我们犯罪的诱惑，才是最危险的。娼妓用尽她天生的魅力，人工的狐媚，都不能使我的心中略起微波，可是这位贞淑的女郎却把我完全征服了。我从前看见人家为了女人发痴，总是讥笑他们，想不到我自己也会有这么一天！（下）

# 第三场

**狱中一室**

公爵作教士装及狱吏上。

**公爵** 尊驾是狱官吗？愿你有福！

**狱吏** 正是，师父有何见教？

**公爵** 贫道存心济世，兼奉教中之命，我特地来此访问苦难颠倒的众生。请你许我看看他们，告诉我他们各人所犯的罪名，好让我向他们劝导指点一番。

**狱吏** 师父但有所命，敢不乐从。瞧，这儿来的一位姑娘，因为年轻识浅，留下了终身的玷辱，现在她怀孕在身，她的情人又被判死刑；他是一个风流英俊的青年，却为风流葬送了一生！

朱丽叶上。

**公爵** 他的刑期定在什么时候？

**狱吏** 我想是明天。（向朱丽叶）我已经给你一切预备好了，稍待片刻，就可以送你过去。

**公爵**　美貌的人儿，你自己知道悔罪吗？

**朱丽叶**　我忏悔，我现在忍辱含羞，都是我自己不好。

**公爵**　我可以教你怎样悔罪的方法。

**朱丽叶**　我愿意诚心学习。

**公爵**　你爱那害苦你的人吗？

**朱丽叶**　我爱他，是我害苦了他。

**公爵**　这么说来，那么你们所犯的罪恶，是彼此出于自愿的吗？

**朱丽叶**　是的。

**公爵**　那么你的罪比他更重。

**朱丽叶**　是的，师父，我现在忏悔了。

**公爵**　那很好，孩子；可是也许你的忏悔，只是出于对你自己的悲伤，不是因为你的行为污渎了上天——

**朱丽叶**　我深知自己的罪恶，所以诚心忏悔，虽然身受耻辱，也是甘之若素。

**公爵**　这就是了。听说你的爱人明天就要受死，我现在要去向他开导开导。上帝保佑你！（下）

**朱丽叶**　明天就要死！痛苦的爱情呀！你留着我这待死之身，却叫惨死的恐怖永远缠绕着我！

**狱吏**　可怜！（同下）

## 第四场

**安哲鲁府中一室**

安哲鲁上。

**安哲鲁** 我每次要祈祷沉思的时候，我的心思总是纷乱无主：上天所听到的只是我的口不应心的空言，我的精神却贯注在依莎贝拉身上；上帝的名字挂在我的嘴边咀嚼，心头的欲念，兀自在那里奔腾。我已经厌倦于我所矜持的尊严，正像一篇大好的文章一样，在久读之后，也会使人掩耳；现在我宁愿把我这岸然道貌，去换一根因风飘荡的羽毛。什么地位！什么面子！多少愚人为了你这虚伪的外表而凛然生畏，多少聪明人为了它而俯首帖服！可是人孰无情，不一定出角的才是魔鬼呢。

一仆人上。

**安哲鲁** 啊，有谁来了？

**仆人** 一个叫依莎贝拉的尼姑求见大人。

**安哲鲁** 领她进来。（仆人下）天啊！我周身的血液为什么这样涌上心头，害得我心旌摇摇不定，浑身失去了气力？正像一群愚人七手八脚地围集在一个晕去的人的身边一样，本想救他，却因阻塞了空气的流通而使他醒不过来；又像一个将军为了尽一时的愚忠，舍弃了他的职守，去伺候君王的颜色，无谓的忠诚反倒为误国的罪恶。

依莎贝拉上。

**安哲鲁** 啊，姑娘！

**依莎贝拉** 我来听候大人的旨意。

**安哲鲁** 我希望你自己已经知道，用不着来问我。你的弟弟不能活命。

**依莎贝拉** 好。上天保佑您！

**安哲鲁** 可是他也许可以多活几天；也许可以像你我一样终其天年；可是他必须死。

**依莎贝拉** 这是您的判决吗？

**安哲鲁** 是的。

**依莎贝拉** 那么请问他在什么时候受死？好让他在未死之前忏悔一下，免得灵魂受苦。

**安哲鲁** 哼！这种下流的罪恶！用暧昧的私情偷铸上帝的

形象，就像从造化窃取一个生命，同样是不可逭恕的。

**依莎贝拉** 这是天上的法律，人间却不是如此。

**安哲鲁** 你以为是这样的吗？那么我问你：你还是愿意让公正无私的法律取去你兄弟的生命呢，还是愿意牺牲你身边的清白把他救赎出来？

**依莎贝拉** 大人，相信我，我情愿牺牲肉体的生命，却不愿玷污灵魂的清白。

**安哲鲁** 我不愿跟你讲什么灵魂。回答我这一个问题：我现在代表着法律，宣布你兄弟的死刑；假使为了救你的兄弟而犯罪，这罪恶是不是一件好事呢？

**依莎贝拉** 请您吩咐下来，即使我必须因此而灵魂受罚，我也愿意；那不是罪恶，那是好事。倘使我为他向您乞恕是一种罪恶，那么我愿意担当上天的惩罚；倘使您准许我的请求是一种罪恶，那么我会每天清晨祈祷上天，让它归并到我的身上。

**安哲鲁** 不，你听我。你误会了我的意思了。也许是你不懂我的话，也许你假装不懂，那可不大好。

**依莎贝拉** 对于罪恶的事情，我宁愿是一个识不知的愚人。

**安哲鲁** 智慧越是遮掩，越是明亮，正像你的美貌因为蒙上黑纱而十倍动人。可是听好，我必须明白告诉你，你兄弟必须死。

**依莎贝拉** 噢。

**安哲鲁** 按照法律，他所犯的罪名应处死刑。

**依莎贝拉** 是。

**安哲鲁** 我现在要这样问你，你的兄弟已经难逃一死，可是假如你，他的姊姊，给一个人爱上了，他可以授意法官，或者运用他自己的权力，把你的兄弟从森严的法网中解救出来，唯一的条件是你必须把你肉体上最宝贵的一部分献给此人，那么你预备怎样？

**依莎贝拉** 为了我可怜的弟弟，也为了我自己，我宁愿接受死刑的宣判，让无情的皮鞭在我身上留下斑斑的血迹，我会把它当作鲜明的红玉；即使把我粉身碎骨，我也会从容就死，像一个疲倦的旅人奔赴他的渴慕的安息，我却不愿让我的身体蒙上羞辱。

**安哲鲁** 那么你的兄弟就再不能活了。

**依莎贝拉** 还是这样的好，宁可让一个兄弟在片刻的惨痛中死去，不要让他的姊姊因为救他而永远沉沦。

**安哲鲁** 那么你岂不是和你所申斥的判决同样残酷吗？

**依莎贝拉** 卑劣的赎罪和大度的宽赦是两件不同的事情；合法的慈悲，是不可和肮脏的徇纵同日而语的。

**安哲鲁** 可是你刚才却把法律视为暴君，把你兄弟的过失，认作一时的游戏而不是罪恶。

**依莎贝拉** 原谅我，大人！我们因为希望达到我们所追求的目的，往往发出违心之论。我爱我的弟弟，所以才会在无心中替我所痛恨的事情辩解。

**安哲鲁** 我们人都是脆弱的。

**依莎贝拉** 既然这种弱点是尽人具有的，那么宽恕了我的弟弟吧！

**安哲鲁**　　不，女人也是同样的脆弱。

**依莎贝拉**　　是的，正像她们所照的镜子一样容易留下影子，也一样容易碎裂。不，我们是比男人十倍脆弱的，因为我们的心性像我们的容颜一样温柔，经不起摧残污损。

**安哲鲁**　　我同意你的话。你既然自己知道你们女人的柔弱，我想我们谁都抵抗不住罪恶的引诱，那么恕我大胆说一句，请你保持你女人的本色吧；你既然不能做一个超凡绝俗的神仙，那么就该接受一个女人不可避免的命运。

**依莎贝拉**　　我只有一片舌头，说不出两种言语；大人，请您还是用您原来的语调对我说话吧。

**安哲鲁**　　老老实实说，我爱你。

**依莎贝拉**　　我的弟弟爱朱丽叶，你却对我说他必须因此受死。

**安哲鲁**　　依莎贝拉，只要你答应爱我，就可以免他一死。

**依莎贝拉**　　我知道你自恃德行高超，才不惜降低自己的身份，把人家轻薄。

**安哲鲁**　　凭着我的名誉，请相信我的话出自本心。

**依莎贝拉**　　嘿！相信你的名誉！你那卑鄙龌龊的本心！好一个虚有其表的正人君子！安哲鲁，我要公开你的罪恶，你等着瞧吧！快给我签署一张赦免我弟弟的命令，否则我要向世人高声宣布你是一个怎样的人。

**安哲鲁**　　谁会相信你呢，依莎贝拉？我的洁白无瑕的名声，我的持躬的严正，我的振振有词的驳斥，我的柄持国政的地位，都可以压倒你的控诉，使你自取其辱，人家会把你的话当作挟嫌诽谤，我现在一不做二不休，不再控制我的情欲，你必须满足我的饥渴，放弃礼法的拘束，解脱一切的忸怩，把你的肉体呈献给我，来救你弟弟的性命，否则他不但不能活命，而且因为你的无情冷酷，我要叫他遍尝各种痛苦而死去。明天给我答复，否则我要听任感情的支配，叫他知道些厉害。你尽管向人怎样说我，我的虚伪会压倒你的真实。（下）

**依莎贝拉** 我将向谁诉说呢？把这种事情告诉别人，谁会相信我？凭着一条可怕的舌头，可以操纵人的生死，把法律供自己的驱使，是非善恶，都由他任意判断！我要去看我的弟弟，他虽然因为一时情欲的冲动而堕落，可是他是一个爱惜荣誉的人，即使他有二十颗头颅，他也宁愿让它们在二十个断头台上被人砍落，而不愿让他姊姊的身体遭受如此的污辱。依莎贝拉，你必须活着做一个清白的人，让你的弟弟死去吧，贞操是比兄弟更为重要的。我还要去把安哲鲁的要求告诉他，叫他准备一死，使他的灵魂得到安息。（下）

# 第三幕

## 第一场

### 狱中一室

公爵作教士装及克劳狄奥、狱吏同上。

**公爵** 那么你在希望安哲鲁大人的赦免吗?

**克劳狄奥** 希望是不幸者的唯一药饵;我希望活,可是也准备着死。

**公爵** 能够抱着必死之念,那么活果然好,死也无所惶虑。对于生命应当作这样的譬解:要是我失去了你,我所失去的,只是一件愚人才会加以爱惜的东西,你不过是一口气,寄托在一个多灾多难的躯壳里,受着一切天时变化的支配。你不过是被死神戏弄的愚人,逃避着死,结果却奔进他的怀里,你并不高贵,因为你所有的一切配备,都沾濡着污浊下贱。你并不勇敢,因为你畏惧着微弱的蛆虫的柔软的触角。睡眠是你所渴慕的最好的休息,可是死是永恒的宁静,你却对它心惊胆裂。你不是你自己，因为你的生存全赖着泥土中所生的谷粒。你并不快乐，因为你永远追求着你所没有的事物，而遗忘了你所已有的事物。你并不固定，因为你的容颜像月亮一样随时变化。你即使富有，也和穷苦无异，因为你正像一头不胜重负的驴子，背上驮载着金块在旅途上跋涉，直等死来替你卸下负荷。你没有朋友，因为即使是你自己的脏腑，也在咒诅着你不早早伤风发疹而死。你没有青春也没有年老，那不过是你在餐后的睡眠中的一场梦景；因为你在年轻的时候，必须像一个衰老无用的人一样，向你的长者乞讨赒济；到你年老有钱的时候，你的感情已经冰冷，你的四肢已经麻痹，你的容貌已经丑陋，纵有财富，也享不到丝毫乐趣。那么所谓生命这东西，究竟有什么值得宝爱呢？在我们的生命中隐藏着千万次的死亡，可是我们对于结束一切痛苦的死亡却那样害怕。

**克劳狄奥**　谢谢您的教诲。我本来希望活命，现在却惟求速死；我要在死亡中寻求永生，让它临到我的身上吧。

**依莎贝拉**　（在内）有人吗！愿这里平安有福！

**狱吏**　是谁？进来吧，这样的祝颂是应该得到欢迎的。

**公爵**　先生，不久我会再来看你。

**克劳狄奥**　谢谢师父。

依莎贝拉上。

**依莎贝拉**　我要跟克劳狄奥说两句话儿。

**狱吏**　欢迎得很。瞧，先生，你的姊姊来了。

**公爵**　狱官，让我跟你说句话儿。

**狱吏**　您尽管说吧。

**公爵**　把我带到一个地方去，可以听见他们说话，却不让他们看见我。（公爵及狱吏下）

**克劳狄奥**　姊姊，你给我带些什么安慰来？

**依莎贝拉**　我给你带了最好的消息来了。安哲鲁大人有事情要跟上天接洽，想差你马上就去，你可以永远住在那边；所以你赶快预备起来吧，明天就要出发了。

**克劳狄奥**　没有挽回了吗？

**依莎贝拉**　没有挽回了，除非为了要保全一颗头颅而劈碎了一颗心。

**克劳狄奥**　那么还有法想吗？

**依莎贝拉**　是的，弟弟，你可以活；法官有一种恶魔样的慈悲，你要是恳求他，他可以放你活命，可是你将终身披戴镣铐直到死去。

**克劳狄奥**　永久的禁锢吗？

**依莎贝拉**　是的，永久的禁锢；纵使你享有广大的世界，也不能挣脱这一种束缚。

**克劳狄奥**　是怎样一种束缚呢？

**依莎贝拉**　你要是屈服应承了，你的廉耻将被完全褫夺，使你毫无面目做人。

**克劳狄奥** 请明白告诉我吧。

**依莎贝拉** 啊，克劳狄奥，我在担心着你；我害怕你会爱惜一段狂热的生命，重视有限的岁月，甚于永久的荣誉。你敢毅然就死吗？死的惨痛大部分是心理上造成的恐怖，被我们践踏的一只无知的甲虫，它的肉体上的痛苦，和一个巨人在临死时所感到的并无异样。

**克劳狄奥** 你为什么要这样羞辱我？你以为温柔的慰藉，可以坚定我的决心吗？假如我必须死，我会把黑暗当作新娘，把它拥抱在我的怀里。

**依莎贝拉** 这才是我的好兄弟，父亲地下有知，也一定会含笑的。是的，你必须死，你是一个正直的人，决不愿靠着卑鄙的手段苟全生命。这个外表俨如神圣的摄政，板起面孔摧残着年轻人的生命，像鹰隼一样不放松他人的错误，却不料他自己正是一个魔鬼。他的污浊的灵魂要是揭露出来，就像是一口地狱一样幽黑的深潭。

**克劳狄奥** 正人君子的安哲鲁，竟是这样一个人吗？

**依莎贝拉** 啊，这是地狱里狡狯的化装，把罪恶深重的犯人装扮得像一个天神。你想得到吗，克劳狄奥？要是我把我的贞操奉献给他，他就可以把你释放。

**克劳狄奥** 天啊，那真太岂有此理了！

**依莎贝拉** 是的，今夜我必须去干那我所不愿把它说出口来的丑事，否则你明天就要死。

**克劳狄奥** 那你可干不得。

**依莎贝拉** 唉！他倘然要的是我的命，那我为了救你的缘故，情愿把它毫不介意地抛掷了。

**克劳狄奥** 谢谢你，亲爱的依莎贝拉。

**依莎贝拉** 那么克劳狄奥，你预备着明天死吧。

**克劳狄奥** 是。他也有感情，使他在执法的时候自己公然犯法吗？那一定不是罪恶；即使是罪恶，在七大重罪中也该是最轻的一项。

**依莎贝拉** 什么是最轻的一项？

**克劳狄奥** 倘使那是一件不可赦的罪恶，那么他是一个聪明人，怎么会为了一时的游戏，换来了终身的愧疚？啊，依莎贝拉！

**依莎贝拉** 弟弟你怎么说？

**克劳狄奥** 死是可怕的。

**依莎贝拉** 耻辱的生命是尤其可恼的。

**克劳狄奥** 是的，可是死了，到我们不知道的地方去，长眠在阴寒的囚牢里发霉腐烂，让这有知觉有温暖的、活跃的生命化为泥土；一个追求着欢乐的灵魂，沐浴在火焰一样的热流里，或者幽禁在寒气砭骨的冰山，无形的飙风把它吞卷，回绕着上下八方肆意狂吹；也许还有比一切无稽的想象所能臆测的更大的惨痛，那太可怕了！只要活在这世上，无论衰老、病痛、穷困和监禁给人怎样的烦恼苦难，比起死的恐怖来，也就像天堂一样幸福了。

**依莎贝拉** 唉！唉！

**克劳狄奥** 好姊姊，让我活着吧！你为了救你弟弟而犯的罪孽，上天不但不会责罚你，而且会把它当作一件善事。

**依莎贝拉** 呀，你这畜生！没有信心的懦夫！不知廉耻的恶人！你想靠着我的丑行而活命吗？为了苟延你自己的残喘，不惜让你的姊姊蒙污受辱，这不简直是伦常的大变吗？我真想不到！难道我的父亲竟会生下你这荒唐的儿子？从今以后，我和你义断恩绝，你去死吧！即使我只须一举手之劳可以把你救赎出来，我也宁愿瞧着你死。我要用千万次的祈祷求你快快死去，却不愿说半句话救你活命。

**克劳狄奥** 不，听我说，依莎贝拉。

**依莎贝拉** 呸！呸！呸！你的犯罪不是偶然的过失，你已经把它当作一件不足为奇的常事。对你怜悯的，自己也变成了淫媒。你还是快点儿死吧。（欲去）

**克劳狄奥** 啊，听我说，依莎贝拉。

公爵重上。

**公爵** 道妹，许我跟你说句话儿。

**依莎贝拉** 请问有何见教？

**公爵** 你要是有工夫，我有些话要跟你谈谈；我所要向你探问的事情，对你自己也很有关系。

**依莎贝拉** 我没有多余的工夫，留在这儿会耽误其他的事情；可是我愿意为你稍驻片刻。

**公爵** （向克劳狄奥旁白）孩子，我已经听到了你们姊弟俩的谈话。安哲鲁并没有向她图谋非礼的意思，他不过想试探试探她的品性，看看他对于人性的评断有没有错误。她因为是一个冰清玉洁的女子，断然拒绝了他的试探，那正是他所引为异常欣慰的。我曾经监临安哲鲁的忏悔，知道这完全是事实。所以你还是准备着死吧，不要抱着错误的希望，使你的决心动摇。明天你必须死，赶快跪下来祈祷吧。

**克劳狄奥** 让我向我的姊姊赔罪。现在我对生命已经毫无顾恋，但愿速了此生。

**公爵** 打进去吧，再会。（克劳狄奥下）

狱吏重上。

**公爵** 狱官，跟你说句话儿。

**狱吏** 师父有什么见教？

**公爵** 你现在来了，可是我希望你去。让我和这位姑娘谈一会儿话，你可以相信我不会加害于她。

**狱吏** 我就去。（下）

**公爵** 造物给你美貌，也给你美好的德性；没有德性的美貌，是转瞬即逝的；可是因为在你的美貌之中，有一颗美好的灵魂，所以你的美貌是永存的。安哲鲁对你的侮辱，已经被我偶然知道了；倘不是他的堕落已有先例，我一定会对他大惑不解。你预备怎样满足这位摄政，搭救你的兄弟呢？

**依莎贝拉** 我现在就要去答复他，我宁愿让我的弟弟死于国法，不愿有一个非法而生的孩子。唉！我们那位善良的公爵是多么受了安哲鲁的欺骗！等他回来以后，我要是能够当着他的面，一定要向他揭穿安哲鲁的治绩。

**公爵** 那也好，可是照现在的情形看起来，他仍旧可以有辞自解，他可以说，那不过是试试你罢了。所以我劝你听我的劝告，我因为欢喜帮助人家，已经想出了一个办法。我相信你可以对一位受委屈的、可怜的小姐做一件光明正大的好事，从愤怒的法律下救出你的兄弟，不但不使你冰清玉洁的身体白璧蒙玷，而且万一公爵回来后知道了这件事情，也一定会十分高兴的。

**依莎贝拉** 请你说下去。只要是无愧良心的事，我什么都敢去做。

**公爵** 有德必有勇，正直的人决不胆怯。你知道溺海而死的勇士弗莱德里克有一个妹妹名叫玛利安娜吗？

**依莎贝拉** 我曾经听人说起过这位小姐，提起她名字的时候人家总是称赞她的好处。

**公爵** 她和这个安哲鲁本来已经缔下婚约，婚期也已选定了，可是就在订婚以后举行婚礼以前，她的哥哥弗莱德里克在海中遇难，他妹妹的嫁奁就在那艘失事的船上也一起同归于尽。这位可怜的小姐真是倒霉透顶，她既然失去了一位高贵知名的哥哥，他对她是一向爱护备至的；而且她的嫁奁，她的大部分的财产，也随着他葬身鱼腹；这还不算，她又失去了一个已经订婚的丈夫，这个假道学的安哲鲁。

**依莎贝拉** 有这种事？安哲鲁就这样把她遗弃了吗？

**公爵** 他把她遗弃不顾，让她眼泪洗面，也不向她说半句安慰的话儿；故意说他发现了她的品行不端，把盟约完全撕毁。她直到如今，还在为他的薄幸而哀伤泣血，可是他却像一块大理石一样，眼泪洗不去他的心硬。

**依莎贝拉** 这位可怜的姑娘活着还不如死去，可是让这个家伙活在人世，那真是毫无天理了！可是我们现在怎么能够帮助她呢？

**公爵** 这一个裂痕你可以很容易把它修补；你要是能够成全这一件好事，不但可以救活你的兄弟，也可以保全你的贞节。

**依莎贝拉** 好师父，请你指点我。

**公爵** 我所说起的这位姑娘，始终保持着专一的爱情；他的薄情无义，照理应该使她斩断情丝，可是像一道受到阻力的流水一样，她对他的爱反而因此更加狂烈。你现在可以去见安哲鲁，屈意应承他的要求，可是必须提出这样的条件：你和他约会的时间不能过于长久，而且必须在黄昏人静以后便于来往的地方。他答应了这样的条件，我们就可以去劝这位受屈的姑娘顶替着你如约前往。这次的幽会将来暴露出来，他不能不设法向她补偿。这样你的兄弟可以救出，你自己的清白不受污损，可怜的玛利安娜因此重圆破镜，淫邪的摄政也可以得到了教训。我会去向这位姑娘说，叫她依计而行。你要是愿意这样做，那么虽然是一种骗局，可是因为它有这么多重的好处，尽可问心无愧。你的意思怎样？

**依莎贝拉** 想象到这一件事，已经使我感觉安慰，我相信它一定会得到美满的结果。

**公爵** 那可全仗你的出力。快到安哲鲁那边去，他即使要在今夜向你求欢，你也一口答应他。我现在就要到圣路加教堂去，玛利安娜所住的田庄就在它的附近，你可以在那边找我，事情要干得愈快愈妙。

**依莎贝拉** 谢谢你的好主意。再见，好师父。（各下）

## 第二场

**监狱前街道**

公爵作教士装上；爱尔博、庞贝及差役等自对方上。

**爱尔博** 嘿，要是你们一定要把男人女人像牲畜一样买卖，那么这世界上要碰来碰去都是私生子了。

**公爵** 天啊！又是什么事情？

**庞贝** 真是一个煞风景的世界！咱们放风月债的倒尽了霉头，他们放金钱债的，法律却让他穿起皮袍子来，怕他着了凉；那皮袍子是外面狐皮里面羊皮，因为狡猾的狐狸比善良的绵羊值钱，这世界到处是好人吃苦，坏人出风头！

**爱尔博** 走吧，朋友。您好，师父！

**公爵** 您好，大哥。请问这个人所犯何事？

**爱尔博** 不瞒师父说，他冒犯了法律，而且我们看他还是个贼，因为我们在他身上搜到了一把撬锁的东西，已经送到摄政老爷那里去了。

**公爵** 好一个不要脸的王八！你靠着散播罪恶，做你活命的根本。你肚里吃的，身上穿的，没有一件不是用龌龊的造孽钱换来。你自己想一想，你喝着脏肮，吃着肮脏，穿着肮脏，住着肮脏，你还能算是一个人吗？快去好好地改过自新吧。

**庞贝** 不错。肮脏是有些肮脏，可是——

**公爵** 官差，把他带到监狱里去吧。重刑和教诲必须同时并用，才可以叫这畜生畏法知过。

**爱尔博** 我们要把他带去见摄政老爷，他早就警告过他了。摄政老爷最恨的是这种王八羔子。

**公爵** 我们要是大家都能立身无过，像有些人在表面上给人看见的那样，那就好了！

**庞贝** 谢天谢地，救命的人来了。

路西奥上。

**路西奥** 啊，尊贵的庞贝！你给恺撒捉住了，他们奏凯归来，把你拖在车轮上面游行吗？难道你现在已经没有姑娘们应市，可以让你掏空人家的钱袋吗？你怎么说？哈，你在上次下大雨的时候淹死了吗？世界已经换了样子变得沉默寡言了吗？是怎么一回事？

**公爵** 世界永远是这样，向着堕落的路上跑！

**路西奥** 你那宝贝女东家好不好？她现在还在干那老活

儿吗？

**庞贝** 不瞒您说，大爷，她已经坐吃山空，连裤子都当光了。

**路西奥** 啊，那很好，俏姐儿、骚鸨儿，免不了有这么的一天。你现在到监狱里去吗，庞贝？

**庞贝** 是的，大爷。

**路西奥** 啊，那也很好，庞贝，再见！你去对他们说是我叫你来的。是为了欠了人家的钱吗，庞贝？还是为了什么？

**庞贝** 他们因为我是个王八才抓我。

**路西奥** 好，那么把他关起来吧。他是个道地的王八，而且还是个世袭的哩。再见，好庞贝，给我望望坐牢的朋友们。

**庞贝** 好大爷，我想请您把我保出来。

**路西奥** 不，那不成，庞贝。我可以为你祈祷，求上天把你关长久一些。回头见，好庞贝。——祝福你，师父。

**公爵** 祝福你。

**爱尔博** 走吧，朋友，走吧。

**庞贝** 那么您不肯保我吗？

**路西奥** 不保，庞贝。师父，外面有什么消息？

**爱尔博** 走吧，朋友，快走。

**路西奥** 庞贝，钻到狗洞里去吧。（爱尔博、庞贝及差役等下）师父，关于公爵你知道有什么消息？

**公爵** 我不知道。你可以告诉我一些吗？

**路西奥** 有人说他去看俄罗斯皇帝，有人说他在罗马，可是你想他到底在哪里？

**公爵** 我不知道。可是无论他在什么地方，我愿他平安。

**路西奥** 他这样悄悄溜走，不在朝里享福，倒去做一个云游的叫花子，简直是在发疯。安哲鲁大人代理他把地方治得很好，犯罪的都逃不过他。

**公爵** 是的，他代理得很好。

**路西奥** 其实他对于犯奸淫的人稍为放松一点，也是不碍什么的，像他这样子，未免太辣手了。

**公爵** 这种罪恶太普遍了，必须用严刑方才能够矫正过来。

**路西奥** 对啊，这种罪恶是人人会犯的；可是师父，你要是想把它完全消灭，那你除非把吃喝也一起禁止了。他们说这个安哲鲁不是像平常人那样爷娘生下来的，你想这话真不真？

**公爵** 那么他是怎么生下来的呢？

**路西奥** 有人说他是女人鱼产下的卵，有人说他的父母是两条风干的鲞鱼。可是我的的确确知道他撒下的尿都冻成了冰，我也的的确确知道他是个活动的木头人。

**公爵** 先生，你太爱开玩笑了。

**路西奥** 嘿，人家的下半身不安分，他就要人家的命，这还成什么话儿！公爵倘使还在这儿，他也会这样吗？哼，他不但不因为人家养了一百个私生子而把他吊死，他还要自己拿出钱来抚养一千个私生子哩。他自己也是喜欢逢场作戏的，所以他不会跟别人苦苦作对。

**公爵** 我可从来不知道公爵也是喜欢玩女人的，他不是那样一个人吧。

**路西奥** 那你可受了人家的欺了，师父。

**公爵** 不见得吧。

**路西奥** 嘿，他看见了一个五十岁的老乞婆，也会布施她一块钱呢；他这人是有些想入非非的。告诉你知道吧，他还是个爱喝酒的。

**公爵** 你把他说得太不成话了。

**路西奥** 我跟他非常熟悉。这位公爵是一个怕羞的人，他的不爱多管闲事的原因我是知道的。

**公爵** 请问是什么原因呢?

**路西奥** 对不起，这是一个不能泄漏的秘密；可是我可以让你知道，一般人都认为这位公爵很有智慧。

**公爵** 啊，他当然是很有智慧的。

**路西奥** 他是个浅薄愚笨、没有头脑的家伙。

**公爵** 也许是你妒嫉他，也许是你自己愚蠢，也许是你看错了人，所以才会这样信口胡说。他的立身处世和他的操劳国事，都可以证明你所说的话完全不对。妒嫉他的人，只要和他当面质对，就会知道他是一个学者、一个政治家，也是一个军人。你这样诽谤他，足见你自己的无知。

**路西奥** 我认识他，我跟他很有交情哩。

**公爵** 有交情就不会说这种话。

**路西奥** 算了吧，我可不会随便瞎说的。

**公爵** 这我可不相信，因为你不知道你自己在说些什么话。可是公爵倘使有一天回来，我要请你当着他的面回答我的问话；你现在说的倘是老实话，那时候一定不会否认。我们后会有期；请教尊姓大名？

**路西奥** 鄙人名叫路西奥，公爵是很熟悉我的。

**公爵** 要是我有机会向他谈起你的话，他一定会更加熟悉你的。

**路西奥** 我怕你见不到他吧。

**公爵** 啊，你希望公爵永远不会回来，也许你以为我是个无足轻重的对手。我的确不会加害于你，可是你有一天要自己反悔的。

**路西奥** 我要是否认就不得好死，你别看错人了。可是这些话不必多说。你知道克劳狄奥明天会不会死？

**公爵** 他为什么要死？

**路西奥** 为什么？为了把一只漏斗插进人家的瓶子里去。但愿我们刚才所说的那位公爵早点儿回来，这个绝子绝孙的摄政要叫大家不许生男育女，好让维也纳将来死得不剩一个人。就是麻雀在他的屋檐下做窠，他也要因为它们的淫荡而把它们赶掉了呢。公爵在这里的时候，对于这种不干不净的事情是不闻不问的，他决不会把它们在光天化日之下揭露出来，要是他回来了就好了！这个克劳狄奥就是因为松了松裤带，才给判了死罪。再见，好师父，请你给我祈祷祈祷。我再告诉你吧，公爵在持斋的日子会偷吃羊肉。他人老心不老，看见个女叫花子也会拉住亲个嘴儿，尽管她满嘴都是黑面包和大蒜的气味。你就说我这样告诉你。再见。（下）

**公爵** 人间的权力尊荣，总是逃不过他人的讥弹；最纯洁的德性，也免不了背后的诽谤。哪一个国王有力量堵塞住谗言的唇舌呢？可是有谁来了？

爱斯卡勒斯、狱吏及差役等牵咬弗动太太上。

**爱斯卡勒斯** 去，把她送到监狱里去！

**咬弗动太太** 好老爷，饶了我吧；您是一个慈悲的好人，我的好爷爷！

**爱斯卡勒斯** 再三告诫过你，你还是不知道悔改吗？无论怎样慈悲的人，看见像你这种东西，也会变作铁面阎罗的。

**狱吏** 禀大人，她当鸨妇已经当了十一年了。

**咬弗动太太** 老爷，这都是路西奥那家伙跟我作对信口胡说的。公爵老爷在朝的时候，他把一个姑娘弄大了肚皮，他答应娶她，那孩子已经一岁多了，我一直替他养着，现在他反而到处说我的坏话！

**爱斯卡勒斯** 那家伙是个淫棍，去把他找来。把她送到监狱里去！走吧，别多说了。（差役推咬弗动太太下）狱官，我的同僚安哲鲁意见已决，克劳狄奥明天必须处决。给他请好神父；预备好一切身后之事。安哲鲁不肯发半点怜悯之心，我也是没有办法。

**狱吏** 禀大人，这位师父曾经去看过克劳狄奥，跟他谈论过死生的大道理。

**爱斯卡勒斯** 晚安，神父。

**公爵** 愿大人有福！

**爱斯卡勒斯** 你是从哪儿来的？

**公爵** 我不是本国人，因奉教皇之命，偶然云游到此。

**爱斯卡勒斯** 外边有什么消息没有？

**公爵** 没有，可是我知道过于热衷为善，需要一服解热的药剂；只有新奇的事物要看有无需要，习见既久，即成陈腐；常道一成不变，持恒即为至德；人心不可测，社会到处是陷阱。世间的事情，大抵就像这几句哑谜。虽然是老生常谈，可是每天都可以发现类似的例子。请问大人，公爵是个何等之人？

**爱斯卡勒斯** 他是一个重视自省工夫，甚于一切纷争扰攘的人。

**公爵** 他有些什么嗜好？

**爱斯卡勒斯** 他欢喜看见人家快乐，甚于自己追寻快乐，他是一个淡泊寡欲的君子。可是我们现在不用说他，但愿他平安如意吧。请你告诉我你看见克劳狄奥自知将死以后，有些什么准备？我听说你已经去访问过他了。

**公爵** 他承认他所受的判决是情真罪当，愿意俯首听候法律的处分；可是他也抱着几分侥幸免死的妄想，我已经替他把这种妄想扫除，现在他已经安心待死了。

**爱斯卡勒斯** 你已经对上天尽了你的责任，也替这罪犯做了一件好事。我曾经多方设法营救他，可是我的同僚是这样的铁面无私，我不能不承认他是个严明的法官。

**公爵** 他自己做人倘使也像他判决他人一样严正，那就很好了；要是他也有失足的一天，那么他现在已经对他自己下过判决了。

**爱斯卡勒斯** 我还要去看看这个罪犯。再会。

**公爵** 愿您平安！（各下）

# 第四幕

## 第一场

**圣路加教堂附近的田庄**

玛利安娜及童儿上；童儿唱歌：

**童儿** 莫以负心唇，
婉转弄辞巧；
莫以薄幸眼，
颠倒迷昏晓；
定情密吻乞君还，
当日深盟今已寒！

**玛利安娜** 别唱下去了，你快去吧，有一个可以给我安慰的人来了，他的劝告常常宽解了我的怨抑的情怀。（童儿下）

公爵仍作教士装上。

**玛利安娜** 原谅我，师父，我希望您不曾看见我在这里毫没有心事似的听着音乐。可是相信我吧，音乐不能给我快乐，我只是借它抒泄我的愁怀。

**公爵**　那很好，虽然音乐有一种魔力，可以感化人心向善，也可以诱人走上堕落之路。请你告诉我，今天有人到这儿来探问过我吗？我跟人家约好要在这个时候见面。

**玛利安娜**　我今天一直坐在这儿，不见有人问起过您。

**公爵**　我相信你的话。现在时候就要到了，请你进去一会儿，也许随后我还要来跟你谈一些和你有切身利益的事。

**玛利安娜**　谢谢师父。（下）

依莎贝拉上。

**公爵**　你来得正好，欢迎欢迎。你从这位好摄政那边带了些什么消息来？

**依莎贝拉**　他有一个周围砌着砖墙的花园，在花园西面有一座葡萄园，必须从一道板门里进去，这个大的钥匙便是开这板门的；从葡萄园到花园之间还有一扇小门，可以用这一个钥匙去开。我已经答应他在今夜夜深时分，到他花园里和他相会。

**公爵**　可是你已经把路认清了吗？

**依莎贝拉**　我已经把它详详细细地记在心头；他曾经用不怀好意的殷勤，领我在这路上走了两趟。

**公爵**　你们有没有约定其他他必须遵守的条件？

依莎贝拉　没有，我只对他说我们必须在黑暗中相会，我也告诉他我不能久留，因为有一个仆人陪着我来，他以为我是为了我弟弟的事情而来的。

公爵　这样很好。我还没有对玛利安娜说知此事。喂！出来吧！

玛利安娜重上。

公爵　让我介绍你跟这位姑娘认识，她是来帮助你的。

依莎贝拉　我愿意能够为您效劳。

公爵　你相信我是很尊重你的吧？

玛利安娜　好师父，我一直知道您对我是一片诚心。

公爵　那么请你把这位姑娘当作你的好朋友，她有话要对你讲。你们进去谈谈，我在外面等着你们；可是不要太长久，苍茫的暮色已经逼近了。

玛利安娜　请了。（玛利安娜、依莎贝拉同下）

公爵　啊，地位！尊严！无数双痴愚的眼睛在注视着你，无数种虚伪矛盾的流言在传说着你的行动，无数人玩弄着他们的机智，在幻想中把你讥讽嘲谑！

玛利安娜及依莎贝拉重上。

公爵　欢迎！你们商量得怎样了？

依莎贝拉　她愿意干那件事，只要你以为不妨一试。

公爵　我不但赞成，而且还要求她这样做。

**依莎贝拉** 你和他分别的时候，不必多说什么，只要轻轻地说：“别忘了我的弟弟。”

**玛利安娜** 都在我身上，你放心好了。

**公爵** 好孩子，你也不用担心什么。他跟你已有婚约在先，用这种诡计把你们牵合在一起，不算是什么罪恶，因为你和他已经有了正式的名分了。来，咱们去吧，要收获谷实，还得等待我们去播种。（同下）

## 第二场

**狱中一室**

狱吏及庞贝上。

**狱吏** 过来，小子，你会杀头吗？

**庞贝** 老爷，他要是个光棍汉子，那就好办；可是他要是个有老婆的，那么人家说丈夫是妻子的头，叫我杀女人的头，我可下不了这个手。

**狱吏** 算了吧，别胡扯了，痛痛快快回答我。明儿早上要把克劳狄奥跟巴那丁处决。我们这儿的刽子手缺少一个助手，你要是愿意帮他，就可以恕你无罪；否则就要把你关到刑期满了，再狠狠抽你一顿鞭子，然后放你出狱，因为你是一个罪大恶极的王八。

**庞贝** 老爷，我做一个偷偷摸摸的王八也不知做了多少时候了，可是我现在愿意改行做一个正正当当的刽子手。我还要向我的同事老前辈请教请教哩。

**狱吏** 喂，阿伯霍逊！阿伯霍逊在不在？

阿伯霍逊上。

**阿伯霍逊** 您叫我吗，老爷？

**狱吏** 这儿有一个人，可以在明天行刑的时候帮助你。你要是认为他可用，就可以和他订一年合同，让他在这儿跟你住在一起；不然的话，暂时让他帮帮忙，再叫他去吧。他不是一个有经验的人，他本来是一个王八。

**阿伯霍逊** 是个王八吗，老爷？他妈的！他要把咱们这一行的脸都丢尽了。

**狱吏** 算了吧，你也比他高不了多少。记着明天早上四点钟把斧头砧架一起预备好。

**阿伯霍逊** 来吧，王八，让我来教给你怎样做一个刽子手。跟着我走。

**庞贝** 我很愿意领教，要是您有一天用得着我，我愿意引颈而待，报答您的好意。

**狱吏** 去把克劳狄奥和巴那丁叫来见我。（庞贝、阿伯霍逊同下）我很替克劳狄奥可惜，可是那个杀人犯巴那丁，却是个死不足惜的家伙。

克劳狄奥上。

**狱吏** 瞧，克劳狄奥，这是执行你死刑的命令，现在已经是午夜，明天八点钟你就要与世永辞了。巴那丁呢？

**克劳狄奥** 他睡得好好的，像一个跋涉长途的疲倦的旅人一样，喊都喊不醒来。

**狱吏** 对他有什么办法呢？好，你去准备着吧。（内敲门声）听，什么声音？——愿上天赐给你灵魂安静！（克劳狄奥下）且慢。这也许是赦免善良的克劳狄奥的命令下来了。

公爵仍作教士装上。

**狱吏** 欢迎，师父。

**公爵** 晚安狱官！刚才有什么人来过没有？

**狱吏** 熄灯钟鸣以后，就没有人来过。

**公爵** 依莎贝拉也没有来吗？

**狱吏** 没有。

**公爵** 大概他们就要来了。

**狱吏** 关于克劳狄奥有什么好消息没有？

**公爵** 也许会有。

**狱吏** 我们这位摄政是一个忍心的人。

**公爵** 不，不，他执法的公允，正和他立身的严正一样；他用崇高的克制功夫，屏绝他自己心中的人欲，也运用他的权力，整饬社会的风纪。假如他明于责人，暗于责己，那么他所推行的诚然是暴政；可是我们现在却不能不称赞他的正直无私。

（内敲门声）现在他们来了。（狱吏下）这是一个善良的狱官，像他这样仁慈可亲的狱官，倒是难得的。（敲门声）啊，谁在那里？门敲得这么急，一定有什么要事。

狱吏重上。

**狱吏** 他必须在外面等一会儿，我已经把看门的人叫醒，去开门让他进来了。

**公爵** 你没有接到撤回成命的公文，克劳狄奥明天一定要死吗？

**狱吏** 没有，师父。

**公爵** 天虽然快亮了，在破晓以前，大概还会有消息来的。

**狱吏** 但愿如此，可是我相信撤回成命是不可能的；因为这种事情毫无先例，而且安哲鲁大人已经公开表示他决不徇私枉法，怎么还会网开一面？

一使者上。

**狱吏** 这是他派来的人。

**公爵** 他拿着克劳狄奥的赦状来了。

**使者** （以公文交狱吏）安哲鲁大人叫我把这公文送给你，他还要我吩咐你，叫你依照命令行事，不得稍有差池。现在天差不多亮了，再见。

**狱吏** 我一定服从他的命令。（使者下）

**公爵** （旁白）这是用罪恶换来的赦状，赦罪的人自己也变成了犯罪的人；身居高位的如此以身作则，在下的还不翕然从风吗？法官要是自己有罪，那么为了同病相怜的缘故，犯罪的人当然可以逍遥法外。——请问这里面说些什么？

**狱吏** 告诉您吧，安哲鲁大人大概以为我有失职的地方，所以要在这时候再提醒我一下。奇怪得很，他从来不曾有过这样的事情。

**公爵** 请你读给我听。

**狱吏** “克劳狄奥务须于四时处决，巴那丁于午后处决，不可轻听人言，致干未便。克劳狄奥首级仰于五时送到，以凭察验。如有玩忽命令之处，即将该员严惩不贷，切切凛遵毋违。”师父，您看这是怎么一回事？

**公爵** 今天下午处决的这个巴那丁是个怎么样的人？

**狱吏** 他是一个在这儿长大的波希米亚人，在牢里已经关了九年了。

**公爵** 那个公爵为什么不放他出去或者把他杀了？我听说他惯常是这样的。

**狱吏** 他有朋友们给他奔走疏通；他所犯的案子，直到现在安哲鲁大人握了权，方才有了确确凿凿的证据。

**公爵** 那么现在案情已经明白了吗？

**狱吏** 再明白也没有了，他自己也并不抵赖。

公爵　　他在监狱里自己知道不知道忏悔？他心理上的感觉怎样？

狱吏　　在他看来，死就像喝醉了酒睡了过去一样没有什么可怕，对于过去现在或未来的事情，他毫不关心，毫无顾虑，也一点没有忧惧；死在他心目中不算怎么一回事，可是他却是一个彻头彻尾的凡人。

公爵　　他需要劝告。

狱吏　　他可不要听什么劝告。他在监狱里是很自由的，给他机会逃走，他也不愿逃；一天到晚喝酒，喝醉了就一连睡上好几天。我们常常把他叫醒了，假装要把他拖去杀头，还给他看一张假造的公文，可是他却无动于衷。

公爵　　我们等会儿再说他吧。狱官，我一眼就知道你是个诚实可靠的人，我的老眼要是没有昏花，那么我是不会看错人的，所以我敢大着胆子，跟你商量一件事。你现在奉命执行死刑的克劳狄奥，他所犯的罪并不比判决他的安哲鲁所犯的罪更重。为了向你证明我这一句话，我要请你给我四天的时间，同时你必须帮我做一件危险的事情。

狱吏　　请问师父要我做什么事？

公爵　　把克劳狄奥暂缓处刑。

狱吏　　唉！这怎么办得到呢？安哲鲁大人有命令下来，限定时间，还要把他的首级送去验明，我要是稍有违背他的命令之处，我的头也要跟克劳狄奥一样保不住了。

**公爵** 你要是听我吩咐，我可以保你没事。今天早上你把这个巴那丁处决了，把他的头送到安哲鲁那边去。

**狱吏** 他们两人安哲鲁都见过，他认得出来。

**公爵** 啊，人死了脸会变样子，你可以再把他的头发剃光，胡子扎起来，就说犯人因为表示忏悔，在临死之前要求这样，你知道这是很通行的一种习惯，假如你因为干了这事，不但得不到感激和好处，反而遭到责罚，那么我一定用我的生命为你力保。

**狱吏** 原谅我，好师父，这是违背我的誓言的。

**公爵** 你是向公爵宣誓呢，还是向摄政宣誓的？

**狱吏** 我向他也向他的代理人宣誓。

**公爵** 要是公爵赞许你的行动，那么你总不以为那是一件错事吧？

**狱吏** 可是公爵怎么会赞许我这样做呢？

**公爵** 那不仅是可能的，而且是一定的。可是你既然这样胆小，我的服装、我的人格和我的谆谆劝诱，都不能使你安心听从我，那么我可以更进一步，替你解除一切忧虑。你看啦，这是公爵的亲笔签署和他的印信，我相信你认识他的笔迹，这图章你也看见过的。

**狱吏** 我都认识。

**公爵** 这里面有一通公爵就要回来的密谕，你等会儿就可以读它，里面说的是公爵将在这两天内到此。这件事情安哲鲁也不知道，因为他就在今天会接到几封古怪的信，也许是说公爵已经死了，也许是说他已经出家修行了，可是都没有提起他就要回来的话。瞧吧，晨星已经从云端里出现，召唤牧羊人起来放羊了。你不用惊奇事情会如此突兀，真相大白以后，一切的为难都会消释。把刽子手喊来，叫他把巴那丁杀了；我就去劝他忏悔去。来，不用惊讶，你马上就会明白一切的。天差不多已经大亮了。（同下）

## 第三场

**狱中另一室**

庞贝上。

**庞贝**　我在这儿就像在我自己的院子里一样，好多咬弗动太太的老主顾都在这儿。有的为了欠账不还，有的为了杀人闹事，从前是席上的豪客，现在都变成阶下的囚人了。

阿伯霍逊上。

**阿伯霍逊**　小子，去把巴那丁带来！

**庞贝**　巴那丁大爷！您现在应该起来杀头了，巴那丁大爷！

**阿伯霍逊**　喂，巴那丁！

**巴那丁**　（在内）他妈的！谁在那儿大惊小怪？你是哪一个？

**庞贝**　是你的朋友刽子手。请你好好地起来，让我们把你杀死。

**巴那丁**　（在内）滚开！混账东西，给我滚开！我还要睡觉呢。

**阿伯霍逊**　对他说他非赶快醒来不可。

**庞贝**　巴那丁大爷，请你醒醒吧，等你杀过了头，再睡觉不迟。

**阿伯霍逊**　跑进去把他拖出来。

**庞贝**　他来了，他来了，我听见他的稻草在动了。

**阿伯霍逊**　斧头预备好了吗，小子？

**庞贝**　预备好了。

巴那丁上。

**巴那丁**　啊，阿伯霍逊！你来干吗？

**阿伯霍逊**　老实对你说，我要请你赶快祈祷，因为命令已经下来了。

**巴那丁**　混账东西，老子喝了一夜的酒，现在怎么能死去？

**庞贝**　啊，那再好没有，因为你喝了一夜的酒，到早上杀了头，你就可以痛痛快快睡他一整天了。

**阿伯霍逊**　瞧，你的神父也来了，你还以为我们在跟你开玩笑吗？

公爵仍作教士装上。

**公爵** 闻知尊驾不久就要离开人世，我因为被不忍之心所驱使，特地前来向你劝慰一番，我还愿意跟你一起祈祷。

**巴那丁** 师父，我还不想死哩；昨天晚上我狂饮了一夜，他们要我死，我可还要从容准备一下，尽管他们把我脑浆打出都没用。无论如何，要我今天就死我是不答应的。

**公爵** 嗳哟，这是没有法想的，你今天一定要死，所以我劝你还是准备走上你的旅途吧。

**巴那丁** 我发誓不愿在今天死，什么人劝我都没用。

**公爵** 可是你听我说。

**巴那丁** 我不要听，你要是有话，到我房间里来吧，我今天一定不走。（下）

狱吏上。

**公爵** 不配活也不配死，他的心肠就像石子一样！你们快追上去把他拖到刑场上去。（阿伯霍逊、庞贝下）

**狱吏** 师父，您看这犯人怎样？

**公爵** 他是一个毫无准备的家伙，现在还不能就让他死去；叫他在现在这种情形之下糊里糊涂死去，是上天所不容的。

**狱吏** 师父，在这儿监狱里有一个名叫拉戈静的著名海盗，今天早上因为发着厉害的热病而死了，他的年纪跟克劳狄奥差不多，须发的颜色完全一样。我看我们不如把这无赖暂时放过，等他头脑明白一点的时候再把他处决，至于克劳狄奥的首级，可以把拉戈静的头割下来顶替，您看好不好？

**公爵** 啊，那是天赐的机会！赶快动手，安哲鲁预定的时间快要到了。你就依此而行，按照命令把首级送去验看，我还要去劝这个恶汉安心就死。

**狱吏** 好师父，我一定就这么办。可是巴那丁必须在今天下午处死，还有克劳狄奥却怎样安置呢？假使人家知道他还活着，那我可怎么办？

**公爵** 就这么吧，你把巴那丁和克劳狄奥两人都关在秘密的所在，两天之后，你就可以平安无事。

**狱吏** 我一切都信仗着您。

**公爵** 快去吧，首级割了下来，就去送给安哲鲁。（狱吏下）现在我要写信给安哲鲁，叫狱官带去给他；我要对他说我已经动身回来，进城的时候要让全体人民知道；他必须在城外九哩的圣泉旁边接我，在那边我要不动声色，一步一步去揭露安哲鲁的罪恶。

狱吏重上。

**狱吏** 首级已经取来，让我亲自送去。

**公爵** 那再好没有。快些回来，我还要告诉你一些不能让别人听见的事情。

**狱吏** 我决不耽搁时间。（下）

**依莎贝拉** （在内）有人吗？愿你们平安！

**公爵** 依莎贝拉的声音。她是来打听她弟弟的赦状有没有下来；可是我要暂时把实在的情形瞒过她，让她在绝望之后，突然发现她的弟弟尚在人世，而格外感到惊喜。

依莎贝拉上。

**依莎贝拉** 啊，师父请了！

**公爵** 早安，好孩子！

**依莎贝拉** 多谢师父。那摄政有没有颁下我弟弟的赦令？

**公爵** 依莎贝拉，他已经使他脱离烦恼的人世了；他的头已经割下，送去给安哲鲁了。

**依莎贝拉** 啊，那是不会有的事。

**公爵** 确有这样的事。你是个聪明人，事已如此，也不用悲伤了。

**依莎贝拉** 啊，我要去挖掉他的眼珠。

**公爵** 他会不准你去见他的。

**依莎贝拉** 可怜的克劳狄奥！不幸的依莎贝拉！万恶的世界！该死的安哲鲁！

**公爵** 你这样于他无损，于你自己也没有什么益处，所以还是平心静气，一切信任上天作主吧。听好我的话，你可以证明我的每一个字都没有虚假。公爵明天要回来了；——把你的眼泪揩干了，——我有一个同道是他的亲信，是他告诉我的。他已经送信去给爱斯卡勒斯和安哲鲁，他们预备在城外迎接他，就在那边归还他们的政权。你要是能够遵照我所指点给你的一条大道而行，就可以向这恶人报复你心头的仇恨，并且还可以得到公爵的眷宠，享受莫大的尊荣。

**依莎贝拉**　请师父指教。

**公爵**　你先去把这信送给彼得神父，公爵要回来就是他通知我的；你对他说，我要请他今晚在玛利安娜的家里会面。我把你和玛利安娜的事情详细告诉他以后，他就可以带你们去见公爵，你们可以放胆指着安哲鲁控告他。我自己因为还要履行一个神圣的誓愿，不能亲自出场。这信你拿去吧，不要再伤心落泪了。我决不会误你的事的。谁来了？

路西奥上。

**路西奥**　您好，师父！狱官呢？

**公爵**　他出去了，先生。

**路西奥**　啊，可爱的依莎贝拉，我见你眼睛哭得这样红肿，我心里真是疼，你要宽心忍耐。他们说公爵明天就要回来了。依莎贝拉，令弟是我的好朋友；那个不知躲在哪个角落里的疯癫公爵要是在家，他就不会送了命。（依莎贝拉下）

**公爵** 先生，听你说起来，好像你很不满意这位公爵；可是幸而他并不是像你所说的那样一个人。

**路西奥** 师父，你知道他哪里有我知道他那样仔细；你瞧不出他倒是一个猎艳的好手呢。

**公爵** 嘿，有一天他会跟你算账的。再见。

**路西奥** 不，且慢，咱们一块儿走；我要告诉你关于公爵的一些有趣的故事。

**公爵** 你的话倘使是真的，那么你已经告诉我太多了；倘使你说的都是假话，那么你一辈子也编造不完，我可没有工夫听你。

**路西奥** 有一次我因为跟一个女人有了孩子，被他传去问话。

**公爵** 你干过这样的事吗？

**路西奥** 是的，可是我发誓说没有这样的事，否则他们就要叫我跟那个烂婊子结婚了。

**公爵** 你不是个老实人，再见。

**路西奥** 不，我一定要陪你走完这条小巷。你要是不欢喜听那种胡调话儿，我就不说好了。师父，我就像是一根芒刺一样，钉住了人不肯放松。（同下）

## 第四场

### 安哲鲁府中一室

安哲鲁及爱斯卡勒斯上。

**爱斯卡勒斯** 他每一次来信，都跟上回所说的不同。

**安哲鲁** 他的话说得颠颠倒倒。他的行动也真有点疯头疯脑的。求上天保佑他不要真的疯了才好！他为什么要我们在城门外迎接他，就在那边交还我们的政权呢？

**爱斯卡勒斯** 我猜不透他的意思。

**安哲鲁** 他为什么又要我们在他进城以前的一小时内，向全体人民宣告，倘有什么冤枉的事，可以让他们拦道告状呢？

**爱斯卡勒斯** 他的理由大概是他以为这么一来，人家有不满意我们的可以当场控诉，当场发落，免得在我们归政之后，再有谁想来暗中算计我们。

**安哲鲁** 好，那么就请你这样宣布出去吧。明天一早我就到你家里来，各色人等需要他们一同去迎接的，都请你通告他们一声。

**爱斯卡勒斯** 是，大人，下官失陪了。

**安哲鲁** 再见。（爱斯卡勒斯下）这件事情害得我心神无主，作事也变成毫无头脑。一个失去贞操的女子，奸污她的却是禁止他人奸污的堂堂执法大吏！倘不是因为她不好意思当众承认她的失身，她将会怎样到处宣扬我的罪恶！可是她知道这样做是不聪明的，因为我的地位威权得人信仰，不是任何诽谤所能摇动；攻击我的人，不过自取其辱罢了。我本来可以让他活命，可是我怕他年轻气盛，假如知道他自己的生命是用耻辱换来的，一定会图谋报复。现在我倒希望他尚在人世！唉！我们一旦把羞耻放在脑后，所作所为，就没有一件事情是对的；又要这么做，又要那么做，结果总是一无是处。（下）

## 第五场

郊外

公爵作本来装束及彼得神父同上。

**公爵** 这几封信给我在适当的时候送出去。（以信交彼得神父）我们的计划，狱官是知道的。事情一着手以后，你就紧记我的吩咐做去，虽然有时看着情形的需要，你自己也可以变通一下。现在你先去看弗来维厄斯，告诉他我耽搁在什么地方；然后你再去通知伐伦提纳斯、罗兰特和克拉苏，叫他们把喇叭手召集起来，在城门口集合。可是你先去叫弗来维厄斯来。

**彼得** 是，我马上就去。（下）

凡里厄斯上。

**公爵** 谢谢你，凡里厄斯，你来得很快。来，我们一路走去吧，还有别的朋友们就会来迎接我。（同下）

## 第六场

**城门附近的街道**

依莎贝拉及玛利安娜上。

**依莎贝拉** 我喜欢说老实话，要我这样绕圈子说话可真有点不高兴。可是他这样吩咐我，说是事实的真相必须暂时隐瞒，方才可以达到全部的目的。他要叫你告发安哲鲁所干的事。

**玛利安娜** 你就听他的话吧。

**依莎贝拉** 而且他还对我说，假如他有时对我说话不客气，那也不用惊疑，因为良药的味道总是苦的。

**玛利安娜** 我希望彼得神父——

**依莎贝拉** 啊，别吵！神父来了。

彼得神父上。

**彼得** 来，我已经给你们找到一处很好的站立的地方，公爵经过那里的时候，一定会看见你们。喇叭已经响了两次了；有身份的士绅们都已恭立在城门口，公爵就要进来了；快去吧。（同下）

# 第五幕

## 第一场

城门附近的广场

玛利安娜蒙面纱及依莎贝拉、彼得神父各立道旁；公爵、凡里厄斯、众臣、安哲鲁、爱斯卡勒斯、路西奥、狱吏、差役及市民等自各门分别上。

**公爵** 贤卿，久违了！我的忠实的老友，我很高兴看见你。

**安、爱** 殿下安然归来，臣等不胜雀跃！

**公爵** 多谢两位。我在外面听人说起你们治理国政是怎样的公正严明，为了答谢你们的勤劳，让我在没有给你们其他的褒奖之前，先向你们表示我的慰劳的微意。

**安哲鲁** 蒙殿下过奖，使小臣感愧万分。

**公爵** 啊，你的功绩是有口皆碑的，它可以刻在铜柱上，永垂万世而无愧，我怎么可以隐善蔽贤呢？

把你的手给我，让士民众庶知道表面上的礼遇，正可以反映出发自中心的眷宠。来，爱斯卡勒斯，你也应当在我的身旁一块儿走，你们都是我的良好的辅弼。

彼得神父及依莎贝拉上前。

**彼得** 现在你的时候已经到了，快去跪在他的面前，话说得响一些。

**依莎贝拉** 公爵殿下伸冤啊！请您可怜可怜一个受屈含冤的女子！好殿下啊，请你听一听我的没有半句谎言的哀诉，给我主持公道，主持公道啊！

**公爵** 你有什么冤枉？谁欺侮了你？简简单单地说出来吧。安哲鲁大人可以给你主持公道，你只要向他诉说好了。

**依莎贝拉** 嗳哟殿下，您这是要我向魔鬼求救了！请您自己听我说，因为我所要说的话，也许会因为不能见信而使我受到责罚，也许会在殿下明镜高悬之下，使我伸雪奇冤。求求您，就在这儿听着我吧！

**安哲鲁** 殿下，我看她有点儿疯头疯脑的；她的兄弟因为犯法处了死刑，她曾经向我求宽恕。因为我不曾答应她，她怀恨在心，一定会说出些荒谬奇怪的话来。

**依莎贝拉** 我要说的话听起来很奇怪，可是的的确确是事实。安哲鲁是一个背盟毁约的人，这不奇怪吗？安哲鲁是一个杀人的凶手，这不奇怪吗？安哲鲁是一个淫贼，一个伪君子，一个蹂躏女性的家伙，这不是奇之又奇的事情吗？

**公爵** 嗨，那真是太奇怪了。

**依莎贝拉** 奇怪虽然奇怪，真却是真，正像他是安哲鲁一样无法抵赖。真理是永远蒙蔽不了的。

**公爵** 把她撵走了吧！可怜的东西，她因为失去了理智才说出这样的话来。

**依莎贝拉** 啊！殿下，请不要以为我是个疯子而不理我。似乎不会有的事，不一定不可能。世上最恶的坏人，也许瞧上去就像安哲鲁那样拘谨严肃，正直无私；安哲鲁在庄严的外表、清正的名声、崇高的位阶的重重掩饰下，也许就是一个罪大恶极的凶徒。相信我，殿下，我决不是诬蔑他，要是我有更坏的字眼可以用来形容他，也决不会把他形容得过分。

**公爵** 她一定是个疯子，可是她疯得这样有头有脑，倒是奇怪得很。

**依莎贝拉** 啊！殿下，请您别那么想，不要把一个清醒的人当作癫狂。请殿下明察秋毫，别让虚伪掩盖了真实。

**公爵** 有许多不疯的人，也不像她那样说得头头是道。你有些什么话要说？

**依莎贝拉** 我是克劳狄奥的姊姊，他因为犯了奸淫，被安哲鲁判决死刑。立愿修道、尚未受戒的我，从一位路西奥的嘴里知道了这个消息——

**路西奥** 禀殿下，我就是路西奥，克劳狄奥叫我向她报信，请她设法运动安哲鲁大人，宽恕她弟弟的死刑。

**公爵** 我没有叫你说话。

**路西奥** 是，殿下，可是您也没有叫我不说话。

**公爵** 我现在就叫你不说话。等我有事情要问到你的时候，看你再有什么话说吧。

**依莎贝拉** 这位先生已经代我说过了，我去见这个恶毒的摄政——

**公爵** 你又在说疯话了。

**依莎贝拉** 原谅我，可是我不能不这么说。

**公爵** 好，那么你说下去吧。

**依莎贝拉** 我怎样向他哀求恳告，怎样向他长跪泣请，他怎样拒绝我，我又怎样回答他，这些说来话长，也不必细说。最后的结果，一提起就叫人羞愤填膺，难于启口。他说我必须把我这清白的身体，供他发泄他的兽欲，方才可以释放我的弟弟。在无数次反复思忖以后，手足之情，使我顾不得什么羞耻，我终于答应了他。可是到了下一天早晨，他的目的已经达到，却下了一道命令要我可怜的弟弟的首级。

**公爵** 哪会有这等事！

**依莎贝拉** 啊，那是千真万确的！

**公爵**　无知的贱人！你不知道你自己在说些什么话，也许你受了什么人的指使，有意破坏安哲鲁大人的名誉。第一，他的为人的正直，是谁都知道的；第二，要是他自己也干了那一件坏事，那么他推己及人，怎么会急不及待地一定要把你的兄弟处死。一定是有人在背后指使着你，快给我从实招来，谁叫你到这儿来呼冤的？

**依莎贝拉**　竟是这样吗？天上的神明啊！求你们给我忍耐吧！天理昭彰，暂时包庇起来的罪恶，总有一天会揭露出来的。愿上天保佑殿下，我从此不再相信世间有公道了。

**公爵**　我知道你现在想要逃走了。来人！给我把她关起来！我们可以让这种恶意的诽谤诬蔑我所亲信的人吗？这一定是一种阴谋。是谁给你出的主意，叫你到这儿来？

**依莎贝拉**　是洛度维克神父，我希望他也在这儿。

**公爵**　是一个教士吗？有谁认识这个洛度维克？

**路西奥**　殿下，我认识他，他是一个爱管闲事的教士。我一见他就讨厌，要是他今天在我面前，我一定要把他痛打一顿，因为他曾经在您的背后说过您的坏话。

**公爵**　说过我的坏话！好一个教士！还要教唆这个坏女人来诬告我们的摄政！去把这教士找来！

**路西奥**　就在昨天晚上，我看见她和那个教士都在监狱里；他是一个放肆的教士，一个下流不堪的家伙。

**彼得** 上帝祝福殿下！他们都在欺骗您。第一，这个女人控告安哲鲁大人的话都是假的，他碰也没有碰过她的身体。

**公爵** 我相信你的话。你认识他所说起的那个教士洛度维克吗？

**彼得** 我认识他，他是一个道高德重的人，并不像这位先生所说的那么下贱，那么爱管闲事，我可以担保他从来没有说过殿下一句坏话。

**路西奥** 殿下，相信我，他把您说得不堪入耳呢。

**彼得** 好，他总会有一天给自己洗刷清楚的，可是禀殿下，他现在害着一种奇怪的毛病。他知道有人要来向您控告安哲鲁大人，所以他特意叫我前来，代他说一说他所知道的是非真相；等他身子好了点儿他可以随时出来证明一切。第一，关于这个女人对这位贵人的诬蔑之词，我可以当着她的面证明她的话完全不对。

**公爵** 师父，你说吧。（差役执依莎贝拉下，玛利安娜趋前）安哲鲁，你对于这一幕戏剧觉得可笑吗？天啊，无知的人们是多么痴愚！端几张坐椅来。来，安哲鲁贤卿，我对这件案子完全处于旁观者的地位，你自己去作审判官吧。师父，这个是证人吗？先让她露出脸来再说话。

**玛利安娜** 恕我，殿下；我要得到我丈夫的准许，才敢露脸。

**公爵** 啊，你是一个有夫之妇吗？

**玛利安娜**　不，殿下。

**公爵**　你是一个处女吗？

**玛利安娜**　不，殿下。

**公爵**　那么是一个寡妇吗？

**玛利安娜**　也不是，殿下。

**公爵**　咦，这也不是，那也不是；既不是处女，又不是寡妇，明明说有丈夫，又说不是有夫之妇，那么你究竟是什么？

**路西奥**　殿下，她也许是个婊子。

**公爵**　闭嘴！

**路西奥**　是，殿下。

**玛利安娜**　殿下，我承认我从来没有结过婚；我也承认我已经不是处女。我曾经和我的丈夫发生过关系，可是我的丈夫却不知道他曾经和我发生过关系。

**路西奥**　殿下，那时他大概喝醉了酒，不省人事。

**公爵**　你还不给我闭嘴吗？

**路西奥**　是，殿下。

**公爵**　这妇人不能做安哲鲁大人的证人。

**玛利安娜**　请殿下听我分说。刚才那个女子控告安哲鲁大人和她通奸，可是她说他和她幽叙的时间，他正在我的怀抱里两情缱绻呢。

**安哲鲁**　她所控告的不仅是我一个人吗？

**玛利安娜**　那我可不知道。

**公爵**　不知道？你刚才不是说起你的丈夫吗？

**玛利安娜**　是的，殿下，那就是安哲鲁；他以为他所亲近的是依莎贝拉的肉体，却不知道他所亲近的是我的肉体。

**安哲鲁** 这一派胡言，说得太荒谬离奇了。让我们看一看你的脸吧。

**玛利安娜** 我的丈夫已经吩咐我，现在我可以露脸了。（取下面纱）狠心的安哲鲁！这就是你曾经发誓说它是值得爱顾的脸；这就是你在订盟的当时紧紧握过的手；这就是在你的花园里代替依莎贝拉的身体。

**公爵** 你认识这个女人吗?

**安哲鲁** 殿下，我承认我认识她；五年以前，我曾经和她有过婚姻之议，可是后来未成事实，一部分的原因是她的嫁奁不足预定之数，主要的原因却是她的名誉不大好。从那时起直到现在，五年以来，我可以发誓我从来不曾跟她说过话，从来不曾看见过她，也从来不曾听到过她的什么消息。

**玛利安娜** 殿下，天日在上，我已经许身此人，无可更移，而且在星期二晚上，我们已经在他的花园里行过夫妇之道。倘使我这样的话是谎话，让我跪在地上永远站不起来，变成一座石像。

**安哲鲁** 我刚才还不过觉得可笑，现在可再也忍耐不住了；殿下，给我审判他们的权力吧。我看得出来这两个无耻的妇人，都不过是给人利用的工具，背后都有有力的人在那儿操纵着。殿下，让我把这种阴谋究问出来吧。

**公爵** 很好，照你的意思把她们重重地处罚吧。你这愚蠢的教士，你这刁恶的妇人，你们跟那个妇人串通勾结，你们以为指着一个个神圣的名字起誓，就可以破坏一个大家公认的正人君子的名誉吗？爱斯卡勒斯，你也陪着安哲鲁坐下来，帮助他推究出谁是这件事的主谋。还有一个指使他们的教士，快去把他抓来。

**彼得** 殿下，他要是也在这儿，那就再好也没有了，因为这两个女人正是因为受他的怂恿，才来此呼冤的。他住的地方狱官知道，可以叫他去召他来。

**公爵** 快去把他抓来。（狱吏下）贤卿，这件案子与你有关，你可以全权听断，照你所认为最适当的办法，惩罚这一帮中伤你名誉的人。我且暂时离开你们，可是你们不必起座，把这些造谣诽谤之徒办好了再说吧。

**爱斯卡勒斯** 殿下，我们一定要彻底究问。（公爵下）路西奥，你不是说你知道那个洛度维克神父是个坏人吗？

**路西奥** 他只是穿扮得像个学道修行之人，心里头可是千刁万恶。他把公爵骂得狗血喷头呢。

**爱斯卡勒斯** 请你在这儿等一等，等他来了，把他向你说过的话和他当面问他。把那依莎贝拉叫回来，我还要问她话。（一侍从下）大人，请您让我审问她，您可以看看我怎样对付她。

**路西奥** 您未必比安哲鲁大人更对付得了她吧。

爱斯卡勒斯　你怎么说？

路西奥　我说，大人，您要是悄悄地对付她，她也许就会招认一切；当着众人的面，她会怕难为情不肯说的。

爱斯卡勒斯　我就悄悄儿地问她。

路西奥　那就对了，女人在光天化日之下是一本正经的，到了半夜三更才会轻狂起来。

差役等拥依莎贝拉上。

爱斯卡勒斯　（向依莎贝拉）来，姑娘，这儿有一位小姐说你的话完全不对。

路西奥　大人，我所说的那个坏蛋，给狱官找了来了。

爱斯卡勒斯　来得正好。你不要跟他说话，等我问到你的时候再说。

公爵化教士装，随狱吏上。

爱斯卡勒斯　来，是你叫这两个女人诽谤安哲鲁大人吗？她们已经招认是受你的主使。

公爵　胡说。

爱斯卡勒斯　怎么！你不知道你现在是在什么地方吗？

公爵　尊重你的地位！让魔鬼在他灼热的火椅上受人暂时的崇拜吧！公爵在哪里？他应该在这里听我说话。

**爱斯卡勒斯** 公爵在这里，我们要听你怎样说话，你可说得小心一点。

**公爵** 我可要大胆地说。唉！你们这批可怜的人！你们要想在这一群狐狸中间找寻羔羊吗？你们的冤屈是没有伸雪的希望了！公爵去了吗？那么还有谁给你们作主？这公爵是个不公的公爵，把你们事实昭彰的控诉置之不顾，却让你们所控告的那个恶人来审问你们。

**爱斯卡勒斯** 怎么，你这无礼放肆的教士！你嗾使这两个妇人诬告好人，难道还不够，还敢当着他的面，这样把他辱骂吗？你居然还敢把批评公爵的不公！来，给他上刑！我们要敲断你的每一个骨节，好叫你老老实实招认出来。哼！不公！

**公爵** 别发这么大的脾气。就是公爵自己也不敢弯一弯我的手指，正像他不敢弯痛他自己的手指一样。我不是他的子民，也不是这地方的人。因为有事到此，使我有机会冷眼旁观这里的一切；我看见维也纳教化废弛，政令失修，各项罪恶虽然在法律上都有处罚的明文，可是因为当局的纵容姑息，严厉的法律反而给人取笑轻视。

**爱斯卡勒斯** 你竟敢毁谤政府！把他抓进监狱里去！

**安哲鲁** 路西奥，你有什么话要告发他的？他不就是你向我们说起的那个人吗？

**路西奥** 正是他，大人。过来，好秃老头儿，你认识我吗？

**公爵** 我听见你的声音，就记起你来了。公爵没有回来的时候，我们曾经在监狱门口会面过。

**路西奥** 啊，你还记得吗？那么你记不记得你说过公爵什么坏话？

**公爵** 我记得非常清楚哩。

**路西奥** 真的吗？你不是说他是一个色鬼、一个蠢货、一个懦夫吗？

**公爵** 先生，你要是把那样的话当作是我说的，那你一定把你自己当作我了。你才真这样说过他，而且还说过比这更厉害、更不堪的话呢。

**路西奥** 嗳呀，你这该死的家伙！我不是因为你出言无礼，曾经扯过你的鼻子吗？

**公爵** 我可以发誓，我爱公爵就像爱我自己一样。

**安哲鲁** 这坏人到处散布大逆不道的妖言，现在倒又想躲赖了！

**爱斯卡勒斯** 这种人还跟他多讲什么。把他抓进监狱里去！狱官在哪里？把他抓进监狱里去，好好地关起来，让他不再搬嘴弄舌。那两个淫妇跟那另外一个同党也都给我一起抓起来。（狱吏欲捕公爵）

**公爵** 且慢，等一会儿。

**安哲鲁** 什么！他想反抗吗？路西奥，你帮他们捉住他。

**路西奥** 好了，师父，算了吧。嗳呀，你这撒谎的贼秃，你一定要戴着你那顶头巾吗？让我们瞧瞧你那奸恶的尊容吧。他妈的！我们倒要看看你是怎样一副豺狼面孔，然后再送你的终。你不愿意脱下来吗？（扯下公爵所戴的教士头巾，公爵现出本相）

**公爵** 你是第一个把教士变成公爵的恶汉。狱官，这三个无罪的好人，先让我把他们保释了。（向路西奥）先生，别溜走啊；那个教士就要跟你说两句话儿。把他看起来。

**路西奥** 糟糕，我的罪名也许还不止杀头呢！

**公爵** （向爱斯卡勒斯）你刚才所说的话，不知不罪，你且坐下吧。我要请他起身让座。（向安哲鲁）对不起了。你现在还可以凭借你的口才、你的机智和你的厚颜来为你自己辩护吗？

**安哲鲁** 啊，我的威严的主上！您像天上的神明一样洞察到我的过失，我要是还以为可以在您面前掩饰过去，那岂不是罪上加罪了吗？殿下，请您不用再审判我的丑行，我愿意承认一切。求殿下立刻把我宣判死刑，那就是莫大的恩典了。

**公爵** 过来，玛利安娜。你说，你是不是和这女子订过婚约？

**安哲鲁** 是的，殿下。

**公爵** 那么快带她去立刻举行婚礼。神父，你去为他们主婚吧；完事以后，再带他回到这儿来。狱官，你也同去。（安哲鲁、玛利安娜、彼得及狱吏下）

**爱斯卡勒斯** 殿下，这事情虽然出人意表，可是更使我奇怪的是他会有这种无耻的行为。

**公爵** 过来，依莎贝拉。你的神父现在是你的君王了；可是我的外表虽然有了变化，内心却仍是一样，当初我顾问着你的事情，现在我仍旧愿意为你继续效劳。

**依莎贝拉** 草野陋质，冒昧无知，多多劳动殿下，还望殿下恕罪！

**公爵** 恕你无罪，依莎贝拉，今后你不用拘礼吧。我知道你为了你兄弟的死去，心里很是悲伤；你也许会不懂为什么我这样隐姓埋名，设法营救他，却不愿直截爽快运用我的权力，阻止他的处决。啊，善良的姑娘！我想不到他会这样快就被处死了，以致破坏了我原来的目的。可是愿他死后平安！他现在可以不用忧生怕死，比活着快乐得多了，你也用这样的思想宽慰你自己吧。

**依莎贝拉** 我也是这样想着，殿下。

安哲鲁、玛利安娜、彼得神父及狱吏重上。

**公爵** 这个新婚的男子，虽然他曾经用淫猥的妄想侮辱过你的无瑕的贞操，可是为了玛利安娜的缘故，你必须宽恕他。不过他既然把你的兄弟处死，自己又同时犯了奸淫和背约的两重罪恶，那么法律无论如何仁慈，也要高声呼喊出来，“克劳狄奥怎样死，安哲鲁也必须照样偿命！”一个死得快，一个也不能容他缓死，同样的罪名，必须用同样的尺度去量定。所以，安哲鲁，你的罪恶既然已经暴露，你也无从抵赖，我们就判你在克劳狄奥授首的刑台上受死，也像他一样迅速处决。

把他带去！

**玛利安娜** 啊，我的仁慈的主！请不要空给我一个名义上的丈夫！

**公爵** 给你一个名义上的丈夫的，是你自己的丈夫。我因为顾全你的名誉，所以给你作主完成了婚礼，否则你已经失身于他，你的终身幸福要受到影响。至于他的财产，按照法律应当由公家没收，可是我现在把它全部判给你，你可以凭着它去找一个比他好一点的丈夫。

**玛利安娜** 啊，好殿下，我不要别人，也不要比他更好的人。

**公爵** 不必为他求情，我的主意已经打定了。

**玛利安娜** （跪下）求殿下大发慈悲——

**公爵** 你这样也不过白费唇舌而已。快把他带下去处死！（向路西奥）朋友，现在要轮到你了。

**玛利安娜** 嗳哟，殿下！亲爱的依莎贝拉，帮助我，请你也陪着我跪下来吧，生生世世，我永不忘记你的恩德。

**公爵** 你请她帮你求情，那岂不是笑话！她要是答应了你，她的兄弟的鬼魂也会从坟墓中起来，把她抓了去的。

**玛利安娜** 依莎贝拉，好依莎贝拉，你只要在我一旁跪下，把你的手举起，不用说一句话，一切由我来说。人家说，最好的好人，都是犯过错误的过来人；一个人往往因为有一点小小的缺点，将来会变得更好。那么我的丈夫为什么不会也是这样？啊，依莎贝拉，你愿意陪着我下跪吗？

**公爵** 他必须抵偿克劳狄奥的性命。

**依莎贝拉** （跪下）仁德无涯的殿下，请您瞧着这个罪人，就当作我的弟弟尚在人世吧！我想他在没有看见我之前，他的行为的确是出于诚意的，既然是这样，那么就恕他一死吧。我的弟弟犯法而死，咎有应得；安哲鲁的用心虽然可恶，幸而他的行为并未贻害他人；只好把他当作图谋未遂看待，应当减罪一等。因为思想不是具体的事实，居心不良，不能作为判罪的根据。

**玛利安娜** 对啊，殿下。

**公爵** 你们的恳求都是没用的，站起来吧。我又想起了一件错误。狱官，克劳狄奥怎么不在惯例的时辰处死？

**狱吏** 这是命令如此。

**公爵** 你执行此事有没有接到正式的公文？

**狱吏** 不，卑职只接到安哲鲁大人私人的手谕。

**公爵** 你办事这样疏忽，应当把你革职。把你的钥匙交出来。

**狱吏** 求殿下开恩，卑职一时糊涂，干下错事，后来仔细一想，非常懊悔，所以还有一个囚犯，本来也是奉手谕应当处死的，我把他留下来没有执行。

**公爵** 他是谁？

**狱吏** 他名叫巴那丁。

**公爵** 我希望你把克劳狄奥也留下来就好了。去，把他

带来，让我瞧瞧他是怎样一个人。（狱吏下）

**爱斯卡勒斯** 安哲鲁大人，像您这样一个人，大家都看您是这样聪明博学，居然会堕落到以至于此；既然克制不住自己的情欲，事后又是这么鲁莽灭裂，真太叫人失望了！

**安哲鲁** 我真是说不出的惭愧懊恼，我的心中充满了悔恨，使我愧不欲生，但求速死。

狱吏率巴那丁、克劳狄奥及朱丽叶上；克劳狄奥以布罩首。

**公爵** 哪一个是巴那丁？

**狱吏** 就是这一个，殿下。

**公爵** 有一个教士曾经向我说起过这个人。喂，汉子，他们说你有一个冥顽不灵的灵魂，你的一生都在浑浑噩噩中过去，不知道除了俗世以外还有其他的世界。你是一个罪无可逭的人，可是我赦免了你的俗世的罪恶，从此洗心革面，好好做个人吧。神父，你要好好劝导他，我把他交给你了。——那个罩住了头的家伙是谁？

**狱吏** 这是另外一个给我救下来的罪犯，他本来应该在克劳狄奥枭首的时候受死，他的相貌简直就跟克劳狄奥一模一样。（取下克劳狄奥的首罩。）

**公爵** （向依莎贝拉）要是他真和你的兄弟生得一模一样，那么我为了你兄弟的缘故赦免了他；为了可爱的你的缘故，我还要请你把你的手给我，答应我你是属于我的，那么他也将是我的兄弟。可是那事我们等会儿再说吧。安哲鲁现在也知道他的生命可以保全了，我看见他的眼睛里似乎突然发出光来。好吧，安哲鲁，你的坏事干得不错，好好爱着你的妻子吧，她是值得你敬爱的。可是我什么人都可以饶恕，只有一个人却不能饶恕。（向路西奥）你说我是一个笨伯、一个懦夫、一个穷奢极侈的人、一头蠢驴、一个疯子；我究竟什么地方得罪了你，你竟这样辱骂我？

**路西奥**　真的，殿下，我不过是说着玩玩而已。您要是因此而把我吊死，那也随您的便；可是我希望您还是把我鞭打一顿算了吧。

**公爵**　先把你抽一顿鞭子，然后再把你吊死。狱官，我曾经听他发誓说过他曾经跟一个女人相好有了孩子，你给我去向全城宣告，有哪一个女人受过这淫棍之害的，叫她来见我，我就叫他跟她结婚；婚礼完毕之后，再把他鞭打一顿吊死。

**路西奥**　求殿下开恩，别让我跟一个婊子结婚。殿下刚才还说过，您本来是一个教士，是我把您变成了一个公爵，那么好殿下，您就是为了报答我起见，也不该叫我变成一个乌龟呀。

**公爵**　你必须和她结婚。我赦免了你的诽谤，其余的罪名也一概宽免。把他带到监狱里去，好好照着我的意思执行。

**路西奥** 殿下，跟一个婊子结婚，那可要了我的命，简直就跟鞭打、吊死差不多。

**公爵** 侮辱君王，应该得到这样的惩罚。克劳狄奥，你应当好好补偿你那位为你而受苦的爱人。玛利安娜，愿你从此快乐！安哲鲁，你要待她好一点，我曾经听过她的忏悔，知道她是一位贤淑的女子。爱斯卡勒斯，我的好朋友，谢谢你的贤劳，我以后还要重重酬答你。狱官，因为你的谨慎机密，我要给你一个好一点的官职。安哲鲁，他把拉戈静的首级冒充做克劳狄奥的，把你蒙混过去，你不要见怪于他，这完全是出于好意。亲爱的依莎贝拉，我心里有一种意思，对于你的幸福大有关系；你要是愿意听我的话，那么我的一切都是你的，你的一切也都是我的，来，打道回宫，慢慢地我还要把许多未了之事让你们大家知道。（同下）

# 终成眷属

*All´s Well That Ends Well*

## 剧中人物

法国国王
佛罗伦萨公爵
勃特拉姆　**罗西昂伯爵**
拉佛　**法国宫廷中的老臣**
帕洛　**勃特拉姆的侍从**
罗西昂伯爵夫人的管家
拉瓦契　**伯爵夫人府中的小丑**
侍童
罗西昂伯爵夫人　**勃特拉姆之母**
海丽娜　**寄养于伯爵夫人府中的少女**
佛罗伦萨一老寡妇
狄安娜　**寡妇之女**
薇奥兰塔　**寡妇的邻居女友**
玛利安娜　**寡妇的邻居女友**

**法国及佛罗伦萨的群臣、差役、兵士等**

## 地 点

罗西昂；巴黎；佛罗伦萨；马赛

# 第一幕

## 第一场

**罗西昂。伯爵夫人府中一室**

勃特拉姆、罗西昂伯爵夫人、海丽娜、拉佛同上；均服丧。

**伯爵夫人**　未亡人新遭变故，现在我儿又将离我而去，这真使我在伤心之上，再加一重伤心了。

**勃特拉姆**　母亲，我悲恸父亲的眼泪未干，现在又要因为离别您而流泪了。可是儿子多蒙王上眷顾，理应尽忠效命，他的命令是必须服从的。

**拉佛**　夫人，尊夫虽然不幸仙逝，王上一定会尽力照顾您，就像尊夫在世的时候一样；他对于令郎，也一定会看作自己的儿子一样。不要说王上圣恩宽厚，德泽广被，决不会把您冷落不顾，就凭着夫人这么贤德，无论怎样刻薄寡恩的人，也一定愿意推诚相助的。

**伯爵夫人**　听说王上圣体违和，不知道有没有早占勿药之望？

**拉佛**　夫人，他已经谢绝了一切的医生。他曾经在他们的诊治之下，耐心守候着病魔的脱体，可是药石无灵，痊愈的希望一天比一天淡薄了。

**伯爵夫人**　这位年轻的姑娘有一位父亲，可惜现今已经不在人世了！他不但为人正直，而且精通医术，要是天假以年，使他能够更求深造，那么也许他真会使世人尽得长生，死神也将无所事事了。要是他现在还活着，王上的病一定会霍然脱体的。

**拉佛**　夫人，您说起的那个人叫什么名字？

**伯爵夫人**　大人，他在他们这一行之中，是赫赫有名的，而且的确不是滥博虚声；他的名字是吉拉·德·拿滂。

**拉佛**　啊，夫人，你说起他倒的确是一个好医生；王上最近还称赞过他的本领，悼惜他死得太早。要是学问真能和死亡抗争，那么凭着他的才能，他应该至今健在的。

**勃特拉姆**　大人，王上害的究竟是什么病？

**拉佛**　他害的是瘘管症。

**勃特拉姆**　这病名我倒没有听见过。

**拉佛**　我但愿这病对世人是永远生疏的。这位姑娘就是吉拉·德·拿滂的女儿吗？

**伯爵夫人**　她是他的独生女儿，大人；他在临死的时候，托我把她照顾。她有天赋淳厚优美的性质，并且受过良好的教育，我对她抱着极大的期望。一个心地不纯正的人，即使有几分好处，人家在称赞他的时候，总不免带着几分惋惜；可是她的善良正直得自天禀，完善的教育更培植了她的德性。

**拉佛** 夫人，您这样称赞她，使她感激涕零了。

**伯爵夫人** 女孩儿家听见人家称赞而流泪，是最适合她的身份的。她每次想起她的父亲，总是自伤身世而面容惨淡。海丽娜，别伤心了，算了吧；人家看见你这样，也许会说你是故意做作出来的。

**拉佛** 适度的悲伤是对于死者应有的情分；过分的哀感是摧残生命的仇敌。

**勃特拉姆** 母亲，请您祝福我。

**伯爵夫人** 祝福你，勃特拉姆，愿你不但在仪表上像你的父亲，在气概风度上也能够克绍箕裘，愿你的德行相称你的高贵的血统！对众人一视同仁，对少数人推心置腹，对任何人不要亏负；在能力上你应当能和你的敌人抗衡，但不要因为争强好胜而炫耀你的才干；对于你的朋友，你应该开诚相与；宁可被人责备你朴讷寡言，不要让人嗔怪你多言偾事。愿上天的护佑和我的祈祷降临到你的头上！再会，大人；他是一个不懂世故的孩子，请您多多指教他。

**拉佛** 夫人，您放心吧，他不会缺少愿意尽力帮助他的朋友。

**伯爵夫人** 上天祝福他！再见，勃特拉姆。（下）

**勃特拉姆** （向海丽娜）愿你一切如愿！好好安慰我的母亲，你的女主人，替我加意侍候她老人家。

**拉佛** 再见；好姑娘，愿你不要辱没了你父亲的令誉。

（勃特拉姆、拉佛下）

**海丽娜** 唉！要是真不过如此就好了。我没有想到我的父亲；我这些滔滔的眼泪，虽然好像是一片孺慕的哀忱，却不是为他而流。他的容貌怎样，我也早就忘记了，在我的想象之中，除了勃特拉姆以外没有别人的影子。我现在一切都完了！要是勃特拉姆离我而去，我还有什么生趣？我正像爱上了一颗灿烂的明星，痴心地希望着有一天能够和它结婚，他是这样高不可攀；我不能逾越我的名分和他亲近，只好在他的耀目的光华下，沾取他的几分余辉，安慰安慰我的饥渴。我的爱情的野心使我备受痛苦，希望和狮子匹配的驯鹿，必须为爱而死。每时每刻看见他，是愉快也是苦痛；我默坐在他的旁边，在心版上深深地刻画着他的秀曲的眉毛，他的敏锐的眼睛，他的迷人的鬈发，他那可爱的脸庞上的每一根线条，每一处微细的特点，都会清清楚楚地摄在我的心里。可是现在他去了，我的爱慕的私衷，只好以眷怀旧日的陈迹为满足。——谁来啦？这是一个和他同去的人；为了他的缘故我爱他，虽然我知道他是一个出名爱造谣言的人，是一个傻子，也是一个懦夫。

帕洛上。

**帕洛**　您好，美貌的女王！您是不是在想着处女的贞操问题？

**海丽娜**　是啊。你还有几分军人的经验，让我请教你一个问题。男人是处女贞操的仇敌，我们应当怎样实施封锁，才可以防御他？

**帕洛**　不要让他进来。

**海丽娜**　可是他会向我们进攻；我们的贞操虽然奋勇抵抗，毕竟是脆弱的。告诉我们一些有效的防御战略吧。

**帕洛**　没有。男人不动声色坐在你的面前，他会在暗中埋下了地雷，把你的贞操轰破了的。

**海丽娜**　上帝保佑我们可怜的贞操不要给人这样轰破！那么难道处女们就不能采取一种战术，把男人轰得远远的吗？

**帕洛**　处女的贞操轰破了以后，男人就会更快地轰了出来。在自然界中，保全处女的贞操决非得策。贞操的丧失是合理的增加，倘不先把处女的贞操破坏，处女们从何而来？贞操一次丧失可以十倍增加；永远保持，就会永远失去。这种冷冰冰的东西，你要它作什么！

**海丽娜**　我还想暂时保全它一下，虽然也许我会因此而以处女终老。

**帕洛**　那未免太说不过去，这是违反自然界的法律的。你要是为贞操辩护，等于诋毁你的母亲，那就是大逆不孝。以处女终老的人，等于自己杀害了自己，这种女人应该让她露骨道旁，不让她的尸骸进入圣地，因为她是反叛自然意志的罪人。贞操像一块干酪一样，搁的日子长久了就会生虫霉烂；而且它是一种乖僻骄傲无聊的东西，重视贞操的人，无非因为自视不凡，这是教条中所大忌的一种罪过。何必把它保持起来呢？你总是要失去它的！在一年之内，你就可以收回利息，而且你的本钱也不会怎么走了样子。放弃了它吧！

**海丽娜** 请问一个女人怎样才可以照她自己的意思把它失去？

**帕洛** 我看您还是随便一点，别计较得太认真吧。贞操是一注搁置过久了会失去光彩的商品；越是保存得长久，越是不值钱。趁着有销路的时候，还是早点把它脱手了的好。贞操像一个年老的廷臣，虽然衣冠富丽，那一副不合时宜的装束却会使人瞧着发笑。做在饼饵里和在粥里的红枣，是悦目而可口的，你颊上的红枣，却会转瞬失去鲜润；你那陈年封固的贞操，也就像一颗干瘪的梨儿一样，样了又难看，入口又无味，虽然它从前也是很甘美的，现在却已经干瘪了。你要它作什么呢？

**海丽娜** 可是我还不愿放弃我的贞操。你的主人在外面将会博得无数女子的倾心，他会找到一个母亲，一个情人，一个朋友，一个绝世的佳人，一个司令官，一个敌人，一个向导，一个女神，一个君王，一个顾问，一个叛徒，一个亲人；他会找到他的卑微的野心，骄傲的谦逊，他的不和谐的和谐，悦耳的嘈音，他的信仰，他的甜蜜的灾难，以及一大群可爱的、痴心的爱神龛下的信徒。他现在将要——我不知道他将要什么。但愿上帝护持他！宫廷是可以增长见识的地方，他是一个——

**帕洛** 他是一个什么？

**海丽娜** 他是一个我愿意为他虔诚祝福的人。可惜——

**帕洛** 可惜什么？

**海丽娜** 可惜我们的愿望只是一种渺茫而感觉不到的东西，否则我们这些出身寒贱的人，虽然命运注定我们只能在愿望中消度我们的生涯，也可以借着愿望的力量追随我们的朋友，让他们知道我们的衷曲，而不致永远得不到一点报酬了。

一侍童上。

**侍童** 帕洛先生，爵爷叫你去。（下）

**帕洛** 小海伦，再会；我在宫廷里要是记得起你，我会想念你的。你要是有空的话，可以祈祷祈祷；要是没有空，不妨想念想念你的朋友们。早点嫁一个好丈夫，他怎样待你，你也怎样待他。好！再见。（下）

**海丽娜** 一切办法都在我们自己，虽然我们把它诿之天意；注定人类运命的上天，给我们自由发展的机会，只有当我们自己冥顽不灵、不能利用这种机会的时候，我们的计划才会遭遇挫折。哪一种力量激起我爱情的雄心，使我能够看见，却不能喂饱我的视欲？尽管地位如何悬殊，惺惺相怜的人，造物总会使他们集合在一起。只有那些默然忍受着内心的痛苦，认为好梦已成过去的人，他们的希冀才永无实现的可能；能够努力发挥她的本领的，怎么会在恋爱上失败？王上的病——我的计划也许只是一种妄想，可是我的主意已决，一定要把它尝试一下。（下）

## 第二场

**巴黎。国王宫中一室**

喇叭奏花腔。法国国王持书信上，群臣及侍从等随上。

**国王** 佛罗伦萨人和西诺哀人相持不下，胜负互见，还在那里继续着猛烈的战争。

**臣甲** 是有这样的消息，陛下。

**国王** 不，那是非常可靠的消息；这儿有一封从我们的友邦奥地利来的信，已经证实了这件事，他还警告我们，说是佛罗伦萨就要向我们请求给他们迅速的援助，照我们这位好朋友的意思，似乎很不赞同，希望我们拒绝他们的请求。

**臣甲** 陛下素来称道奥王的诚信明智，他的意见当然是可以充分信任的。

**国王** 他已经替我们决定了如何答复，虽然佛罗伦萨还没有来乞援，我已经决定拒绝他们了。可是我们这儿要是有人愿意参加都斯加的战事，不论他们愿意站在哪一方面，都可以自由前去。

**臣乙** 我们这些绅士们闲居无事，本来就感到十分苦闷，渴想到外面去干一番事业，这次战事倒是一个好机会，可以让他们去历练历练。

**国王** 来的是什么人？

勃特拉姆、拉佛及帕洛上。

**臣甲** 陛下，这是罗西昂伯爵，年轻的勃特拉姆。

**国王** 孩子，你的面貌很像你的父亲；造物在雕塑你形状的时候，一定是非常用心的。但愿你也秉有你父亲的德性！欢迎你到巴黎来！

**勃特拉姆** 感谢陛下圣恩，小臣愿效犬马之劳。

**国王** 想起你父亲在日，与我交称莫逆，我们两人初上战场的时候，大家都是年轻力壮，现在要是也像那样就好了！他是个熟谙时务的干才，也是个能征惯战的健儿；他活了许多年纪，可是我们两人都在不知不觉中变成老朽，不中用了。提起你的父亲，使我精神为之一振。他年轻时候的那种才华，我可以从我们现在这辈贵介少年身上同样看到，可是他们的信口讥评，往往来不及遮掩他们的轻薄，已经在无意中自取其辱。你父亲才真是一个有大臣风度的人，在他的高傲之中没有轻蔑，在他的严峻之中没有苛酷；只有当那些和他同等地位的人激起他的不满的时候，他才会对他们作无情的指责；他的良知就像一具时钟，正确地知道在哪一分钟为了特殊的理由使他不能不侃侃而言，那时他的舌头就会听从他的指挥。对于那些在他下面的人，他把他们当作不同地位的人看待，在他们卑微的身份前降尊纡贵，听了他们贫弱的谀辞，也会谦谢不遑，使他们因他的逊让而受宠若惊。这样一个人是可以作为现在这辈年轻人的模范的。

**勃特拉姆** 陛下不忘旧人，先父虽死犹生；任何铭刻在碑碣上的文字，都不及陛下口中品题的确当。

**国王** 但愿我也和他在一起！他老是这样说——我觉得我仿佛听见他的声音，他的动人的辞令不是随便散播在人的耳中，却是深植在人们的心头，永远存留在那里。当他感觉到有限的浮生行将告一段落的时候，他就会发出这样的感喟："等我的火焰把油烧干以后，让我不要继续活下去，给那些年轻的人们揶揄讥笑，他们凭着他们的聪明，除了新奇的事物以外，什么都瞧不上眼；他们的思想变化得比衣服的式样更快。"他这样愿望着；我也抱着和他同样的愿望，因为我已经是一只无用的衰蜂，不能再把蜜、蜡带回巢中，我愿意赶快从这世上消灭，好给其余做工的人留出一个地位。

**臣乙** 陛下圣德恢恢，臣民无不感戴；最感觉到您活在世上是多余的人，也就是最先悼惜您的人。

**国王** 我知道我不过是空占着一个地位。伯爵，你父亲家里的那个医生死了多久了？他的名誉很不错哩。

**勃特拉姆** 陛下，他已经死了差不多六个月了。

**国王** 他要是现在还活着，我倒还要试一试他的本领。请你扶我一下。那些庸医们给我吃这样那样的药，把我的精力完全消磨掉了，弄成这么一副不死不活的样子。欢迎，伯爵，你就像是我自己的儿子一样。

**勃特拉姆** 感谢陛下。（同下；喇叭奏花腔）

## 第三场

### 罗西昂。伯爵夫人府中一室

伯爵夫人、管家及小丑上。

**伯爵夫人** 我现在要听你讲，你说这位姑娘怎样？

**管家** 夫人，小的过去怎样尽心竭力侍候您的情形，想来您一定是十分明白的；因为我们要是自己宣布自己的功劳，那就是太狂妄了，即使我们真的有功，人家也会疑心我们。

**伯爵夫人** 这狗才站在这儿干吗？滚出去！人家说起关于你的种种坏话，我并不完全相信，可是那也许因为我太忠厚了；照你这样蠢法，是很会去干那些勾当的，而且你也不是没有干坏事的本领。

**小丑** 夫人，您知道我是一个苦人儿。

**伯爵夫人** 好，你怎么说？

**小丑** 不，夫人，我是个苦人儿，并没有什么好，虽然有许多有钱的人都不是好东西。可是夫人要是答应我让我到外面去成家立业，那么伊丝贝尔那个女人就可以跟我成其好事了。

**伯爵夫人**　你一定要去做一个叫花子吗？

**小丑**　在这一件事情上，我不要您布施我别的什么，只要请求您开恩准许。

**伯爵夫人**　在哪一件事情上？

**小丑**　在伊丝贝尔跟我的事情上。做用人的不一定世世代代做用人；我想我要是一生一世没有一个亲生的骨肉，就要永远得不到上帝的祝福，因为人家说有孩子的人才是有福气的。

**伯爵夫人**　告诉我你一定要结婚的理由。

**小丑**　夫人，贱体有这样的需要；我因为受到肉体的驱使，不能不听从魔鬼的指挥。

**伯爵夫人**　那就是尊驾的理由了吗？

**小丑**　不，夫人，我还有其他神圣的理由，这样的那样的。

**伯爵夫人**　那么可以请教一二吗？

**小丑**　夫人，我过去是一个坏人，正像您跟一切血肉的凡人一样；老实说吧，我结婚是为了要痛悔前非。

**伯爵夫人**　你结了婚以后，第一要懊悔的不是从前的错处，而是你不该结婚。

**小丑**　夫人，我是个举目无亲的人；我希望娶了老婆以后，可以靠着她结识几个朋友。

**伯爵夫人**　蠢材，这样的朋友是你的仇敌呢。

**小丑** 夫人，您还不懂得友谊的深意哩；那些家伙都是来替我做我所不耐烦做的事的。耕耘我的田地的人，省了我牛马之劳，使我不劳而获，坐享其成；虽然他害我做了王八，我又何乐而不为呢？夫妻一体，他安慰了我的老婆，也就是安慰了我，所以吻我老婆的人，就是我的好朋友。人们只要能够乐天安命，结了婚准不会闹什么意见。

**伯爵夫人** 你这狗嘴里永远长不出象牙来吗？

**小丑** 夫人，我是一个先知，我用讽谕的方式，宣扬人生的真理。

**伯爵夫人** 滚出去吧，等会儿再跟你说话。

**管家** 夫人，请您叫他去吩咐海丽娜姑娘出来；我要跟您讲的就是她。

**伯爵夫人** 蠢材，去对海伦姑娘说，我要跟她说话。（小丑下）现在你说吧。

**管家** 夫人，我知道您是非常喜欢这位姑娘的。

**伯爵夫人** 不错，我很喜欢她。她的父亲在临死的时候，把她托付给我；单单凭着她本身的好处，也就够惹人怜爱了。我欠她的债，多过于已经给她的酬报；我将要报答她的，一定超过她自己的要求。

**管家** 夫人，小的最近在无意中间，看见她一个人坐在那里自言自语；我可以代她起誓，她是以为她说的话不会给什么人听了去的。原来她爱上了我们的少爷了！她怨恨命运，不该在他们两人之间安下了这样一道鸿沟；她嗔怪爱神，不肯运用他的大力，使地位不同的人也有结合的机会；她说狄安娜不配做处女们的保护神，因为她坐令纤纤弱质受到爱情的袭击而不加援手。她用无限哀怨的语调声诉着她的心事，小的听了之后，因恐万一有什么事情发生，故此不敢疏忽，特来禀知夫人。

**伯爵夫人**　你把这事干得很好，可是千万不要声张出去。我早已猜疑到几分，因为事无实据，不敢十分相信。现在你去吧，不要让别人知道，我很感谢你的忠心诚实。等会儿咱们再谈吧。（管家下）

海丽娜上。

**伯爵夫人**　我在年轻时候也是这样的。我们是自然的子女，谁都有天赋的感情；这一枚爱情的棘刺，正是青春的蔷薇上少不了的。在我们旧日的回忆之中，我们也曾经犯过同样的过失，虽然在那时我们并不以为那有什么可笑。我现在可以清楚看见，她的眼睛里透露着因相思而憔悴的神色。

**海丽娜**　夫人，您有什么吩咐？

**伯爵夫人**　海丽娜，你知道我可以说就是你的母亲。

**海丽娜**　不，您是我的尊贵的女主人。

**伯爵夫人**　不，我是你的母亲，为什么不是呢？当我说“我是你的母亲”的时候，我觉得你仿佛看见了一条蛇似的；为什么你听了“母亲”两个字，就要吃惊呢？我说，我是你的母亲；我把你当作我自己的亲生骨肉一样看待。异姓的子女，有时往往胜过自己生养的孩子；外来的种子，也一样可以长成优美的花木。你不曾使我忍受怀胎的辛苦，我却像母亲一样关心着你。天哪，这丫头！难道我说了我是你的母亲，你就这样惊惶失色吗？为什么你的眼边会起了一重重的虹晕？难道因为你是我的女儿吗？

**海丽娜** 因为我不是您的女儿。

**伯爵夫人** 我说，我是你的母亲。

**海丽娜** 恕我，夫人，罗西昂伯爵不能做我的哥哥；我的出身这样寒贱，他的家世这样高贵；我的父母是闾巷平民，他的都是簪缨巨族。他是我的主人，我活着是他的婢子，到死也是他的奴才。他一定不可以做我的哥哥。

**伯爵夫人** 那么我也不能做你的母亲吗？

**海丽娜** 夫人，我也愿意您做我的母亲，只要您的儿子不是我的哥哥。我的母亲！我希望我的母亲也就是他的母亲，只要我不是他的妹妹。是不是我做了您的女儿以后，他必须做我的哥哥吗？

**伯爵夫人** 不，海丽娜，你可以做我的媳妇；上帝保佑你不在转着这样的念头！难道女儿和母亲竟会这样扰乱了你的心绪？怎么，你又脸色惨白起来了？你的心事果然被我猜中了。现在我已经明白了你的寂寞无聊的缘故，发现了你的伤心挥泪的根源。

你爱着我的儿子，现在已经是躲赖不掉的显明的事实了。还是告诉我老实话吧；告诉我真有这样的事，因为瞧，你两颊的红云，已经彼此互相招认了；你自己的眼睛也可以从你自己的举止上，看出你的踧踖不安来；只有罪恶的感觉和无理的执拗使你缄口无言，不敢吐露真情。你说，是不是真有这回事？要是真有这回事，那么也不必吞吞吐吐了，不然的话，你就该发誓否认。无论如何，你不要瞒住我吧，我总是会尽力帮助你的。

**海丽娜**　好夫人，原谅我吧！

**伯爵夫人**　你爱我的儿子吗？

**海丽娜**　请您原谅我，夫人！

**伯爵夫人**　你是爱我的儿子的。

**海丽娜**　夫人，你不也是爱他的吗？

**伯爵夫人**　不要绕圈子说话；我爱他是分所当然，用不到向世人讳饰；你究竟爱他到什么程度，还是赶快向我完全吐露出了吧。

**海丽娜**　既然如此，我就当着上天和您的面前跪下，承认我是爱着您的儿子。我的亲友虽然贫寒，都是正直的人；我的爱情也是一样。不要因此而恼怒，因为他被我所爱，对他并无损害；我并不用僭越名分的表示向他追求，在我不配得到他的眷爱以前，决不愿把他占有，虽然我不知道怎样才可以配得上他。我知道我的爱是没有希望的徒劳，可是在这罗网一样千孔万眼的筛子里，依然把我如水的深情灌注下去，永远不感到干涸。我正像印度教徒一样虔信而执迷，我崇拜着太阳，它的光辉虽然也照到它的信徒的身上，却根本不知道有这样一个人存在。我的最亲爱的夫人，不要因为我爱了您所爱的人而憎恨我，您是一位年高德劭的人，要是在您纯洁的青春，也曾经燃起过同样真诚的情热，怀抱着无邪的愿望和深挚的爱慕，那么请您可怜可怜我这命薄缘悭、自知无望、拼着在默默无闻中了此残生的人儿吧！

**伯爵夫人** 你最近不是想要到巴黎去吗？老实告诉我你有没有过这个意思。

**海丽娜** 有过，夫人。

**伯爵夫人** 为什么呢？

**海丽娜** 我不愿向夫人说谎；您知道先父在日，曾经传给我几种灵验的秘方，是他凭着潜心研究和实际经验配合起来的，他嘱咐我不要把它们轻易授人，因为它们都是世间不大知道的珍贵的方剂。在这些秘方之中，有一种是专门医治王上现在所患一般认为无法医治的那种痼疾的。

**伯爵夫人** 这就是你要到巴黎去的动机吗？你说吧。

**海丽娜** 您的儿子使我想起了这一个念头；不然的话，什么巴黎，什么药方，什么王上的病，都是我永远不会想到的事物。

**伯爵夫人** 可是海伦，你想你要是自请为王上治病，他就会接受你的帮助吗？他跟他那班医生们已经意见归于一致，他认为他的病已经使群医束手，他们认为一切药石都已失去效力。那些熟谙医道的大夫们都这样敬谢不敏了，他们怎么会相信一个不学无术的少女呢？

**海丽娜** 我相信这药方，不仅因为我父亲的医术称得上并世无双，而且我觉得他传给我这一份遗产，一定会带给我极大的幸运。只要夫人允许我冒险一试，我愿意就在此日此时动身前去，拼着这一条没有什么希冀的微命，为王上治疗他的疾病。

**伯爵夫人** 你相信你会成功吗？

**海丽娜** 是的，夫人，我相信我会成功。

**伯爵夫人** 那么很好，海伦，你不但可以得到我的准许，也可以得到我的爱，我愿意为你置备行装，派仆从护送你前去，还要请你传言致候我那些在宫廷中的熟人。我在家里愿意为你祈祷上帝，保佑你达到目的。你明天就去吧，你尽管放心，只要是我能够助你一臂之力的事情，总不会失败的。（同下）

# 第二幕

## 第一场

**巴黎。宫中一室**

喇叭奏花腔。国王、出发参加佛罗伦萨战争之若干少年廷臣、勃特拉姆、帕洛及侍从等上。

**国王** 诸位贤卿，再会，希望你们永远保持着尚武的精神。

**臣甲** 但愿我们立功回来，陛下早已恢复了健康。

**国王** 不，不，那可是没有希望的了，虽然我的未死的雄心，还不肯承认它已经沾上了不治的痼疾。再会，诸位贤卿，无论我是死是活，你们总要做个发扬祖国光荣的法兰西好男儿，让那些国运凌夷的意大利人知道你们去不是向光荣求婚，而是去把它迎娶回来。当那些意气纵横的勇士知难怯退的时候，便是你们奋身博取世人称誉的机会。再会！

**臣乙** 但愿陛下早复健康。

**国王**　那些意大利的姑娘们是要留心提防的；人家说，要是她们有什么请求，我们法文中缺少拒绝她们的字眼；倘然你们还没有上战场，就已经做了俘虏，那可不行的。

**臣甲、乙**　我们诚心接受陛下的警告。

**国王**　再会！你们跟我过来。（侍从扶下）

**臣甲**　啊，大人，真想不到您不能跟我们一起出去！

**帕洛**　那不是他自己的错处。

**臣乙**　啊，打仗是怪好玩的。

**帕洛**　真有意思，我也经历过这种战争哩。

**勃特拉姆**　王上命令我留在这儿，说我太年轻，叫我明年再去，说是现在太早了。

**帕洛**　哥儿，您要是立定主意，就该放大胆子，偷偷地逃跑出去。

**勃特拉姆**　我留在这儿，就像一匹给妇人女子驾驭的辕下驹，终日在石道上消磨我的足力，等着人家一个个夺了光荣回来，再没有机会一试我的身手，让腰间的宝剑除了向人舞弄取乐以外，没有一点别的用处！不，天日在上，我一定要逃跑出去。

**臣甲**　这虽然是一件偷偷摸摸干着的事，可是并不丢脸。

**帕洛**　爵爷，您就这么干吧。

**臣乙**　您要是有需要我的地方，我愿意尽力帮您的忙。回头见。

**勃特拉姆**　咱们已经成了好朋友，我真不忍和你们分别。

**臣甲**　再见，队长。

**臣乙** 好帕洛先生，回头见！

**帕洛** 高贵的英雄们，我的剑和你们的剑是同气相求的。让我告诉你们，在斯宾那人的营伍里有一个史布利奥上尉，他那凶神一样的脸上有一道疤痕，那就是我亲手用这柄剑给他刻下来的；你们要是见了他，请告诉他我还活着，听他怎样说我。

**臣乙** 我们一定这样告诉他，队长。（廷臣等下）

**帕洛** 战神保佑你们这批新收的门徒！您怎么办呢？

**勃特拉姆** 且住，王上来了。

国王重上；帕洛及勃特拉姆退后。

**帕洛** 你对于那些出征的同僚们太冷落了。快去陪他们吃吃喝喝，谈谈笑笑，热热闹闹地为他们饯别一番吧。

**勃特拉姆** 是，陛下。

拉佛上。

**拉佛** （跪）陛下，请您恕我冒昧，禀告你一个消息。

**国王** 站起来说吧。

**拉佛** 多谢陛下。陛下，我希望当您跪着向我求恕的时候，我叫您站起来，您也能这样不费力地站起来。

**国王** 我也是这样想，我很想打破你的头，再请你原谅。

**拉佛** 那可不敢当。可是陛下，您愿意医好您的病吗？

国王　　不。

拉佛　　啊，狐狸因为吃不到葡萄所以说不要吃吗？我知道有一种药，可以使顽石有了生命，您吃了之后，就会生龙活虎似的跳起舞来；它可以使陈年痼疾药到病除，它可以使查里曼大帝拿起笔来，为她写一行情诗。

国王　　是哪一个“她”？

拉佛　　她就是我所要说的那位女医生。陛下，她就在外边，等候着您的赐见。我敢凭着我的忠诚和信誉发誓，要是您不以为我的话都是随便说着玩玩，不足为准的话，那么像她这样一位有能耐、聪明而意志坚定的青年女子，的确使我惊奇钦佩，我相信那不能归咎于我的天生的弱点。她现在要求拜见陛下，不知道陛下愿不愿意准如所请，问一问她的来意？要是您在见了她之后，觉得我说的全都是虚话，那时再请您把我大大地取笑一番吧。

国王　　好拉佛，那么你去带那个奇女子进来，让我们大家瞻仰瞻仰吧。

拉佛　　好，我马上就去马上就来。（下）

国王　　他无论有什么事，总是先拉上一堆废话。

拉佛率海丽娜重上。

拉佛　　来，这儿来。

**国王** 这么快！他倒真是插着翅膀飞的。

**拉佛** 来，这儿来。这位就是王上陛下，你有什么话可以对他说。瞧你的样子像一个叛徒，可是你这样的叛徒，王上是不会害怕的。再见。（下）

**国王** 姑娘，你是有什么事情来见我的吗？

**海丽娜** 是的，陛下。吉拉·德·拿滂是我的父亲，他在医道上是颇有研究的。

**国王** 我知道他。

**海丽娜** 陛下既然知道他，我也不必再多费唇舌夸奖他了。他在临死的时候，传给我许多秘方，其中主要的一个，是他积多年悬壶的经验配制而成，他对它十分珍惜，叫我用心保藏起来，把它当作自己心头一块肉一样珍爱着。我听从着他的嘱咐，从来不敢把它轻易示人，现在闻知陛下的症状，正就是先父所传秘方主治的一种疾病，所以甘冒万死前来，把它呈献陛下。

**国王** 谢谢你，姑娘，可是我不能轻信你的药饵；我们这里最高明的医生都已经离开了我，众口一辞地断定病入膏肓，决非人力所能挽回的了。我怎么可以糊里糊涂地把我的痴心妄想，寄托在一张靠不住的医方上，认为它可以医治我的不治之症呢？我不能让人家讥笑我的昏愦，当一切救助都已无能为力的时候，再去相信一种无意识的救助呀。

**海丽娜** 陛下既然这么说，我也不敢勉强陛下接纳我的微劳，总算我跋涉了这一趟，略尽我对陛下的一番忠悃，也可以说是不虚此行了。我别无所求，但求陛下放我回去。

**国王** 你来此也是一番好意，这一个要求当然可以准许你。你想来帮助我，一个垂死之人，对于希望他转死回生的人，不用说是十分感激的；可是我自己充分知道我的病状已经险恶到什么程度，你却没有着手成春的妙术，又有什么办法呢？

**海丽娜** 既然陛下已经断定一切治疗都已无望，那么就给我一个机会，让我试一试我的本领，又有什么妨碍呢？建立丰功伟业的人，往往借助于最微弱者之手，当士师们有如童的时候，上帝的旨意往往借着婴儿的身上显示；洪水可以从涓滴的细流中发生，大海有时却会干涸。最有把握的希望，往往结果终于失望；最少希望的事情，反会出人意外地成功。

**国王** 我不能再听你说下去了；再会，善心的姑娘！你的殷勤未邀采纳，让我的感谢作为你的报酬吧。

**海丽娜** 天启的智能，就是这样为一言所毁。人们总是凭着外表妄加臆测，无所不知的上帝却不是这样，明明是来自上天的援助，人们却武断地诿之于人力。陛下，请您接受我的劳力吧，这并不是试验我的本领，乃是试验上天的意旨。我不是一个大言欺人的骗子，我知道我有充分的把握，我也确信我的医方决不会失去效力，陛下的病也决不会毫无希望。

**国王** 你是这样确信着吗？那么你希望在多少时间内把我的病医好？

**海丽娜** 给我最宽的限期，在义和的骏马拖着火轮兜了两个圈子，阴沉的暮色两次吹熄了朦胧的残辉，或是航海者的滴漏二十四回告诉人们那窃贼一样的时间怎样偷溜过去以前，陛下身上的病痛便会霍然脱体，重享着自由自在的健康生活。

**国王** 你有这样的自信，要是结果失败呢？

**海丽娜** 请陛下谴责我的鲁莽，把我当作一个无耻的娼妓，让世人编造诽谤的歌谣，宣扬我的耻辱；我的处女的清名永远丧失，我的生命也可以在最苛虐的酷刑中毁灭。

**国王** 我觉得仿佛有一个天使，借着你柔弱的口中发出他的有力的声音；虽然就常识判断起来应该是不可能的事，却使我不能不信。你的生命是可贵的，因为在你身上具备一切生命中值得赞美的事物，青春、美貌、智慧、勇气、贤德，这些都是足以使人生幸福的；你愿意把这一切作为孤注，那必然表示你有非凡的能耐，否则你一定有一种异常迫切的需要。好医生，我愿意试一试你的药方，要是我死了，你自己可也不免一死。

**海丽娜** 要是我不能按照限定的时间把陛下治愈，或者医治的结果，跟我说过的话稍有不符之处，我愿意引颈就戮，死而无怨。不过要是我把陛下的病治好了，那么陛下答应给我什么酬报呢？

**国王** 你可以提出无论什么要求。

**海丽娜** 可是陛下是不是能够满足我的要求呢？

**国王** 凭着我的身份起誓，我一定答应你。

**海丽娜** 那么我要请陛下亲手赐给我一个我所选中的丈夫。我不敢冒昧在法兰西的王族中寻求选择的对象，把我这卑贱的名姓攀附金枝玉叶；只要陛下准许我在您的臣仆之中，拣一个我可以向您要求、您也可以允许给我的人，我就感激不尽了。

**国王** 那么一言为定，你治好了我的病，我也一定帮助你如愿以偿。我已经决心信赖着你的治疗，你等着自己选择吧。我还有一些问题要问你，我也必须知道你是从什么地方来的，你家里还有什么人；可是即使我不问你这些问题，我也可以完全相信着你，请你接受我真心的欢迎和诚意的祝福。来人！扶我进去。你的手段倘使果然像你所说的那样高明，我一定不会辜负你的好处。（喇叭奏花腔。同下）

## 第二场

**罗西昂。伯爵夫人府中一室**

伯爵夫人及小丑上。

**伯爵夫人** 来，小子，现在我要试试你的教养如何了。

**小丑** 人家会说我是个锦衣玉食的鄙夫。您的意思不过是要叫我上宫廷里去吗?

**伯爵夫人** 上宫廷里去！你到过些什么好地方，说的话儿这样神气活现，“不过是上宫廷里去”。

**小丑** 不说假话，太太，一个人只要懂得三分礼貌，在宫廷里混混是再容易不过的事。谁要是连屈个膝儿，脱个帽儿，吻个手儿，说些个空话儿也不会，那简直是个不生腿、不生手、不生嘴唇的木头人。这种家伙当然是不配到宫廷里去的。可是我有一句话儿，什么问话都可以应付过去。

**伯爵夫人** 啊，一句答话可以回答一切问题，这倒是闻所未闻。

**小丑** 它就像理发匠的椅子一样，什么屁股坐上去都合适；尖屁股，扁屁股，瘦屁股，肥屁股，或是无论什么屁股。

**伯爵夫人** 那么你的答话对于无论什么问题也都一样合适吗？

**小丑** 正像律师手里的讼费、娼妓手里的夜度资、新郎手指上的婚戒、忏悔火曜日的煎饼、五朔节的化装跳舞一样合适；也正像钉之于孔、乌龟之于绿头巾、尖嘴姑娘之于泼皮无赖、尼姑嘴唇之于和尚嘴巴一样天造地设。

**伯爵夫人** 你果然有这样一句百发百中的答话吗？

**小丑** 上至公卿，下至皂隶，什么问话都可以用这句话回答。你要是不信，咱们不妨试一试。您先问我我是不是个官儿。

**伯爵夫人** 好，我就充一会儿傻瓜，也许可以跟你学点儿乖。请问足下是不是在朝廷里得意？

**小丑** 啊，岂敢岂敢！——这不是很便当地应付过去了吗？再问下去，再问我一百个问题。

**伯爵夫人** 老兄，咱们是老朋友，小弟一向佩服您的。

**小丑** 啊，岂敢岂敢！——再来，再来，不要放过我。

**伯爵夫人** 这肉煮得太不入味，恐怕不合老兄胃口。

**小丑** 啊，岂敢岂敢！——再问下去，尽管问下去。

**伯爵夫人** 听说最近您曾经给人家抽了一顿鞭子。

**小丑** 啊，岂敢岂敢！——不要放过我。

**伯爵夫人** 你在给人家鞭打的时候，也是喊着“岂敢岂敢”，还要叫他们不要放过你吗？

**小丑** 我的“岂敢岂敢”百试百灵，今天却是第一次触了霉头。看来无论怎样经久耐用的东西，也总有一天失去效用的。

**伯爵夫人** 跟你这傻瓜胡扯了半天，现在还是谈正事吧。你看见了海伦姑娘，就把这封信交给她，请她立刻答复我；还给我致意问候我的那些亲戚们，也去问问少爷安好。这不算是什么麻烦的事吧？

**小丑** 好，就此告辞。

**伯爵夫人** 你快去吧。（各下）

## 第三场

**巴黎。宫中一室**

勃特拉姆、拉佛、帕洛同上。

**拉佛** 人家说奇迹已经过去了，我们现在这一辈博学深思的人们，惯把不可思议的事情看作平淡无奇，因此我们把惊骇视同儿戏，当我们应当为一种不知名的恐惧而战栗的时候，我们却用谬妄的知识作为护身符。

**帕洛** 可大人这一番高论，真是不可多得的至理名言。

**勃特拉姆** 正是正是。

**拉佛** 不去乞灵于那些医药宝典——

**帕洛** 是是。

**拉佛** 什么伽伦，什么巴拉塞尔萨斯——

**帕洛** 是是。

**拉佛** 以及那一大群有学问的家伙们——

**帕洛** 是是。

拉佛　他们都断定他无药可治——

帕洛　对啊，一点不错。

拉佛　毫无痊愈的希望——

帕洛　对啊，他正像是——

拉佛　风中之烛，吉少凶多。

帕洛　正是，您说得真对。

拉佛　像这样的事情，真可以说是不世的奇迹。

帕洛　正是正是，那真可以说是——你怎么说的?

拉佛　上苍借手人力表现出来的灵异。

帕洛　对了，那正是我所要说的话。

拉佛　现在他简直的比海豚还壮健；这不是我故意说着不敬的话。

帕洛　总而言之，这真是奇事；只有最顽愚不化的人，才会不承认那是——

拉佛　上天借手于——

帕洛　是是。

拉佛　一个最柔弱无能的使者，表现他的伟大超越的力量；感谢上天的眷顾，他不但保佑我们王上恢复健康，一定还会赐更多的幸福给我们。

帕洛　您说得真对，我也是这个意思。王上来了。

国王、海丽娜及侍从等上。

拉佛　我以后要格外喜欢姑娘们了，趁着我的牙齿还没有完全掉下。瞧，他简直可以拉着她跳舞呢。

**帕洛** 嗳哟！这不是海伦吗？

**拉佛** 我相信是的。

**国王** 去，把朝廷中所有的贵族一起召来。（一侍从下）我的恩人，请你坐在你病人的旁边。我这一只手多亏你使它恢复了知觉，现在它将要给与你我已经允许你的礼物，只等你指点出来。

若干廷臣上。

**国王** 好姑娘，用你的眼睛观看，这一群年轻未婚的贵人，我对他们都可以运用君上和严亲的两重权力，把他们中间的任何一人许配给你；你可以随意选择，他们都不能拒绝你。

**海丽娜** 愿爱神保佑你们每一个人都能得到一位美貌贤淑的爱人！除了你们中间的一个人之外。

**拉佛** 哼，我的牙齿并不比这些孩子们坏，我的胡须也不比他们长多少呢。

**国王** 仔细看看他们，他们谁都有一个高贵的父亲。

**海丽娜** 各位大人，上天已经假手于我，治愈了王上的疾病。

**众人** 是，我们感谢上天差遣您前来。

**海丽娜** 我是一个简单愚鲁的女子，我可以向人夸耀的只是我是一个清白的少女。陛下，我已经选好了。我颊上的羞红向我低声耳语："我们为你害羞，因为你竟敢选择你自己的意中人；可是你倘然给人拒绝了，那么让苍白的死亡永远罩在你的颊上吧，我们是永不再来的了。”

**国王** 你尽管放心选择吧，谁要是躲避你的爱情，让他永远得不到我的眷宠。

**海丽娜** 狄安娜女神，现在我要离开你的圣坛，把我的叹息奉献给至高无上的爱神龛下了。大人，您愿意听我的诉请吗？

**臣甲** 但有所命，敢不乐从。

**海丽娜** 谢谢您，大人；我没有什么话要对您说的。（向臣乙）大人，我还没有向您开口，您眼睛里闪耀着的威焰，已经使我自惭形秽、望而却步了。但愿爱神赐给您幸运，使您得到一位胜过我二十倍的美人！

**臣乙** 得偶仙姿，已属万幸，岂敢更有奢求？

**海丽娜** 请您接受我的祝愿，少陪了。

**拉佛** 难道他们都拒绝了她吗？要是他们是我的儿子，我一定要把他们每人抽一顿鞭子，或者把他们赏给土耳其人做太监去。

**海丽娜** （向臣丙）不要害怕我会选中您，我决不会使您难堪的。上帝祝福您！要是您有一天结婚，希望您娶到一位更好的妻子！

**拉佛** 这些孩子们放着这样一个人不要，难道都是冰打成的不成？他们一定是英国人的私生子，咱们法国人决不会这样的。

**海丽娜** （向臣丁）您是太年轻、太幸福、太好了，我配不上您。

**臣丁** 美人，我不能同意您的话。

**拉佛** 这个小子有种，你的父亲大概是喝酒的。可是你倘然不是一头驴子，就算我是一个十四岁的小娃娃；我早知道你是个什么人。

**海丽娜** （向勃特拉姆）我不敢说我选取了您，可是我愿意把我自己奉献给您，终身为您服役，一切听从您的指导。——这就是我选中的人。

**国王** 很好，勃特拉姆，那么你娶了她吧，她是你的妻子。

**勃特拉姆** 我的妻子，陛下！请陛下原谅，在这一件事情上，我是要凭着自己的眼睛做主的。

**国王** 勃特拉姆，你不知道她给我做了什么事吗？

**勃特拉姆** 我知道，陛下；可是我不知道为什么我必须娶她。

**国王** 你知道她把我从病床上救了起来。

**勃特拉姆** 所以我必须降低身份，和一个下贱的女子结婚吗？我认识她是什么人，她是靠着我家养活长大的。一个穷医生的女儿做我的妻子！我的脸都丢尽了！

**国王** 你看不起她，不过因为她地位低微，那我可以把她抬高起来。要是把人们的血液倾注在一起，那颜色、重量和热度都难以区别，偏偏在人间的关系上，会划分这样清楚的鸿沟，真是一件怪事。她倘然是一个道德上完善的女子，你不喜欢她，只因为她是一个穷医生的女儿，那么你重视虚名甚于美德，这就错了。穷巷陋室，有德之士居之，可以使蓬荜增辉；世禄之家，不务修善，虽有盛名，亦将隳败。善恶的区别，在于行为的本身，不在于地位的有无。她有天赋的青春、智慧和美貌，这一切的本身即是光荣；最可耻的，却是那些席父祖的余荫、不知绍述先志、一味妄自尊大的人。虚名是一个下贱的奴隶，在每一座墓碑上说着谎话，倒是在默默无言的一抔荒土之下，往往埋葬着忠臣义士的骸骨。有什么话好说呢？你倘然不能因为这女子的本身而爱她，我可以给她其余的一切；她的贤淑美貌是她自己的嫁奁，光荣和财富是我给她的赏赐。

**勃特拉姆** 我不能爱她，也不想爱她。

**国王** 你要是抗不奉命，一定要自讨没趣的。

**海丽娜** 陛下圣体复原，已经使我欣慰万分；其余的事情，不必谈了。

**国王** 这与我的信用有关，我必须运用我的权力。来，骄横傲慢的孩子，握着她的手，你才不配接受这一件卓越的赐与呢。你的愚妄狂悖，不但辜负了她的好处，也已经丧失了我的欢心。你以为她和你处在天平的不平衡的两端，却不知道我站在她的一面，便可以把两方的轻重倒转过来；你也没有想到你的升沉荣辱，完全操在我的手中。为了你自己的好处，赶快抑制你的轻蔑，服从我的旨意；我有命令你的权力，你有服从我的天职；否则你将永远得不到我的眷顾，让年轻的愚昧把你拖下了终身蹭蹬的深渊，我的愤恨和憎恶将要降临到你的头上，没有一点怜悯宽恕。快回答我吧。

**勃特拉姆** 求陛下恕罪，我愿意捐弃个人的爱憎，服从陛下的指示。当我一想起多少恩荣富贵，都可以随着陛下的一言而予夺，我就觉得适才我所认为最卑贱的她，已经受到陛下的宠眷，而和出身贵族的女子同样高贵了。

**国王** 搀着她的手，对她说她是你的。我答应给她一份财产，即使不比你原有的财产更富，也一定可以和你的互相匹敌。

**勃特拉姆** 我愿意娶她为妻。

**国王** 幸运和国王的恩宠祝福着你们的结合；你们的婚礼就在今晚举行，至于隆重的婚宴，那么等远道的亲友到来以后再办吧。你既然答应娶她，就该真诚爱她，不可稍有二心。去吧。（国王、勃特拉姆、海丽娜、群臣及侍从等同下）

**拉佛** 对不起，朋友，跟你说句话儿。

**帕洛** 请问有何见教？

**拉佛** 贵主人一见形势不对就改变口气，倒很见机乖巧。

**帕洛** 贵主人！你在对谁说话？

**拉佛** 啊，难道是我说错了吗？

**帕洛** 岂有此理！人家对我这样说话，我可不肯和他甘休的。贵主人！

**拉佛** 难道尊驾是罗西昂伯爵的朋友吗?

**帕洛** 什么伯爵都是我的朋友，是个男子汉大丈夫我就跟他做朋友。

**拉佛** 你只好跟伯爵们的跟班做朋友，瞧你的样子就不像个上流人。

**帕洛** 你年纪太老了，老人家，你年纪太老了，还是少找些是非吧。

**拉佛** 混蛋，我是个男子汉大丈夫，你再活上一把年纪去也够不上做个汉子。

**帕洛** 要是我不顾一切起来，什么事我都会做得出来的。

**拉佛** 我本来以为你是个有几分聪明的家伙，你的山海经也编造得有几分意思，可是一看你的装束，就知道你不是个怎样了不起的人。像你这样的家伙，真是俯拾即是，不值得人家理睬。

**帕洛** 倘不是瞧在你这一把年纪份上——

**拉佛** 别太动肝火了吧，那会促短你的寿命的；上帝大发慈悲，可怜可怜你这只老母鸡吧！再见，我的好格子窗；我不必打开窗门，因为我早已看得你雪亮了。

**帕洛** 大人，你给我太难堪的侮辱了。

**拉佛** 是的，我诚心侮辱你，你可以受之无愧。再见。（下）

**帕洛** 哼，你倘然有一个儿子，我一定要向他报复这场耻辱，这卑鄙龌龊的老官儿！我且按下这口气，他们这些有权有势的人不是好惹的。要是我有了下手的机会，不管他是怎么大的官儿，我一定要把他揍一顿，决不因为他有了年纪而饶过他。等我下次碰见他的时候，非把他揍一顿不可！

拉佛重上。

**拉佛** 喂，我告诉你一个消息，你的主人结了婚了，你有了一位新主妇啦。

**帕洛** 千万请求大人不要欺人太过，他是我的好长官，在我顶上我所服侍的才是我的主人。

**拉佛** 谁？上帝吗？

**帕洛** 是的。

**拉佛** 魔鬼才是你的主人。为什么你要把带子在手臂上绑成这个样子？你把衣袖当作袜管吗？人家的仆人也像你这样吗？你还是把你的鸡巴装在你鼻子的地方吧。要是我再年轻一些儿，我一定要给你一顿好打；谁见了你都会生气，谁都应该打你一顿；我看上帝造下你来的目的，是为给人家嘘气用的。

**帕洛** 大人，你这样无缘无故破口骂人，未免太不讲理啦。

**拉佛** 去你的吧，你是个无赖浪人，不想想你自己的身份，胆敢在贵人面前放肆无礼，对于你这种人真不值得多费唇舌，否则我可要骂你是个混账东西啦。我不跟你多讲话了。（下）

**帕洛** 好，很好，咱们瞧着吧。好，很好。现在我暂时不跟你算账。

勃特拉姆重上。

**勃特拉姆** 完了，我永远沾上了晦气了。

**帕洛** 什么事，好人儿？

**勃特拉姆** 我虽然已经在尊严的牧师面前起过誓，我却不愿跟她同床。

**帕洛** 什么，什么，好亲亲？

**勃特拉姆** 哼，帕洛，他们叫我结了婚啦！我要去参加都斯加战争去，永远不跟她同床。

**帕洛** 法兰西是个狗窠，不是堂堂男子立足之处。从军去吧！

**勃特拉姆** 我母亲有信给我，我还不知道里面说些什么话。

**帕洛** 噢，那你看了就知道了。从军去吧，我的孩子！从军去吧！在家里抱抱娇妻，把豪情壮志消磨在温柔乡里，不去驰骋疆场，建功立业，岂不埋没了自己的前途？到别的地方去吧！法兰西是一个马棚，我们住在这里的都是些不中用的驽马。还是从军去吧！

**勃特拉姆** 我一定这样办。我要叫她回到我的家里去，把我对她的嫌恶告知我的母亲，说明我现在要出走到什么地方去。我还要把我当面不敢出口的话用书面禀明王上；他给我的赏赐，正好供给我到意大利战场上去，和那些勇士们在一起作战，与其闷在黑暗的家里，和一个可厌的妻子终日相对，还不如冲锋陷阵，死也死得痛快一些。

**帕洛** 你现在乘着一时之兴，将来会不会反悔？你有这样的决心吗？

**勃特拉姆** 跟我到我的寓所去，帮我出些主意。我可以马上打发她动身，明天我就上战场，让她守活寡去。

**帕洛** 啊，你倒不是放空炮，那好极了。一个结了婚的青年是个泄了气的汉子，勇敢地丢弃了她，去吧。（同下）

## 第四场

**同前。宫中另一室**

海丽娜及小丑上。

**帕洛** 祝福您，幸运的夫人！

**海丽娜** 但愿如你所说，我能够得到幸运。

**帕洛** 我愿意为您祈祷，愿您诸事顺利，永远幸福。啊，好小子！我们那位老太太好吗？

**小丑** 要是把她的皱纹给了你，把她的钱给了我，我愿她像你所说的一样。

**帕洛** 我没有说什么呀。

**小丑** 对了，所以你是个聪明人；因为舌头往往是败事的祸根。不说什么，不做什么，不知道什么，也没有什么，就可以使你受用不尽。

**帕洛** 瞧不出你倒是个聪明的傻瓜夫人，爵爷因为有要事，今晚就要动身出去。他很不愿剥夺您在新婚燕尔之夕应享的权利，可是因为迫不得已，只好缓日向您补叙欢情。良会匪遥，请夫人暂忍目前，等待将来别后重逢的无边欢乐吧。

**海丽娜** 他还有什么吩咐？

**帕洛** 他说您必须立刻向王上辞别，设法找出一个可以使王上相信的理由来，能够动身得越快越好。

**海丽娜** 此外还有什么命令？

**帕洛** 他叫您照此而行，静候后命。

**海丽娜** 我一切都遵照他的意志。

**帕洛** 好，我就这样回复他。

**海丽娜** 劳驾你啦。来，小子。（各下）

## 第五场

**同前。另一室**

拉佛及勃特拉姆上。

**拉佛** 我希望大人不要把这人当作一个军人。

**勃特拉姆** 不，大人，他的确是一个军人，而且有很勇敢的名声。

**拉佛** 这是他自己告诉您的。

**勃特拉姆** 我还有其他方面的证明。

**拉佛** 那么也许是我看错了人，把这只鸿鹄看成了燕雀了。

**勃特拉姆** 我可以向大人保证，他是一个见多识广、而且很有胆量的人。

**拉佛** 那么我对于他的见识和胆量真是太失敬了，可是我心里一点不觉得有抱歉的意思。他来了，请您给我们和解和解吧。

帕洛上。

**帕洛** （向勃特拉姆）一切事情都照您的意思办理。

**勃特拉姆** （向帕洛）她去见王上了吗？

**帕洛** 是的。

**勃特拉姆** 她今晚就动身吗？

**帕洛** 您要她什么时候走她就什么时候走。

**勃特拉姆** 我已经写好信，把贵重的东西装了箱，叫人把马也备好了；就在洞房花烛的今夜，我要和她一刀两断。

**拉佛** 一个好的旅行者讲述他的见闻，可以在宴会上助兴；可是一个尽说谎话、拾掇一两件大家知道的事实遮掩他的一千句废话的人，听见一次就该打他三次。上帝保佑您，队长！

**勃特拉姆** 这位大人跟你有点儿不和吗？

**帕洛** 我不知道我在什么地方得罪了大人。

**勃特拉姆** 大人，也许您对他有点儿误会吧。

**拉佛** 我永远不想了解他。再见，大人，相信我吧，这个轻壳果里是找不出核仁来的；这人的灵魂就在他的衣服上。不要信托他重要的事情，这种人的性格我是知道的。再见，先生，我并没有把你说得太难堪，照你这样的人，我应该把你狠狠骂一顿，可是我也犯不着和小人计较了。（下）

**帕洛** 真是一个混账的官儿。

**勃特拉姆** 我并不以为如此。

**帕洛** 啊，您还不知道他是个怎么样的人吗？

**勃特拉姆** 不，我跟他很熟悉，大家都说他是个好人。我的绊脚的东西来了。

海丽娜上。

**海丽娜** 夫君，我已经遵照您的命令，见过王上，已蒙王上准许即日离京，可是他还要叫您去作一次私人谈话。

**勃特拉姆** 我一定服从他的旨意。海伦，请你不要惊奇我这次行动的突兀，我本不该在现在这样的时间匆匆远行，实在我自己在事先也毫无所知，所以弄得这样手足失措。我必须恳求你立刻动身回家，也不要问我为什么我叫你这样做，虽然看上去好像很奇怪，可是我是在详细考虑过了之后才这样决定的；你不知道我现在将要去做一番什么事情，所以当然不知道它的性质是何等重要。这一封信请你带去给我的母亲。（以信给海丽娜）我在两天之后再来看你，一切由你自己斟酌行事吧。

**海丽娜** 夫君，我没有什么话可以对您说，只是我是您的最恭顺的仆人。

**勃特拉姆** 算了，算了，那些话也不用说了。

**海丽娜** 我知道自己命薄，不配接受这样大的幸福，以后只有兢兢业业，恪守本分，免得更增罪戾。

**勃特拉姆** 算了吧，我现在要紧得很。再见，回家去吧。

**海丽娜** 夫君，请您恕我。

**勃特拉姆** 啊，你还有什么话说？

**海丽娜** 我不配拥有我所有的财富，我也不敢说它是我的，虽然它是属于我的；我就像是一个胆小的窃贼，虽然法律已经把一份家产判给他，他还是想把它悄悄偷走。

**勃特拉姆** 你想要些什么？

**海丽娜** 我的要求是极其微小的，实在也可以说毫无所求。夫君，我不愿告诉您我要些什么。陌路之人和仇敌们在分手的时候，是用不到亲吻的。

**勃特拉姆** 请你不要耽搁，赶快上马吧。

**海丽娜** 我决不违背您的嘱咐，夫君。

**勃特拉姆** （向帕洛）还有那些人呢？（向海丽娜）再见。（海丽娜下）你回家去吧；只要我的手臂能够挥舞刀剑，我的耳朵能够听辨鼓声，我是永不回家的了。去！我们就此登程。

**帕洛** 好，放出勇气来！（同下）

# 第三幕

## 第一场

**佛罗伦萨。公爵府中一室**

喇叭奏花腔。公爵率侍从、二法国廷臣及兵士等上。

**公爵** 现在你们已经详详细细知道了这次战争的根本原因，无数的血已经为此而流，以后兵连祸结，更不知何日是了。

**臣甲** 殿下这次出师，的确是名正言顺，而在敌人方面，也太过于暴虐无道了。

**公爵** 所以我很诧异我们的法兰西王兄对于我们这次堂堂正正的义师，竟会拒绝给我们援手。

**臣甲** 殿下，国家政令的决定，不是个人好恶所能左右，小臣地位卑微，更不敢妄加臆测，因此敝国拒绝接受贵邦的原因，要请殿下宽恕，小臣无法奉告。

**公爵** 既然贵国这样决定，我们当然也不便强人所难。

**臣乙** 可是小臣相信在敝国有许多青年朝士，因为厌于安乐，一定会陆续前来，为贵邦效命的。

**公爵** 那我们一定非常欢迎，他们一定将在我们这里享受最隆重的礼遇。两位既然迢迢来此，诚心投效，就请各就部位，大家本着前仆后继的精神，踏着先死者的血迹前进。明天我们就要整队出发了。（喇叭奏花腔。众下）

## 第二场

### 罗西昂。伯爵夫人府中一室

伯爵夫人及小丑上。

**伯爵夫人** 一切事情都适如我的愿望，唯一的遗憾，是他没有陪着她一起回来。

**小丑** 我看我们那位小爵爷心里很有点儿不痛快呢。

**伯爵夫人** 请问何以见得？

**小丑** 他在低头看着靴子的时候也会唱歌；拉正绉领的时候也会唱歌；向人家问话的时候也会唱歌；剔牙齿的时候也会唱歌。我知道有一个人在心里不痛快的时候也有这种脾气，曾经把一座大庄子半卖半送地给了人家呢。

**伯爵夫人** （拆信）让我看看他信里写些什么，几时可以回来。

**小丑**　我自从到了京城以后，对于伊丝贝尔的这颗心就冷了起来。咱们乡下的咸鱼没有京城里的咸鱼好，咱们乡下的姑娘也比不上京城里的姑娘俏。我对于恋爱已经失去了兴趣，正像老年人把钱财看作身外之物一样。

**伯爵夫人**　啊，这是什么话？

**小丑**　您自己看是什么话吧。（下）

**伯爵夫人**　（读信）“儿已遣新妇回家，渠即为国王疗疾之人，而令儿终天抱恨者也。儿虽被迫完婚，未尝与共枕席；有生之日，誓不与之同处。儿今已亡命出奔，度此信到后不久，消息亦必将达于吾母耳中矣。从此远离乡土，永作他乡之客，幸母勿以儿为念。不幸儿勃特拉姆上。”岂有此理，这个鲁莽倔强的孩子，这样一个贤惠的妻子还不中他的意，竟敢拒绝王上的深恩，不怕激起他的嗔怒，真太不成话了！

小丑重上。

**小丑**　啊，夫人！那边有两个将官护送着少夫人，带着不好的消息来了。

**伯爵夫人**　什么事？

**小丑**　不，还好，还好，少爷还不会马上就被杀死。

**伯爵夫人**　他为什么要给人家杀死？

**小丑**　夫人，我听他们说他逃走了；要是人家把他捉住

了，岂不要把他杀死？他们来了，让他们告诉您吧；我只听见说少爷逃走了。（下）

海丽娜及二臣上。

**臣甲** 您好，夫人。

**海丽娜** 妈，我的主去了，一去不回了！

**臣乙** 别那么说。

**伯爵夫人** 你耐着点儿吧。对不起，两位，我因为一时悲喜交集，简直的呆住了；请问两位，我的儿子呢？

**臣乙** 夫人，他去帮助佛罗伦萨公爵作战去了，我们碰见他往那边去的。我们刚从佛罗伦萨来，在朝廷里办好了一些差事，仍旧要回去的。

**海丽娜** 妈，请您瞧瞧这封信，这就是他给我的凭证："汝倘能得余永不离手之指环，且能腹孕一子，确为余之骨肉者，始可称余为夫；然余可断言永无此一日也。"这是一个可怕的判决！

**伯爵夫人** 这封信是他请你们两位带来的吗？

**臣甲** 是的，夫人；我们很抱歉，因为它使你们看了不高兴。

**伯爵夫人** 媳妇，你不要太难过了；要是你把一切的伤心都归在你一个人身上，那么你就把我应当分担的一部分也占夺了去了。他虽然是我的儿子，我从此和他断绝母子的情分，你是我的唯一的孩子了。他是到佛罗伦萨去的吗？

臣乙　　是的，夫人。

伯爵夫人　　是从军去吗？

臣乙　　这是他的英勇的志愿；相信我吧，公爵一定会对他十分看重的。

伯爵夫人　　两位就是从那边来的吗？

臣甲　　是的，夫人，我们刚从那边兼程回来。

海丽娜　　“余一日有妻在法兰西，法兰西即一日无足以令余眷恋之物。”好狠心的话！

伯爵夫人　　这些话也是在那信里的吗？

海丽娜　　是的，妈。

臣甲　　这不过是他一时信笔写下去的话，并不是真有这样的心思。

伯爵夫人　　“一日有妻在法兰西，法兰西即一日无足以令余眷恋之物”！法兰西没有什么东西比你的妻子更不配被你所辱没了；她是应该嫁给一位堂堂贵人，让二十个像你这样无礼的孩子为他供奔走，在她面前太太长、太太短地小心侍候的。谁和他在一起？

臣甲　　他只有一个跟班，那个人我也跟他有一点认识。

伯爵夫人　　是帕洛吗？

臣甲　　是的，夫人，正是他。

伯爵夫人　　那是一个名誉扫地的坏东西。我的儿子受了他的引诱，把他高贵的天性都染坏了。两位远道来此，恕我招待不周。要是你们看见小儿，还要请你们为我向他寄语，他的剑是永远赎不回他所已经失去的荣誉的。我还有一封信，写了要托两位带去。

**臣乙** 夫人但有所命，鄙人等敢不效劳。

**伯爵夫人** 两位太言重了。里边请坐吧。（夫人及二臣下）

**海丽娜** “余一日有妻在法兰西，法兰西即一日无足以令余眷恋之物。”法兰西没有可以使他眷恋的东西，除非他在法兰西没有妻子！罗西昂伯爵，你将在法兰西没有妻子，那时你就可以重新得到你所眷恋的一切了。可怜的人！难道是我把你逐出祖国，让你那娇生惯养的身体去当受无情的战火吗？难道是我害你远离风流逸乐的宫廷，使那些从含情的美目中投射出来温柔的箭镞失去了鹄的吗？乘着火力在天空中横飞的弹丸呀，让空气中充满着你们穿过气流而发出的歌声吧，但愿你们不要接触到我的丈夫的身体！谁要是射中了他，我就是主使暴徒行凶的祸首；谁要是向他奋不顾身的胸前挥动兵刃的，我就是陷他于死地的巨恶；虽然我不曾亲手把他杀死，他的死却是因为我的缘故。我宁愿让我的身体去膏饿狮的馋吻，我宁愿世间所有的惨痛集于我的一身。不，回来吧，罗西昂伯爵！不要冒着丧失一切的危险，去换来一个光荣的创疤，我会离此而去的。既然你的不愿回来，只是因为我在这里的缘故，难道我会继续留在这里吗？不，不，即使这屋子里播满着天堂的香味，即使这里是天使们遨游的乐境，我也不能作一日之留。我一去之后，我的出走的消息也许会传到你的耳中，使你得到安慰。快来吧，黑夜；快快结束吧，白昼！因为我这可怜的贼子，要趁着黑暗悄悄溜走。（下）

## 第三场

**佛罗伦萨。公爵府前**

喇叭奏花腔。公爵、勃特拉姆、帕洛及兵士等上；鼓角声。

**公爵** 我们的马队归你全权统率，但愿你马到功成，不要有负了我的厚望和重托。

**勃特拉姆** 多蒙殿下以这样重大的责任相加，只恐小臣能力微薄，难于胜任，惟有誓竭忠忱，为殿下尽瘁，任何危险，在所不辞。

**公爵** 那么你就向前猛进吧，但愿命运照顾着你，做你的幸运的情人！

**勃特拉姆** 从今天起，伟大的战神，我投身在你的麾下，帮助我使我像我的思想一样刚强，使我只爱听你的鼓声，厌恶那儿女的柔情。（同下）

## 第四场

**罗西昂。伯爵夫人府中一室**

伯爵夫人及管家上。

**伯爵夫人** 唉！你就这样接下了她的信吗？你不知道她会像前次一样，留给我一封书信，不别而行吗？再念一遍给我听。

**管家** （读）

为爱忘畛域，致触彼苍怒，
赤足礼圣真，忏悔从头误。
沙场有游子，日与死为伍，
莫以薄命故，甘受锋镝苦。
还君自由身，弃捐勿复道！
慈母在高堂，归期须及早。
为君注瓣香，祝君永康好，
挥泪乞君恕，离别以终老。

**伯爵夫人** 啊，在她的最温婉的字句里，是藏着多么尖锐的刺！里那多，你问也不问一声仔细就让她这样去了，真是糊涂透了顶。我要是能够当面用话劝劝她，也许可以使她取消原来的计划，现在可是来不及了。

**管家** 小的真是该死，要是把这封信就在昨夜送给夫人，也许还可以把她追回来，现在就是去追也是白追的了。

**伯爵夫人** 哪一个天使愿意祝福这个无情无义的丈夫呢？像他这样的人，是终身不会发达的，除非因为上苍喜欢听她的祷告，乐意答应她的祈愿，才会赦免他那弥天的大罪。里那多，赶快替我写信给这位好妻子的坏丈夫，每一字每一句都要证明她的贤德，来反衬出他自己的薄情；我心里的忧虑悲哀，虽然他一点不曾感觉到，你也要给我切切实实地写在信上。尽快把这封信寄出去，也许他听见了她已经出走，就会回到家里来；我还希望她知道他已经回来之后，纯洁的爱情也会领导她重新回来。我分别不出他们两个人之中，谁是我所最疼爱的。我的心因忧伤而沉重，年龄使我变成这样软弱，我不知道应该流泪呢，还是向人诉述我的悲哀。（同下）

## 第五场

**佛罗伦萨城外**

远处号角声。佛罗伦萨一寡妇、狄安娜、薇奥兰塔、玛利安娜及其他市民上。

**寡妇** 快来吧，要是他们到了城门口，咱们就瞧不见啦。

**狄安娜** 他们说那个法国伯爵立了很大的功劳。

**寡妇** 听说他捉住了他们的主将，还亲手杀死他们公爵的兄弟。倒霉！咱们白赶了一趟，他们往另外一条路上去了；听！他们的喇叭声越来越远啦。

**玛利安娜** 来，咱们回去吧，看不见就听人家说说也好。喂，狄安娜，你留心这个法国伯爵吧；贞操是处女唯一的光荣，名节是妇人最大的遗产。

**寡妇** 我已经告诉我的邻居你怎样被他的一个同伴所看上啦。

**玛利安娜** 我认识那个坏蛋死东西！他的名字就叫帕洛，是个卑鄙龌龊的军官，那个年轻伯爵就是给他诱坏的。

留心着他们吧，狄安娜！他们的许愿、引诱、盟誓、礼物以及这一类煽动情欲的东西，都是害人的圈套，不少的姑娘们都已经上过他们的当了；最可怜的是，这种身败名裂的可怕的前车之鉴，却不曾使后来的人知道警戒，仍旧一个个如蚊附膻，至死不悟，真可令人叹息。我希望我不必给你更多的劝告，但愿你自己能够立定主意。

**狄安娜**　你放心吧，我不会上人家当的。

**寡妇**　但愿如此。瞧，一个进香的人来了；我知道她会住在我的客店里的，来来往往的进香人都知道我的宿店。让我去问她一声。

海丽娜作进香人装束上。

**寡妇**　上帝保佑您，进香人！您要到哪儿去？

**海丽娜**　到圣约克·勒·格朗。请问您，朝拜圣地的人都是在什么地方耽搁的？

**寡妇**　在圣法兰西斯，就在这港口的近旁。

**海丽娜**　是不是打这条路过去的？

**寡妇**　正是，一点不错。你听！（远处军队行进声）他们望这儿来了。进香客人，您要是在这儿等一下，等军队过去以后，我就可以领您到下宿的地方去。我想您一定认识那家客店的女主人，正像您认识我一样。

**海丽娜**　原来大娘就是店主太太吗？

寡妇　　岂敢岂敢。

海丽娜　　多谢您的好意，那么有劳您啦。

寡妇　　我看您是从法国来的吧？

海丽娜　　是的。

寡妇　　您可以在这儿碰见一个同国之人，他曾经在佛罗伦萨立下很大的功劳。

海丽娜　　请教他姓甚名谁？

寡妇　　他就是罗西昂伯爵。您认识这样一个人吗？

海丽娜　　但闻其名，不识其面，他的名誉很好。

狄安娜　　不管他是一个何等样人，他在这里是很出风头的。据说他从法国出亡来此，因为国王强迫他跟一个他所不喜欢的女人结婚。您想会有这回事吗？

海丽娜　　是的，真有这回事；他的夫人我也认识。

狄安娜　　有一个跟随这位伯爵的人，对她的批评不是顶好。

海丽娜　　他叫什么名字？

狄安娜　　他叫帕洛。

海丽娜　　啊！我完全同意，她的确没有什么值得恭维之处，更配不上像那位伯爵那样的大人物，她的名字的确是不值得挂齿的。她唯一的好处，只有她的贞静、缄默，我还不曾听见人家在这方面讥议过她。

狄安娜　　唉，可怜的女人！做一个失爱于夫主的妻子，真够受罪了。

寡妇　　是啦；好人儿，她无论在什么地方，她的心永远是载满了凄凉的。这小妮子要是愿意，也可以做一件对她不起的事呢。

**海丽娜** 您这句话是什么意思？是不是这个好色的伯爵想要把她勾引？

**寡妇** 他确有这个意思，曾经用尽各种手段想要破坏她的贞操，可是她对他戒备森严，绝不让他稍有下手的机会。

**玛利安娜** 神明保佑她守身如玉！

佛罗伦萨兵士一队上，旗鼓前导，勃特拉姆及帕洛亦列队中。

**寡妇** 瞧，现在他们来了。那个是安东尼奥，公爵的长子；那个是埃斯卡勒斯。

**海丽娜** 那法国人呢？

**狄安娜** 他！那个帽子上插着羽毛的，他是一个很漂亮的家伙。我希望他爱他的妻子。他要是老实一点，那就更好了。他不是一个很俊的男人吗？

**海丽娜** 我很喜欢他。

**狄安娜** 可惜他太不老实。那一个就是诱他为非作恶的坏家伙；倘然我是他的妻子，我一定要用毒药毒死那个混账东西。

**海丽娜** 哪一个是他？

**狄安娜** 就是披着肩巾的那个鬼家伙。他为什么好像闷闷不乐似的？

**海丽娜** 也许他在战场上受了伤了。

**帕洛**　　把我们的鼓也丢了！哼！

**玛利安娜**　　他好像有些心事。瞧，他看见我们啦。

**寡妇**　　嘿，死东西！

**玛利安娜**　　谁稀罕你那些鬼殷勤儿！（勃特拉姆、帕洛、军官及兵士等下）

**寡妇**　　军队已经过去了。来，进香客人，让我领您到下宿的地方去。咱们店里已经住下了四五个修行人，他们都是去朝拜伟大的圣约克的。

**海丽娜**　　多谢多谢。今晚我还想作个东道，请这位嫂子和这位好姑娘陪我们一起吃饭，我还可把这位圣女的实训讲一些给你们听。

**玛、狄**　　谢谢您，我们一定奉陪。（同下）

## 第六场

**佛罗伦萨城前营帐**

勃特拉姆及二臣上。

**臣甲** 不，我的好爵爷，让我们试他一试，看他怎么样。

**臣乙** 您要是发现他不是个卑鄙小人，请您从此别相信我。

**臣甲** 凭着我的生命起誓，他是一个骗子。

**勃特拉姆** 你们以为我一直受了他的骗吗？

**臣甲** 相信我，爵爷，我一点没有恶意；照我所知道的，他是一个天字第一号的懦夫，一个到处造谣言说谎话的骗子，每小时都在做着背信爽约的事，在他身上没有一点可以采取的好处。

**臣乙** 您应该明白他是怎样一个人，否则要是您太相信了他，有一天他会在一件关系重大的事情上连累了您的。

**勃特拉姆** 我希望我知道用怎样方法去试验他。

**臣乙** 最好就是叫他去把那面失去的鼓夺回来，您已经听见他自告奋勇过了。

**臣甲** 我就带着一队佛罗伦萨兵士，扮成敌军的样子，在半路上突然拦截他。我们把他捉住捆牢，蒙住了他的眼睛，把他兜了几个圈子，然后带他回到自己的营里，让他相信他已经在敌人的阵地里了。您可以看我们怎样审问他，要是他并不贪生怕死，出卖友人，把他所知道的我们这里的事情指天誓日地一股脑儿招出来，那么请您以后再不要相信我的话好了。

**臣乙** 啊！叫他去夺回他的鼓来，好让我们解解闷儿；他说他已经有了一个妙计；可以去把它夺回来。您要是看见了他怎样完成他的任务，看看他这块废铜烂铁究竟可以熔成什么材料，那时你倘不擂他一顿拳头，我才信你。他来啦。

**臣甲** 啊！这是个绝妙的玩笑，让我们不要阻挡他的壮志，让他去把他的鼓夺回来。

帕洛上。

**勃特拉姆** 啊，队长！你还在念念不忘这面鼓吗？

**臣乙** 妈的！这算什么，左右不过是一面鼓罢了。

**帕洛** 不过是一面鼓！怎么叫不过是一面鼓？难道这样丢了就算了？没有鼓怎么可以调节人马的进退？怎么可以驰驱夺阵？怎么可以分兵合围？

**臣乙** 那可不能怪谁的不是啊；这种挫折本来是战争中所不免的，就是恺撒做了大将，也是没有办法的。

**勃特拉姆** 究竟我们这回是打了胜仗的。丢了鼓虽然有点失面子，已经丢了没有法子夺回来，也就算了。

**帕洛** 它是可以夺回来的。

**勃特拉姆** 也许可以，可是现在已经没有法想了。

**帕洛** 没法想也得夺它回来。倘不是因为论功行赏，往往总是给滥竽充数的人占了便宜去，我一定要去拼死夺回那面鼓来。

**勃特拉姆** 很好，队长，你要是真有这样胆量，你要是以为你的神出鬼没的战略，可以把这三军光荣所系的东西重新夺了回来；那么请你尽量发挥你的雄才；试一试你的本领吧。要是你能够成功，我可以给你在公爵面前特别吹嘘，他不但会大大地褒奖你，而且一定会重重赏你的。

**帕洛** 我愿意举着这一只军人的手郑重起誓，我一定要干它一下。

**勃特拉姆** 好，现在你可不能含含糊糊赖过去了。

**帕洛** 我今晚就去；现在我马上就把一切困难放在脑后，鼓起必胜的信念，打起视死如归的决心来，等到半夜时候，你们等候我的消息吧。

**勃特拉姆** 我可不可以现在就去把你的决心告诉公爵殿下？

**帕洛** 我不知道此去成败如何，可是大丈夫说做就做，决无反悔。

**勃特拉姆** 我知道你是个勇敢的人，凭着你的过人的智勇，一定会成功的。再会。

**帕洛** 我不喜欢多说废话。（下）

**臣甲** 你要是不喜欢多说废话，那么鱼儿也不会喜欢水了。爵爷，您看他自己明明知道这件事情办不到，偏偏会那样大言不惭地好像看得那样有把握；虽然夸下了口，却又硬不起头皮来，真是个莫名其妙的家伙！

**臣乙** 爵爷，您没有我们知道他得仔细；他凭着那副吹拍的功夫，果然很会讨人喜欢，别人在一时之间也不容易看破他的真相，可是等到你知道了他究竟是一个怎么样的人以后，你就永远不会再相信他了。

**勃特拉姆** 难道你们以为他这样郑重其事地一口答应下来，竟会是空口说说的吗？

**臣甲** 他绝对不会认真去做的；他在什么地方溜了一趟，回来编一个谎，造两三个谣言，就算完事了。可是我们已经布下陷阱，今晚一定要叫他出丑。像他这样的人，的确是不值得您去抬举的。

**臣乙** 我们在把这狐狸关进笼子以前，还要先把他戏弄一番。拉佛老大人早就知道他不是个好人了。等他原形毕露以后，请您瞧瞧他是个什么东西吧；今天晚上您就知道了。

**臣甲** 我要去找我的棒儿来，今晚一定要捉住他。

**勃特拉姆** 我要请你这位兄弟陪我走走。

**臣甲** 悉随爵爷尊便，失陪了。（下）

**勃特拉姆** 现在我要把你带到我跟你说起的那家人家去，让你见见那位姑娘。

**臣乙** 可是您说她是很规矩的。

**勃特拉姆** 就是这一点讨厌。我只跟她说过一次话，她对我冷冰冰的一点笑容都没有。我曾经叫帕洛那混蛋替我送给她许多礼物和情书，她都完全退还了，把我弄得毫无办法。她是个很标致的人儿。你愿意去见见她吗?

**臣乙** 愿意，愿意。（同下）

# 第七场

**佛罗伦萨。寡妇家中一室**

海丽娜及寡妇上。

**海丽娜** 您要是不相信我就是她，我不知道怎样才可以向您证明，我的计划也就没有法子可以实行了。

**寡妇** 我的家道虽然已经中落，可是我也是好人家出身，这一类事情从来不曾干过；我不愿现在因为做了不干不净的勾当，而玷污了我的名誉。

**海丽娜** 如果是不名誉的事，我也决不希望您去做。第一，我要请您相信我，这个伯爵的确就是我的丈夫，我刚才对您说过的话，没有半个字虚假；所以您要是答应帮助我，决不会有错的。

**寡妇** 我应当相信您，因为您已经向我证明您的确是一位名门贵妇。

**海丽娜** 这一袋金子请您收了，略为表示我一点感谢您好心帮助我的意思，等到事情成功以后，我还要重重谢您。伯爵看中令嫒的姿色，想要用淫邪的手段来诱惑她；让她答应了他的要求吧，我们可以指导她用怎样的方式诱他入彀；他在热情的煽动下，一定会答应她的任何条件。他的手指上佩着一个指环，是他四五代以前祖先的遗物，世世相传下来的，他把它看得非常宝贵；可是令嫒要是向他讨这指环，他为了满足他的欲念起见，也许会不顾日后的懊悔，毫无吝色地送给她的。

**寡妇** 现在我明白您的用意了。

**海丽娜** 那么您也知道这一件事情是合法的了。只要令嫒在假装愿意之前，先向他讨下了这指环，然后约他一个时间相会，事情就完了；到了那时间，我会顶替她赴约，她自己还是白璧无瑕，不会受他的污辱。事成之后，我愿意在她已有的嫁奁上，再送她三千克朗，答谢她的辛劳。

**寡妇** 我已经答应您了，可是您还得先去教我的女儿用怎样一种不即不离的态度，使这场合法的骗局不露破绽。他每夜都到这里来，弹唱着各种乐曲歌颂她的庸姿陋质；我们也没有法子把他赶走，他就像攸关生死一样不肯离开。

**海丽娜** 那么好，我们就在今夜试一试我们的计策吧；要是能够干得成功，那就是假罪恶之行，行合法之事，手段虽然不正当，行为却并无错误。我们就这样进行起来吧。（同下）

# 第四幕

## 第一场

**佛罗伦萨军营外**

臣甲率埋伏兵士五六人上。

**臣甲** 他一定会打这篱笆角上经过。你们向他冲上去的时候，大家都要齐声乱嚷，讲着一些稀奇古怪的话，即使说得自己都听不懂，也没有什么关系；我们都要假装听不懂他的说话，只有一个人听得懂，我们就叫那个人出来做翻译。

**兵士甲** 队长，让我做翻译吧。

**臣甲** 你跟他不熟悉吗？他听得出你的声音来吗？

**兵士甲** 不，队长，我可以向您担保他听不出我的声音。

**臣甲** 那么你向我们讲些什么南腔北调呢？

**兵士甲** 就跟你们向我说的那些话一样。

**臣甲** 我们必须使他相信我们是敌人军队中的一队客籍军。他对于邻近各国的方言都懂得一些，所以我们必须每个人随口瞎嚷一些大家听不懂的话儿；

好在大家都知道我们的目的是什么，因此可以彼此心照不宣，假装懂得就是了；尽管像老鸦叫似的，叽里咕噜一阵子，越糊涂越好。至于你做翻译的，必须表示出一副机警调皮的样子来。啊，快快埋伏起来！他来了，他一定是到这里来睡上两点钟，然后回去编造一些谎话哄人。

帕洛上。

**帕洛** 十点钟了；再过三点钟便可以回去。我应当说我做了些什么事情呢？这谎话一定要编造得十分巧妙，才会叫他们相信。他们已经有点疑心我，倒霉的事情近来接二连三地落到我的头上来。我觉得我这一条舌头太胆大了，我的那颗心却又太胆小了，看见战神老爷和他的那些喽啰们的影子，就会战战兢兢，话是说得出来，一动手就吓软了。

**臣甲** （旁白）这是你第一次说的老实话。

**帕洛** 我明明知道丢了的鼓夺不回来，我也明明知道我一点没有去夺回那面鼓来的意思，什么鬼附在我身上，叫我夸下这个海口？我必须在我身上割破几个地方，好对他们说这是力战敌人所留的伤痕；可是轻微的伤口不会叫他们相信，他们一定要说，“你这样容易就脱身出来了吗？”重一点呢，又怕痛了皮肉。这怎么办呢？闯祸的舌头呀，你要是再这样瞎三话四地害苦我，我可要割下你来，放在老婆子的嘴里，这辈子宁愿做个哑巴子了。

**臣甲**　（旁白）他居然也会有自知之明吗？

**帕洛**　我想要是我把衣服撕破了，或是把我那柄西班牙剑敲断了，也许可以叫他们相信。

**臣甲**　（旁白）那我们可赔你不起。

**帕洛**　或者把我的胡须割去了，说那是一个计策。

**臣甲**　（旁白）这不行。

**帕洛**　或者把我的衣服丢在水里，说是给敌人剥去了。

**臣甲**　（旁白）也不行。

**帕洛**　我可以赌咒说我从十八丈高的城头上跳下来。

**臣甲**　（旁白）你赌下三个重咒人家也不会信你。

**帕洛**　可是顶好我能够拾到一面敌人弃下来的鼓，那么我就可以赌咒说那是我从敌人手里夺回来的了。

**臣甲**　（旁白）别忙，你就可以听见敌人的鼓声了。

**帕洛**　哎哟，真的是敌人的鼓声！（内喧嚷声）

**臣甲**　色洛加·摩伏塞斯，卡哥，卡哥，卡哥。

**众人**　卡哥，卡哥，维利安达·拍·考薄，卡哥。（众擒帕洛，以巾掩其目）

**帕洛**　啊！救命！救命！不要遮住我的眼睛。

**兵士甲**　波斯哥斯·色洛末尔陀·波斯哥斯。

**帕洛**　我知道你们是一队莫斯科兵；我不会讲你们的话，这回真的要送命了。要是列位中间有人懂得德国话、丹麦话、荷兰话、意大利话或者法国话的，请他跟我说话，我可以告诉他佛罗伦萨军队中的秘密。

**兵士甲** 波斯哥斯·伏伐陀。我懂得你的话，会讲你的话。克累利旁托。朋友，你不能说谎，小心点吧，十七把刀儿指着你的胸口呢。

**帕洛** 哎哟！

**兵士甲** 哎哟！跪下来祷告吧。曼加·累凡尼亚·都尔契。

**臣甲** 奥斯考皮都尔却斯·伏利伏科。

**兵士甲** 将军答应暂时不杀你；现在我们要把你这样蒙着眼睛，带你回去盘问，也许你可以告诉我们一些军事上的秘密，赎回你的狗命。

**帕洛** 啊，放我活命吧！我可以告诉你们我们营里的一切秘密：一共有多少人马，他们的作战方略，还有许多可以叫你们吃惊的事情。

**兵士乙** 可是你不会说谎话吧？

**帕洛** 要是我说了半句谎话，死后不得超生。

**兵士甲** 阿考陀·林他。来，饶你多活几个钟点。（率若干兵士押帕洛下，内起喧嚷声片刻）

**臣甲** 去告诉罗西昂伯爵和我的兄弟，说我们已经把那只野鸟捉住了，他的眼睛给我们蒙住着，请他们决定如何处置。

**兵士乙** 是，队长。

**臣甲** 你再告诉他们，他将要在我们面前泄露我们的秘密。

**兵士乙** 是，队长。

**臣甲** 现在我先把他好好地关起来再说。（同下）

## 第二场

**佛罗伦萨。寡妇家中一室**

勃特拉姆及狄安娜上。

**勃特拉姆** 他们告诉我你的名字是芳提贝尔。

**狄安娜** 不，爵爷，我叫狄安娜。

**勃特拉姆** 果然你比月中的仙子还要美上几分！可是美人，难道你外表这样秀美，你的心里竟不让爱情有一席地位吗？要是青春的炽烈的火焰不曾燃烧着你的灵魂，那么你不是女郎，简直是一座石像了。你倘然是一个有生命的活人，就不该这样冷酷无情。你现在应该学学你母亲开始怀孕着你的时候那种榜样才对啊。

**狄安娜** 她是个贞洁的妇人。

**勃特拉姆** 你也是。

**狄安娜** 不，我的母亲不过尽她应尽的名分，正像您对您夫人也有应尽的名分一样。

**勃特拉姆** 别说那一套了！请不要再为难我了吧。我跟她结婚完全出于被迫，可是我爱你却是因为我自己心里的爱情在鞭策着我。我愿意永远供你驱使。

**狄安娜** 对啦，在我们没有愿意供你们驱使之前，你们是愿意供我们驱使的；可是一等到你们把我们枝上的蔷薇采去以后，你们就把棘刺留着刺痛我们，反倒来嘲笑我们的枝残叶老。

**勃特拉姆** 我不是向你发过无数次的誓了吗？

**狄安娜** 许多的誓不一定可以表示真诚，真心的誓只要一个就够了。我们的所作所为，倘能质之天日而无愧，那不必指天誓日，也就是正大光明的。请问要是我实在一点不爱你，我却指着上帝的名字起誓，说我深深地爱着你，这样的誓是不是可以相信的呢？照我看起来，你的那许多誓也不过是些嘴边的空话罢了。

**勃特拉姆** 不要这样想。不要这样神圣而残酷。恋爱是神圣的，我的纯洁的心，也从来不懂得你所指斥男子们的那种奸诈。不要再这样冷淡我，请你快来安慰安慰我的饥渴吧。你只要说一声你是我的，我一定会始终如一地永远爱着你。

**狄安娜** 男人们都是用这种手段诱我们失身的。把那个指环给我。

**勃特拉姆** 好人，我可以把它借给你，可是我不能给你。

**狄安娜** 您不愿意吗，爵爷？

**勃特拉姆** 这是我家世世相传的宝物，如果我把它丢了，那是莫大的不幸。

**狄安娜** 我的荣誉也就像这指环一样；我的贞操也是我家世世相传的宝物，如果我把它丢了，那是莫大的不幸。我正可借用您的说法，抗拒您企图玷污我的名誉的无益的试探。

**勃特拉姆** 好，你就把我的指环拿去吧；我的家、我的名誉，甚至于我的生命，都是属于你的，我愿意一切听从你。

**狄安娜** 今宵半夜时分，你来敲我卧室的窗门，我可以预先设法调开我的母亲。可是你必须依从我一个条件，当你征服了我的童贞之身以后，你不能耽搁一小时以上，也不要对我说一句话。为什么要这样是有很充分的理由的，等这指环还给你的时候，你就可以知道。今夜我还要把另一个指环套在你的手指上，留作日后的信物。晚上再见吧，可不要失约啊。你已经赢得了一个妻子，我的终身却也许从此毁了。

**勃特拉姆** 我得到了你，就像是踏进了地上的天堂。（下）

**狄安娜** 有一天你会感谢上天，幸亏遇见了我。我的母亲告诉我他会怎样向我求爱，她就像住在他心里一样说得一点不错；她说，男人们所发的誓，都是千篇一律的。他发誓说等他妻子死了，就跟我结婚；我宁死也不愿跟他同床共枕。这种法国人这样靠不住，与其嫁给他，还不如终身做个处女的好。他想用欺骗手段诱惑我，我现在也用欺骗手段报答他，想来总不能算是罪恶吧。（下）

## 第三场

**佛罗伦萨军营**

二臣及兵士二三人上。

**臣甲** 你还没有把他母亲的信交给他吗?

**臣乙** 我已经在一点钟前给了他;信里好像有些什么话激发了他的天良,因为他读了信以后,就好像变了一个人似的。

**臣甲** 他抛弃了这样一位温柔贤淑的妻子,真不应该。

**臣乙** 他更不应该在王上对他非常眷宠的时候,拂逆了他的意旨。我可以告诉你一件事情,可是你不能讲给别人听。

**臣甲** 你告诉了我以后,我就把它埋葬在自己的心里,决不再向别人说起。

**臣乙** 他已经在这里佛罗伦萨勾搭上了一个良家少女,她的贞洁本来是很出名的;今夜他就要逞他的淫欲去破坏她的贞操,他已经把他那颗宝贵的指环送给她了。

臣甲　上帝饶恕我们！我们这些人类真不是东西！

臣乙　人不过是他自己的叛徒；正像一切叛逆的行为一样，我们眼看着自己的罪恶成长，却不去抑制它，让他干下了不可收拾的事，以至于身败名裂。

臣甲　那么今夜他不能来了吗？

臣乙　他的时间表已经排好，一定要在半夜之后方才回来。

臣甲　那么再等一会儿他也该来了。我很希望他能够亲眼看见他那个同伴的本来面目，让他明白明白他自己的判断有没有错误，他是很看重这个骗子的。

臣乙　我们还是等他来了再处置那个人吧，这样才好叫他无所遁形。

臣甲　现在还是谈谈战事吧，你近来听到什么消息没有？

臣乙　我听说两方面已经在进行和议了。

臣甲　不，我可以确实告诉你，和议已经成立了。

臣乙　那么罗西昂伯爵还有些什么事好做呢？他是再到别处去旅行呢，还是打算回法国去？

臣甲　你这样问我，大概他还没有把你当作一个心腹朋友看待。

臣乙　但愿如此，否则他干的事我也要脱不了干系了。

臣甲　告诉你吧，他的妻子在两个月以前已经从他家里出走，说是要去参礼圣约克·勒·格朗；参礼完毕以后，她就在那地方住下，因为她的多愁善感的天性，经不起悲哀的袭击，所以一病不起，终于叹了最后一口气，现在是在天上唱歌了。

臣乙　这消息也许不确吧？

臣甲　她在临死以前的一切经过，都有她亲笔的信可以证明；至于她的死讯，也已经由当地的牧师完全证实了。

臣乙　这消息伯爵也完全知道了吗？

臣甲　是的，他已经知道了详详细细的一切。

臣乙　他听见这消息，一定很高兴，想起来真是可叹。

臣甲　我们有时往往会把我们的损失当作幸事！

臣乙　有时我们却因为幸运而哀伤流泪！他在这里凭着他的勇敢，虽然获得了极大的光荣，可是他回家以后将遭遇的耻辱，也一定是同样大的。

臣甲　人生就像是一匹用善恶的丝线交错织成的布；我们的善行必须受我们的过失的鞭扑，我们的罪恶又赖我们的善行把它们掩盖。

一仆人上。

臣甲　啊，你的主人呢？

仆人　他在路上遇见公爵，已经向他辞了行，明天早晨他就要回法国去了。公爵已经给他写好了推荐信，向王上竭力称道他的才干。

臣乙　王上正在对他生气，为他说几句即使是溢美的好话，倒也是不可少的。

**臣甲** 他来了。

勃特拉姆上。

**臣甲** 啊，爵爷！已经过了午夜了吗？

**勃特拉姆** 我今晚已经干好了十六件每一件需要一个月时间才办得了的事情：我已经向公爵辞行，跟他身边最亲近的人告别，安葬了一个妻子，为她办好了丧事，写信通知我的母亲我就要回家了，并且招待过护送我回去的卫队；除了这些重要的事情以外，还干好了许多小事情；只有一件最重要的事情还不曾办妥。

**臣乙** 要是这件事情有点棘手，您一早又就要动身，那么现在您该把它赶快办好才是。

**勃特拉姆** 我想把它不了了之，以后也希望不再听见人家提起它了。现在我们还是来开始审问那个骗子吧。来，把他抓出来；他像一个妖言惑众的江湖术士一样欺骗了我。

**臣乙** 把他抓出来。（兵士下）他已经锁在脚梏里坐了一整夜了，可怜的勇士！

**勃特拉姆** 这也是活该，他平常也太够大模大样了。他被捕以后是怎样一副神气？

**臣甲** 他哭得像一个倒翻了牛奶罐的小姑娘。他把摩根当作了一个牧师，把他从有生以来直到锁在脚梏里为止的一生经历原原本本向他忏悔；您想他忏悔些什么？

**勃特拉姆** 他没有提起我的事情吧？

**臣乙** 他的供状已经笔录下来，等会儿可以当着他的面公开宣读；要是他曾经提起您的事情——我想您是被他提起过的——请您耐着性子听下去。

兵士押帕洛上。

**勃特拉姆** 该死的东西！还把脸都遮起来了呢！他不会说我什么的。我且不要作声，听他怎么说。

**臣甲** 蒙脸人来了！浦托・达达洛萨。

**兵士甲** 他说要对你用刑，你看怎样？

**帕洛** 你们不必逼我，我会把我所知道的一切招供出来；要是你们把我榨成了肉酱，我也还是说这么几句话。

**兵士甲** 波斯哥・契末却。

**臣甲** 波勃利平陀・契克末哥。

**兵上甲** 真是一位仁慈的将军。这里有一张开列着问题的单子，将爷叫我照着它问你，你须要老实回答。

**帕洛** 我希望活命，一定不会说谎。

**兵士甲** “第一，问他公爵有多少马匹。”你怎么回答？

**帕洛** 五六千匹，不过全是老弱无用的，队伍分散各处，军官都像叫花子，我可以用我的名誉和生命向你们担保。

**兵士甲** 那么我就把你的回答照这样记下来了。

**帕洛** 好的，你要我发无论什么誓都可以。

**勃特拉姆** 他可以什么都不顾，真是个没有救药的狗才！

**臣甲** 您弄错了，爵爷；这位是赫赫有名的军事专家帕洛先生，这是他自己亲口说的，在他的领结里藏着全部战略，在他的刀鞘里安放着浑身武艺。

**臣乙** 我从此再不相信一个把他的剑擦得雪亮的人；我也再不相信一个穿束得整整齐齐的人，会有什么真才实学。

**兵士甲** 好，你的话已经记下来了。

**帕洛** 我刚才说的是五六千匹马，或者大约这个数目，我说的是真话，记下来吧，我说的是真话。

**臣甲** 他说的这个数目，倒有八九分真。

**勃特拉姆** 他现在所说的真话，比假话还要可恶。

**帕洛** 请您记好了，我说那些军官们都像叫花子。

**兵士甲** 好，那也记下了。

**帕洛** 谢谢您啦。真话就是真话，这些家伙都是寒伧得不成样子的。

**兵士甲** “问他步兵有多少人数。”你怎么回答？

**帕洛** 你们要是放我活命，我一定不说谎话。让我看：史卑里奥，一百五十人；西巴斯辛，一百五十人；柯兰勃斯，一百五十人；杰奎斯，一百五十人；吉尔辛、考斯莫、洛多威克、葛拉提，各二百五十人；我自己所带的一队，还有契托弗、伏蒙特、本提，各二百五十人：一共算起来，好的歹的并在一起，还不到一万五千人，其中的半数连他们自己外套上的雪都不敢挥掉，因为他们唯恐身子摇了一摇，就会像朽木一样倒塌下来。

**勃特拉姆** 这个人应当把他怎样处治才好？

**臣甲** 我看不必，我们应该谢谢他。问他我这个人怎样，公爵对我信任不信任。

**兵士甲** 好，我已经把你的话记下来了。“问他公爵营里有没有一个法国人名叫杜曼上尉的；公爵对他的信用如何；他的勇气如何，为人是否正直，军事方面的才能怎样；假如用重金贿赂他，能不能诱他背叛。”你怎么回答？你所知道的怎样？

**帕洛** 请您一条一条问我，让我逐一回答。

**兵士甲** 你认识这个杜曼上尉吗？

**帕洛** 我认识他，他本来是巴黎一家木匠铺里的徒弟，因为把市长家里的一个不知人事的傻丫头弄大了肚皮，给他的师父一顿打赶了出来。（臣甲举手欲打）

**勃特拉姆** 且慢，不要打他；他的脑袋免不了要给一爿瓦掉下来把它砸碎的。

**兵士甲** 好，这个上尉在不在佛罗伦萨公爵的营里？

**帕洛** 他在公爵营里，他的名誉一塌糊涂。

**臣甲** 不要这样瞧着我，我的好爵爷，他就会说起您的。

**兵士甲** 公爵对他的信用怎样？

**帕洛** 公爵只知道他是我手下的一个下级军官，前天还写信给我叫我把他开革；我想他的信还在我的口袋里呢。

**兵士甲** 好，我们来搜。

**帕洛** 不瞒您说，我记得可不大清楚，也许它在我口袋里，也许我已经把它跟公爵给我的其余的信一起放在营里归档了。

**兵士甲** 找到了；这儿是一张纸，我要不要向你读一遍？

**帕洛** 我不知道那是不是公爵的信。

**勃特拉姆** 我们的翻译看了就会知道的。

**兵士甲** “狄安娜，伯爵是个有钱的傻大少——”

**帕洛** 那不是公爵的信，那是我写给佛罗伦萨城里一位名叫狄安娜的良家少女的信，我劝她不要受人家的引诱，因为有一个罗西昂伯爵看上了她，他是一个爱胡调的傻哥儿，一天到晚转女人的念头。请您还是把这封信放好了吧。

**兵士甲** 不，对不起，我要把它先读一遍。

**帕洛** 我写这封信的用意是非常诚恳的，完全是为那个姑娘的前途着想；因为我知道这个少年伯爵是个危险的淫棍，他是色中饿鬼，出名的破坏处女贞操的魔王。

**勃特拉姆** 该死的反复小人！

**兵士甲** 他要是向你盟山誓海，
你就向他把金银索讨；
你须要半推半就，若即若离，
莫让他把温柔的滋味尝饱。
一朝肥肉咽下了他嘴里，
你就永远不要想他付钞。

一个军人这样对你忠告：
宁可和有年纪人来往，
不要跟少年郎们胡调。
你的忠仆帕洛上。

**勃特拉姆** 我要把这首诗贴在他的额角上，拖着他游行全营，一路上用鞭子抽他。

**臣甲** 爵爷，这就是您的忠心的朋友，那位精通万国语言的专家，全能百晓的军人。

**勃特拉姆** 我以前最讨厌的是猫，现在他在我眼中就是一头猫。

**兵士甲** 朋友，照我们将军的面色看来，我们就要把你吊死了。

**帕洛** 将爷，无论如何，请您放我活命吧。我并不是怕死，可是因为我自知罪孽深重，让我终其天年，也可以忏悔忏悔我的余生。将爷，把我关在地牢里，锁在脚梏里，或者丢在无论什么地方都好，千万饶我一命！

**兵士甲** 要是你能够老老实实招认一切，也许还有通融余地。现在还是继续问你那个杜曼上尉的事情吧。你已经回答过公爵对他的信用和他的勇气，现在要问你他这人为人是否正直？

**帕洛** 他会在和尚庙里偷鸡蛋；讲到强奸妇女，没有人比得上他；毁誓破约，是他的拿手本领；他撒起谎来，可以颠倒黑白，混淆是非；酗酒是他最大的美德，因为他一喝酒便会烂醉如猪，倒在床上，不会再去闯祸，唯一倒霉的只有他的被褥，可是人家知道他的脾气，总是把他抬到稻草上去睡。关于他的正直，我没有什么话好说；凡是一个正人君子所不应该有的品质，他无一不备；凡是一个正人君子所应该有的品质，他一无所有。

**臣甲** 他说得这样天花乱坠，我倒有点喜欢他起来了。

**勃特拉姆** 因为他把你形容得这样巧妙吗？该死的东西！他越来越像一头猫了。

**兵士甲** 你说他在军事上的才能怎样？

**帕洛** 我不愿说他的谎话，他曾经在英国戏班子里擂过鼓，此外我就不知道他的军事上的经验了；我希望我能够说他几句好话，可是实在想不起来。

**臣甲** 他的无耻厚脸，简直是空前绝后，这样一个宝货倒也是不可多得的。

**勃特拉姆** 该死！他真是一头猫。

**兵士甲** 他既然是这样一个卑鄙下流的人，那么我也不必问你贿赂能不能引诱他反叛了。

**帕洛** 给他几毛钱，他就可以把他的灵魂连同世袭继承权全部出卖。

**兵士甲** 他还有一个兄弟，那另外一个杜曼上尉呢？

**臣乙** 他为什么要问起我？

**兵士甲** 他是怎样一个人？

**帕洛** 也是一个窠里的老鸦；从好的方面讲，他还不如他的兄长，从坏的方面讲，可比他的哥哥胜过百倍啦。他的哥哥是出名的天字第一号的懦夫，可是在他面前还要甘拜下风。退后起来，他比谁都奔得快；前进起来，他就寸步难移了。

**兵士甲**　要是放你活命，你愿不愿意到佛罗伦萨公爵那里给我们做内应？

**帕洛**　愿意愿意，连同他们的骑兵队长就是那个罗西昂伯爵，一定会中我的计的。

**兵士甲**　我去对将军说，看他意思怎样。

**帕洛**　（旁白）我从此再不打什么倒霉鼓了！我原想冒充一下好汉，骗骗那个淫荡的伯爵哥儿，谁知道几乎送了一条性命！

**兵士甲**　朋友，没有办法，你还是不免一死。将军说，你这样不要脸地泄露了自己军中的秘密，还把知名当世的贵人这样信口诋毁，留你在这世上，没有什么用处，所以必须把你执行死刑。来，刽子手，把他的头砍下了。

**帕洛**　嗳哟，我的天爷爷，饶了我吧，倘然一定要我死，那么也让我亲眼看个明白。

**兵士甲**　那倒可以允许你，让你向你的朋友们辞行吧。（解除帕洛脸上所缚之布）你瞧一下，有没有你认识的人在这里？

**勃特拉姆**　早安，好队长！

**臣乙**　上帝祝福您，帕洛队长！

**臣甲**　上帝保佑您，好队长！

**臣乙**　队长，我要到法国去了，您要我带什么信去给拉佛大人吗？

**臣甲** 好队长，您肯不肯把您替罗西昂伯爵写给狄安娜小姐的情诗抄一份给我？可惜我是个天字第一号的懦夫，否则我一定会强迫您默写出来；现在我不敢勉强您，只好失陪了。（勃特拉姆及甲乙二臣下）

**兵士甲** 队长，您这回可出了丑啦！

**帕洛** 明枪好躲，暗箭难防，任是英雄好汉，也逃不过诡计阴谋。

**兵士甲** 要是您能够发现一处除了荡妇淫娃之外没有其他的人居住的国土，您倒很可以在那里南面称王，建立起一个无耻的国家来。再见，队长；我也要到法国去，我们会在那里说起您的。（下）

**帕洛** 管他哩，我还是我行我素。倘然我是个有几分心肝的人，今天一定会无地自容；可是虽然我从此掉了官，我还是照旧吃吃喝喝，照样睡得烂熟，像我这样的人，到处为家，什么地方不可以混混过去。可是我要警告那些喜欢吹牛的朋友们，不要太吹过了头，有一天你会发现自己是一头驴子的。我的剑呀，你从此锈起来吧！帕洛呀，不要害臊。老着脸皮活下去吧！人家作弄你，你也可以作弄人家，天生世人，谁都不会没有办法的。他们都已经走了，待我追上前去。（下）

## 第四场

**佛罗伦萨。寡妇家中一室**

海丽娜、寡妇及狄安娜上。

**海丽娜** 为了使你们明白我并没有欺弄了你们，一个当今最伟大的人物可以替我做保证；在我还没有完成我的目的以前，我必须在他的宝座之前下跪。过去我曾经替他做过一件和他的生命差不多同样宝贵的事，即使是蛮顽无情的鞑靼人，也不能不由衷迸出一声感谢。有人告诉我他现在在马赛，正好有便人可以护送我们到那儿去。我还要告诉你们知道，人家都是当我已经死去的了。现在军队已经解散，我的丈夫也回家去了，要是我能够得到上天的默佑和王上的准许，我们也可以早早回家。

**寡妇** 好夫人，请您相信我，我是您的最忠实的仆人，凡是您信托我做的事，我无不乐意为您效劳。

**海丽娜** 大娘，你也可以相信我是你的一个最好的朋友，无时无刻不在想着怎样才可以报答你的厚意。你应该相信，既然上天注定使你的女儿帮助我得到一个丈夫，它也一定会使我帮助她称心如意地嫁一位如意郎君。我就是不懂男子们的心理，他们竟会向一个被认为厌物的女子倾注他们的万种温情！沉沉的黑夜使他觉察不出自己已经受人愚弄，抱着一个避之唯恐不及的蛇蝎，还以为就是那已经杳如黄鹤的玉人，可是这些话我们以后再说吧。狄安娜，我还要请你为了我的缘故，稍为委屈一下。

**狄安娜** 您无论吩咐我做什么事，只要不亏名节，我都愿意为您忍受一切，死而无怨。

**海丽娜** 可是我还要劝你，转眼就是夏天了，野蔷薇快要绿叶满枝，遮掩了它周身的棘刺；你也应当在温柔之中，保留着几分锋芒。我们可以出发了，车子已经预备好，疲劳的精神也已经养息过来。万事吉凶成败，须看后场结局；倘能如愿以偿，何患路途纡曲。（同下）

## 第五场

**罗西昂。伯爵夫人府中一室**

伯爵夫人、拉佛及小丑上。

**拉佛** 不，不，不，令郎都是因为受了那个拆白党的引诱，才会这样胡作非为，那家伙一日不除，全国的青年都要中他的流毒。倘然没有这只大马蜂，令媳现在一定好好地活在世上，令郎也一定仍旧在家里不出去，受着王上的眷宠。

**伯爵夫人** 我但愿我从来不曾认识他，都是他害死了一位世上最贤德的淑女。她即使是我亲生骨肉，曾经使我忍受过怀胎的痛苦的，也不能使我爱她更为深切了。

**拉佛** 她真是一位好姑娘，所谓灵芝仙草，可遇而不可求。我刚才正要告诉您，自从我听见了少夫人的噩耗，并且知道令郎就要回来的消息以后，我就央求王上替小女作成一头亲事；实在说起来，这还是王上首先想起，向我当面提起过的。王上已经答应我亲任冰人；他对令郎本来颇有几分不高兴，借此正可使他忘怀旧事。不知道夫人的意思怎样？

**伯爵夫人** 我很满意，大人；希望这件事情能够圆满成功。

**拉佛** 王上已经从马赛动身来此，他的身体健壮得像刚满三十岁的人一样。他明天就可以到这里，这消息是一个一向靠得住的人告诉我的，大概不会有错。

**伯爵夫人** 我能够在未死之前，再见王上一面，真是此生幸事。我已经接到小儿来信，说他今晚便可以到家；大人要是不嫌舍间窄陋，就请在此耽搁一两天，等他们两人见了面再去好不好？

**拉佛** 夫人，无故叨扰，未免于心有愧。

**伯爵夫人** 您太客气了。

小丑上。

**小丑** 啊，夫人！少爷就要来了，他脸上还贴着一块天鹅绒片呢；那天鹅绒片底下有没有伤疤，要去问那天鹅绒才知道，可是它的确是一块很好的天鹅绒。

**拉佛** 光荣的疤痕是最好的装饰。让我们去迎接令郎吧，我渴想跟这位英勇的少年战士谈谈呢。

**小丑** 他们一共有十多个人，大家戴着漂亮的帽子，帽子上插着羽毛，那羽毛看见每一个人都会点头招呼哩。（同下）

# 第五幕

## 第一场

**马赛。一街道**

海丽娜、寡妇、狄安娜及二侍从上。

**海丽娜** 像这样急如星火的昼夜奔波，一定使两位十分疲倦了；这也实在没有办法。可是你们既然为了我的事情，不分昼夜地受了这许多辛苦，我一定会知恩图报，没齿不忘的。来得正好。

一朝士上。

**海丽娜** 这个人要是肯替我们出力，也许可以帮我带信给王上。上帝保佑您，先生！

**朝士** 上帝保佑您！

**海丽娜** 尊驾好像曾经在宫廷里见过。

**朝士** 我在那面曾经住过一些时间。

**海丽娜** 向来我听人家说您是个热心的好人，今天因为有一件非常迫切的事情，不揣冒昧，想要借重大力，倘蒙见助，永感大德。

**朝士**　您要我做什么事？

**海丽娜**　我想劳驾您把这一通诉状转呈王上，再请您设法带我去亲自拜见他。

**朝士**　王上已经不在这里了。

**海丽娜**　不在这里了！

**朝士**　不骗你们，他已经在昨天晚上离开此地，他去得很是匆忙，平常他可不是这样子的。

**寡妇**　主啊，我们白费了一场辛苦！

**海丽娜**　只要能够得到圆满的结果，何必顾虑眼前的挫折。请问他到什么地方去了？

**朝士**　大概是到罗西昂去；我也正要到那里去。

**海丽娜**　先生，您大概会比我早一步看见王上，可不可以请您把这一纸诉状递到他的手里？我相信您给我做了这一件事，不但不会受责，而且一定对您大有好处的。我们虽然缺少高车骏马，一定会尽我们的力量追踪着您前去。

**朝士**　我愿意效劳。

**海丽娜**　您的好心决不会没有酬报。咱们应该赶快上路了，去，去，把车马驾好了。（同下）

## 第二场

### 罗西昂。伯爵夫人府中的内厅

小丑及帕洛上。

**帕洛** 好拉瓦契先生，请你把这封信交给拉佛大人。我从前穿绸着缎的时候，你也是认识我的；现在因为失欢于命运，所以才沾上了这一身肮脏的气味。

**小丑** 对不起，让我开开窗子。

**帕洛** 不，你不必堵住你的鼻子，我不过比方这样说说而已。请你替我把这封信送一送好不好?

**小丑** 嘿！对不起，你站开点吧；一个穷光棍也要写信给一位贵人！瞧，他自己来啦。

拉佛上。

**小丑** 大人，这儿有一头猫，因为失欢于命运，所以跌在他的烂泥潭里，沾上了满身的肮脏。我瞧他的

样子，像是一个寒酸倒霉的蠢东西坏家伙，请大人随便发落他吧。（下）

**帕洛**　　大人，我是一个不幸在命运的利爪下受到重伤的人。

**拉佛**　　那么你要我怎么办呢？现在再去剪掉命运的利爪也太迟了。命运是一个很好的女神，她不愿让小人永远得志，一定是你自己做了坏事，她才会加害于你。这几个钱你拿去吧。我还有别的事情，少陪了。

**帕洛**　　请大人再听我说一句话。

**拉佛**　　你嫌这钱太少吗？好，再给你一个，不用多说啦。

**帕洛**　　好大人，我的名字是帕洛。

**拉佛**　　嗳哟，失敬失敬！你的那面宝贝鼓儿怎样啦？

**帕洛**　　啊，我的好大人，您是第一个揭破我的人。现在我流落到了这一个地步，还要请大大可怜可怜我，给我一条自新之路。

**拉佛**　　滚开，混蛋！你要我一面做坏人，一面做好人，推了你下去，再把你拉上来吗？（内喇叭声）王上来了，这是他的喇叭的声音。你等几天再来找我吧。你虽然是一个傻瓜又是一个坏人，可是我也不愿瞧着你饿死。你去吧。

**帕洛**　　谢谢大人。（各下）

## 第三场

**同前。伯爵夫人府中一室**

喇叭奏花腔。国王、伯爵夫人、拉佛、群臣、朝士、侍卫等上。

**国王** 她的死对于我无异是丧失了一件珍贵的宝物，可是我真想不到你的儿子竟会这样痴愚狂悖，不知道她的真正的价值。

**伯爵夫人** 陛下，现在事情已经过去了，总是他年少无知，乘着一时的血气，受不住理智的节制，才会有这样乖张的行动，请陛下不必多计较了吧。

**国王** 可尊敬的夫人，我曾经对他怀着莫大的愤怒，只待找到机会，便想把重罚降在他的身上，可是现在我已经宽恕一切、忘怀一切了。

**拉佛** 请陛下恕我多言，我说，这位小爵爷太对不起陛下，太对不起他的母亲，也太对不起他的夫人了，可是他尤其对不起他自己；他所失去的这位妻子，她的美貌足以使人间粉黛一齐失色，她的言辞足以迷醉每一个人的耳朵，她的尽善尽美，足以使最高傲的人俯首臣服。

**国王** 赞美已经失去的事物，使它在记忆中格外显得可爱。好，叫他过来吧；我们已经言归于好，从此不再重提旧事了。他无须向我求恕；他所犯的重大过失，已经成为过去的陈迹，埋葬在永久的遗忘里了。让他过来见我吧，他现在是一个不相识者，不是一个罪人，告诉他，这就是我的旨意。

**近侍** 是，陛下。（下）

**国王** 他对于你的女儿怎么说？你跟他说起过这回事吗？

**拉佛** 他说一切都要听候陛下的旨意。

**国王** 那么我们可以作成这一头婚事了。我已经接到几封信，对他都是备极揄扬。

勃特拉姆上。

**拉佛** 他今天打扮得果然英俊不凡。

**国王** 我的心情是变化无常的天气，你在我身上可以同时看到温煦的日光和无情的霜霰；可是当太阳大放光明的时候，蔽天的阴云是会扫荡一空的。你近前来吧，现在又是晴天了。

**勃特拉姆** 小臣罪该万死，请陛下原谅。

**国王** 既往不咎，从前的种种，以后不用再提了，让我们还是迎头抓住眼前的片刻吧。我老了，时间的无声的脚步，是不会因为我还有许多事情需要处理而稍停片刻的。你记得这位大臣的女儿吗？

**勃特拉姆** 陛下，她在我脑中留着极好的印象。当我第一眼看见她的时候，我就钟情于她；可是我的含情欲吐的舌头还没有敢大胆倾述我的中心的爱慕；存在于我心里的另一个记忆却使我对她感到轻蔑。我一想起我那受尽世人赞美而我自己直到她死后才觉得她可爱的亡妻，便觉得任何好的脸貌都不及她的齐整秀丽，任何女子的肤色都不及她自然匀称，任何女子的身材都不及她修短合度。她成为我眼中的翳障，遮掩了其余女子的美点。

**国王** 你给自己辩护得很好，你对她还有这么一些情谊，也可以略略抵消你这一笔负心的债了。可是来得太迟了的爱情，就像已经执行死刑以后方才送到的赦状，不论如何后悔，都没有法子再挽回了。我们的粗心的错误，往往不知看重我们自己所有的可贵的事物，直至丧失了它们以后，方始认识它们的真价。我们的无理的憎嫌，往往伤害了我们的朋友，然后再在他们的坟墓之前椎胸哀泣。我们让整个白昼在憎恨中昏睡过去，而当我们清醒转来以后，再让我们的爱情因为看见已经铸成的错误而恸哭。温柔的海伦是这样地死了，我们现在把她忘记了吧。把你的定情礼物送去给美丽的穆德琳吧；两家的家长都已彼此同意，我们现在正在等着参加我们这位丧偶郎君的再婚典礼呢。

**伯爵夫人** 天啊，求你祝福这一次婚姻比上一次美满！

**拉佛** 来，贤婿。从今以后，我的一份家业也是归并给你了，请你快快拿出一点什么东西来，让我的女儿高兴高兴，好叫她快点儿来。（勃特拉姆取指环与拉佛）嗳哟！我还记得最后一次我在宫廷里和已故的海伦告别的时候，我也看见她的手指上有这样一个指环。

**勃特拉姆** 这不是她的。

**国王** 请你让我看一看；我刚才在说话的时候，就已经注意到这个指环了。——这是我的；我把它送给海伦的时候，曾经对她说过，要是她有什么为难的事，凭着这个指环，我就可以给她帮助。你居然会用诡计把她这随身的至宝夺了下来吗？

**勃特拉姆** 陛下，您一定是看错了，这指环从来不曾到过她的手上。

**伯爵夫人** 儿呀，我可以用我的生命为誓，我的确曾经看见她戴着这指环，她把它当作生命一样重视。

**拉佛** 我也可以确确实实地说我看见她戴过它。

**勃特拉姆** 大人，您弄错了，她从来不曾看见过这个指环。它是从佛罗伦萨一家人家的窗户里丢出来给我的，包着它的一张纸上还写着丢掷这指环的人的名字。她是一位名门闺秀，她以为我受了这指环，等于默许了她的婚约；可是我自忖自己是一个有妇之夫，不敢妄邀非分，所以坦白地告诉了她我不能接受她的好意；她知道事情无望，也就死下心来，可是一定不肯收回这个指环。

**国王** 我难道不认识自己的东西吗？不管你从哪一个人手里得到它，它是我的，也是海伦的。快给我招认出来，你用怎样的暴力从她手里把它夺了来。她曾经指着神圣的名字为证，发誓决不让它离开她的手指，只有当她遭到极大不幸的时候，她才会把它送给我，或者当你和她同床的时候，她可以把它交给你，可是你从来不曾和她同过枕席。

**勃特拉姆** 她从来不曾见过这指环。

**国王** 你还要胡说？你以为我是在说谎话吗？你使我心里起了一种不敢想起的可怕的推测。要是你竟会这样忍心害理——这样的事情是不见得会有，可是我不敢断定；她是你痛恨的人，现在她死了；我看见了这指环，无论如何觉得其中事有可疑，除非我亲自在她旁边看她死去，我的疑虑是不会消释的。把他押起来。（卫士捉勃特拉姆）我太大意了，不会注意到这一点。抓他下去！我们必须把事情拷问一个水落石出。

**勃特拉姆** 您要是能够证明这指环曾经属她所有，那么您也可以证明我曾经在佛罗伦萨和她睡在一个床上，可是她从来不曾到过佛罗伦萨。（卫士押下）

**国王** 我心中充满了可怖的思想。

第一场中之朝士上。

**朝士** 请陛下恕小臣冒昧，小臣在路上遇见一个佛罗伦萨妇人，要向陛下呈上一张状纸，因为赶不上陛下大驾，要我代她收下转呈御目。小臣因为看这个告状的妇人举止温文，言辞优雅，听她说来，好像她的事情非常重要，而且和陛下也有几分关系，所以大胆答应了她。她本人大概也就可以到了。

**国王** “告状人狄安娜·卡必来特，呈为被诱失身，恳祈昭雪事：窃告状人前在佛罗伦萨因遭被告罗西昂伯爵甘言引诱，允于其妻去世后娶告状人为妻，告状人一时不察，误受其愚，遂致失身。今被告已成鳏夫，理应践履前约，庶告状人终身有托；乃竟意图遗弃，不别而行。告状人迫不得已，唯有追踪前来贵国，叩阍鸣冤，伏希王上陛下俯察下情，主持公道，拯弱质于颠危，示淫邪以儆惕，实为德便。”

**拉佛** 我宁愿在市场上买一个女婿，把这一个摇着铃出卖给人家。

**国王** 拉佛，这是上天有心照顾你才会有这一场发现。把这些告状的人找来，快去再把那伯爵带过来。（朝士及若干侍从下）夫人，我怕海伦是死于非命的。

**伯爵夫人** 但愿干这样事的人都逃不了国法的制裁！

卫士押勃特拉姆上。

**国王** 伯爵，我可不懂，既然在你看来，妻子就像妖怪一样可怕，你因为不愿做丈夫，宁可远奔异国，那么你何必又想跟人家结婚呢？

朝士率寡妇及狄安娜重上。

**国王** 那个妇人是谁？

**狄安娜** 启禀陛下，我是一个不幸的佛罗伦萨女子，旧家卡必来特的后裔；我想陛下已经知道我来此告状的目的了，请陛下量情公断，给我做主。

**寡妇** 陛下，我是她的母亲。我活到这一把年纪，想不到还要出头露面，受尽羞辱，要是陛下不给我们做主，那么我的名誉固然要从此扫地，我这风烛残年，也怕就要不保了。

**国王** 过来，伯爵，你认识这两个妇人吗？

**勃特拉姆** 陛下，我不能否认，也不愿否认我认识她们；她们还控诉我些什么？

**狄安娜** 你不认识你的妻子了吗？

**勃特拉姆** 陛下，她不是我的什么妻子。

**狄安娜** 你要是跟人家结婚，必须用这一只手表示你的诚意，而这一只手是已经属于我的了；你必须对天立誓，而那些誓也已经属于我的了。凭着我们两人的深盟密誓，我已经与你成为一体，谁要是跟你结婚，就必须同时跟我结婚，因为我也是你的一部分。

**拉佛** （向勃特拉姆）你的名誉太坏了，配不上我的女儿，你不配做她的丈夫。

**勃特拉姆** 陛下，这是一个痴心狂妄的女子，我以前不过跟她开过一些玩笑；请陛下相信我的人格，我还不至于堕落到这样一个地步。

**国王** 你的行为要是不能使人相信，我怎么能相信你的人格呢？你还是先证明一下你的人格的高尚吧！

**狄安娜** 陛下，请您叫他宣誓回答，我的贞操是不是他破坏的？

**国王** 你怎么回答她？

**勃特拉姆** 陛下，她太无耻了，她是军营里一个人尽可夫的娼妓。

**狄安娜** 陛下，他冤枉了我；我倘然是这样一个人，他就可以用普通的价钱买到我的身体。不要相信他。瞧这指环吧！这是一件稀有的贵重的宝物，可是他却会毫不在意地丢给一个军营里人尽可夫的娼妓！

**伯爵夫人** 他在脸红了，果然是的；这指环是我们家里六世相传的宝物。这女人果然是他的妻子，这指环便是一千个证据。

**国王** 你说你看见这里有一个人，可以为你作证吗？

**狄安娜** 是的，陛下，可是他是个坏人，我很不愿意提出这样一个人来；他的名字叫帕洛。

**拉佛** 我今天看见过那个人，如果他也可以算是个人的话。

**国王** 去把这人找来。（一侍从下）

**勃特拉姆** 叫他来干吗呢？谁都知道他是一个无耻之尤的小人，什么坏事他都做得，讲一句老实话就会不舒服。难道随着他的信口胡说，就可以断定我的为人吗？

**国王** 你的指环在她手上，这可是抵赖不了的。

**勃特拉姆** 我想这是事实，我的确曾经喜欢过她，也曾经和她发生过一段缱绻，年轻人爱好风流，这些逢场作戏的事实是免不了的。她知道与我身份悬殊，有心诱我上钩，故意装出一副冷若冰霜的神气来激动我。因为在恋爱过程中的一切障碍，都是足以挑起更大的情热的。凭着她的层出不穷的手段和迷人的娇态，她终于把我征服了。她得到了我的指环，我向她换到的，却是出普通市价都可以买得到的东西。

**狄安娜** 我必须耐住我的怒气。你会抛弃你从前那位高贵的夫人，当然像我这样的女人，更不值得你一顾，玩够了就可以丢了。可是我还要请求你一件事，你既然是这样一个薄情无义的男人，我也情愿失去你这样一个丈夫，叫人去把你的指环拿来还给我，让我带回家去；你给我的指环，我也可以还你。

**勃特拉姆** 我没有什么指环。

**国王** 你的指环是什么样子的？

**狄安娜** 陛下，就跟您手指上的那个差不多。

**国王** 你认识这个指环吗？它刚才还是他的。

**狄安娜** 这就是他在我床上的时候我给他的那一个。

**国王** 那么说你从窗口把它丢下去给他的话，完全是假的了。

**狄安娜** 我说的句句都是真话。

侍从率帕洛重上。

**勃特拉姆** 陛下，我承认这指环是她的。

**国王** 你太会躲闪了，好像见了一根羽毛的影子都会吓了一跳似的。这就是你说起的那个人吗？

**狄安娜** 是，陛下。

**国王** 来，老老实实告诉我，你知道你的主人和这个妇人有什么关系？尽管照你所知道的说来，不用害怕你的主人，我不会让他碰你的。

**帕洛** 启禀陛下，我的主人是一位规规矩矩的绅士，有时他也有点儿不大老实，可是那也是绅士们所免不了的。

**国王** 来，来，别说废话，他爱这个妇人吗？

**帕洛** 不瞒陛下说，他爱过她；可是——

**国王** 可是什么？

**帕洛** 陛下，他爱她就像绅士们爱着女人一样。

**国王** 这是怎么说的？

**帕洛** 陛下，他爱她，但是他也不爱她。

**国王** 你是个混蛋，但是你也不是个混蛋。这家伙怎么说话这样莫名其妙的？

**帕洛** 我是个苦人儿，一切听候陛下的命令。

**拉佛** 陛下，他只会打鼓，不会说话。

**狄安娜** 你知道他答应娶我吗？

**帕洛** 不说假话，我有许多事情心里明白，可是嘴上却不便说。

**国王** 你不愿意说出你所知道的一切吗？

**帕洛** 陛下要我说，我就说，我的确替他们两人做过媒；而且他真是爱她，简直爱到发了疯，什么魔鬼呀，地狱呀，还有什么什么，这一类话他都说过；那个时候他们把我当作心腹看待，所以我知道他们在一起睡过觉，还有其余的花样儿，例如答应娶她哪，还有什么什么哪，这些我实在不好意思说出来，所以我想我还是不要把我所知道的事情说了出来的好。

**国王** 你已经把一切都说了出来了，除非你还能够说他们已经结了婚。你这证人做得太好了，站在一旁。——你说这指环是你的吗？

**狄安娜** 是，陛下。

**国王** 你从什么地方买来的？还是谁给你的？

**狄安娜** 那不是人家给我，也不是我去买来的。

**国王** 那么是谁借给你的？

**狄安娜** 也不是人家借给我的。

**国王**　　那么你在什么地方拾来的？

**狄安娜**　　我也没有在什么地方拾来。

**国王**　　不是买来，又不是人家送给你，又不是人家借给你，又不是在地上拾来，那么它怎么会到你手里，你怎么会把它给了他呢？

**狄安娜**　　我从来没有把它给过他。

**拉佛**　　陛下，这女人的一条舌头翻来覆去，就像一只可以随便脱下套上的宽手套一样。

**国王**　　这指环是我的，我曾经把它赐给他的前妻。

**狄安娜**　　它也许是陛下的，也许是她的，我可不知道。

**国王**　　把她带下去，我不喜欢这个女子。把她关在监牢里；把他也一起带下去。你要是不告诉我你在什么地方得到这个指环，我就立刻把你处死。

**狄安娜**　　我永远不告诉你。

**国王**　　把她带下去。

**狄安娜**　　陛下，请您让我交保吧。

**国王**　　我现在知道你也不是好东西。那么你究竟为什么要控诉他呢？

**狄安娜**　　因为他有罪，但是他没有罪。他知道我已经不是处女，他会发誓说我不是处女；可是我可以发誓说我是一个处女，这是他所不知道的。陛下，我愿意以我的生命为誓，我并不是一个娼妓，我的身体是清白的。

**国王**　　她越说越不像话了；把她带下监牢里去。

**狄安娜**　　妈，你给我去找那个保人来吧。（寡妇下）且慢，陛下，我已经叫她去找那指环的原主人来了，他可以做我的保人的。至于这位贵人，他虽然不曾害了我，他自己心里是知道他做过什么对不起我的事的，现在我且放过了他吧。他知道他曾经玷污过我的枕席，就在那个时候，他的妻子跟他有了身孕，她虽然已经死去，却能够觉得她的孩子在腹中跳动。你们要是不懂得这个生生死死的哑谜，那么且看，解哑谜的人来了。

寡妇偕海丽娜重上。

**国王** 我的眼睛花了吗？我看见的是真的还是假的？

**海丽娜** 不，陛下，您所看见的只是一个妻子的影子，但有虚名，并无实际。

**勃特拉姆** 虚名也有，实际也有。啊，原谅我吧！

**海丽娜** 我的好夫君！当我冒充着这位姑娘的时候，我觉得您真是温柔体贴，无微不至。这是您的指环；瞧，这儿还有您的信，它说："汝倘能得余永不离手之指环，且能腹孕一子，确为余之骨肉者，始可称余为夫。"现在这两件事情我都做到了，您愿意做我的丈夫吗？

**勃特拉姆** 陛下，她要是能够把这回事情向我解释明白，我愿意永远永远爱她。

**海丽娜** 要是我不能把这回事情解释明白，要是我的话与事实不符，我们可以从此劳燕分飞，人天永别！

啊，我的亲爱的妈，想不到今生还能够看见您！

**拉佛** 我的眼睛里酸溜溜的，真的要哭起来了。（向帕洛）朋友，借块手帕儿给我，谢谢你。等会儿你跟我回去吧，你可以给我解解闷儿。算了，别打拱作揖了，我讨厌你这个鬼腔调儿。

**国王** 让我们听一听这故事的始终本末，叫大家高兴高兴。（向狄安娜）你倘然果真是一朵未经攀折的鲜花，那么你也自己选一个丈夫吧，我愿意送一份嫁奁给你；因为我可以猜到多亏你的好心的帮助，这一双怨偶才会变成佳偶，你自己也保全了清白。这一切详详细细的经过情形，等着我们慢慢儿再谈吧。正是团圆喜今夕，艰苦愿终偿，不历辛酸味，奚来齿颊香。（喇叭奏花腔。众下）

## 收场诗（饰国王者向观众致辞）

袍笏登场本是虚，王侯卿相总堪嗤，

但能博得周郎顾，便是功成圆满时。（下）

**欢迎你从《莎士比亚戏剧集》进入**

**读客经典文库**

不同的精神成长书单，为你提供更多选择

## 激发个人成长

多年以来，千千万万有经验的读者，都会定期查看熊猫君家的最新书目，挑选满足自己成长需求的新书。

读客图书以“激发个人成长”为使命，在以下三个方面为您精选优质图书：

### 1. 精神成长

熊猫君家精彩绝伦的小说文库和人文类图书，帮助你成为永远充满梦想、勇气和爱的人！

### 2. 知识结构成长

熊猫君家的历史类、社科类图书，帮助你了解从宇宙诞生、文明演变直至今日世界之形成的方方面面。

### 3. 工作技能成长

熊猫君家的经管类、家教类图书，指引你更好地工作、更有效率地生活，减少人生中的烦恼。

每一本读客图书都轻松好读，精彩绝伦，充满无穷阅读乐趣！

## 认准读客熊猫

读客所有图书，在书脊、腰封、封底和前后勒口都有“读客熊猫”标志。

## 两步帮你快速找到读客图书

1. 找读客熊猫

2. 找黑白格子

马上扫二维码，关注“**熊猫君**”

和千万读者一起成长吧！

**图书在版编目（CIP）数据**

莎士比亚戏剧集：全8册 /（英）威廉㈣莎士比亚(William Shakespeare) 著；朱生豪译 . -- 南京：江苏凤凰文艺出版社，2019. 4
ISBN 978-7-5594-2546-1

Ⅰ . ①莎… Ⅱ . ①威… ②朱… Ⅲ . ①剧本 – 作品集 – 英国 – 中世纪 Ⅳ . ① I561.33

中国版本图书馆 CIP 数据核字 (2018) 第 163252 号

# 莎士比亚戏剧集

［英］威廉 · 莎士比亚 著　　朱生豪 译

责任编辑　丁小卉
特约编辑　牟雪莲　宋如月
装帧设计　读客文化　021-33608311
责任印制　刘　巍
出版发行　江苏凤凰文艺出版社
　　　　　南京市中央路 165 号，邮编：210009
网　　址　http://www.jswenyi.com
印　　刷　北京中科印刷有限公司
开　　本　890 × 1270mm 毫米　1/32
印　　张　16
字　　数　348 千字
版　　次　2019 年 4 月第 1 版　2019 年 4 月第 1 次印刷
标准书号　ISBN 978 – 7 – 5594 – 2546 – 1
定　　价　459.00 元（全 8 册）